황금소로에서
길을 잃다

국립중앙도서관 출판시도서목록(CIP)

황금소로에서 길을 잃다 / 이지상 지음

— 파주 : 북하우스, 2004   p. :   cm

관제 : 이지상 동유럽 여행기
ISBN 89-5605-094-5 03810 : ₩16000

816.6-KDC4
895.785-DDC21   CIP2004000874

황금소로에서 길을 잃다

이지상 동유럽 여행기

북하우스

머리말

    길을 나서면 세상은 늘 흘러가는 강물이었다.

    그 강물 속에서 그토록 소중하게 생각되던 인연과 관계와 가치들도 모두 어디론가 흘러가버렸고 남는 것은 흐름밖에 없었다. 나는 그 흐름이 좋아서 여행을 해왔던 것 같다. 내 인생이 어디로 흘러가든.

    그런데 가끔 한 곳에서 꼼짝도 하지 않고 흐름을 바라보고만 싶을 때가 있었다. 보헤미아 평원을 달리던 기차 안에서 철길 옆에 이어지던 사과나무를 바라보던 순간, 드라큘라 백작의 생가가 있던 루마니아 시기쇼아라의 돌길에서 아름다운 기타 선율을 듣던 고즈넉한 시간, 프라하의 성벽 위에 걸터앉아 파란 블타바 강변을 따라 달리던 납작한 트램을 내려다보던 초가을의 어느 한 때. 그 절대 평화의 순간, 나는 여행도 잊고, 세월도 잊고, 세상도 잊은 채, 깊은 정적 속에서 알 수 없는 희열을 맛보곤 했다.

    아마 아름다움 때문이 아니었을까?

    동유럽의 많은 도시와 자연 속에는 그런 아름다움들이 수없이 있었다. 그곳은 어릴 적 그림책에서 보았던 서양 동화 속의 어느 세상 같았다. 헨젤과 그레텔, 백설공주, 장화 신은 고양이가 살던 뾰족한 중세풍의 집들이 가득 차 있었고, 달리는 트램 차창을 통해 바라본 세상은 시시각각 변해가는 수백 폭의 예쁜 그림들이었다.

또한 돌 깔린 길을 걸을 때 나는 중세의 나그네였고, 한적한 골목길을 돌아나올 때면 나는 영화 〈아마데우스〉의 모차르트였으며, 프라하의 황금소로에 있는 카프카 작업실 앞에 섰을 때 나는 『성城』의 주인공인 K가 되어 있었다.

나는 동유럽 여행을 두 차례 했다.

시원한 가을바람이 불어올 때 아내와 함께 했던 2002년 8, 9월의 여행, 그리고 공산주의가 몰락한 직후에 홀로 했던 1992년 1, 2월의 여행이 그것이다.

10여 년 전, 공산주의가 몰락하고 자유가 찾아온 그 땅은 빈곤, 불안, 좌절의 그림자로 뒤덮였으나 지금은 밝게 변했다.

이 글은 두 부분으로 나뉜다. 1부는 현재의 밝은 동유럽 풍경이고, 2부는 어두운 과거에 대한 회상이다.

그 길을 가며 수많은 사람과 사건을 만났고 많은 생각을 했었다. 모두 나에게는 소중한 체험이기에 그런 얘기들이 이 여행기에는 많이 실려 있다.

그러나 내 여행을 가장 즐겁게 해준 것은 그런 현실이 아니라, 낯선 공간과 시간 속에서 언뜻 마주치는 절대 평화의 순간들이었다. 그것은 결코 노력해서 얻어지는 것이 아니라, 다만 길을 부지런히 가다 얻게 되는 하늘의 선물과도 같은 것이었다.

2부 1992년 동유럽으로

1부

아…… 이 바람처럼 자유로운 순간. 행복하다. 나는 행복하다.

불가리아

국경은 언제나 낯설다

 2002년 8월말 밤 11시, 드디어 기차는 이스탄불을 떠나 불가리아의 수도 소피아를 향해 달리기 시작했다.

기차는 예전의 오리엔트 특급열차처럼 안틱 스타일의 목재로 만들어진 고풍스런 열차였다. 2등칸이었지만 침대는 물론 옷장과 거울도 있었다. 그리고 불가리아 열차답게 키릴문자로 쓰여진 안내판들이 있었다. 고풍스럽고 낯선 열차 안의 풍경을 보니 낯선 나라로 떠난다는 것이 비로소 실감나기 시작했다.

덜컹덜컹. 덜컹덜컹.

어둠을 뚫는 기차 바퀴 소리가 계속 귓가를 치는 동안 아내는 웅크린 몸을 뒤척였다. 약 2주일간의 터키 여행을 강행하는 바람에 아내는 기차를 타기 직전 앓았었다. 고열이 나고 구토 증세에 시달려서 여행을 중단할까 생각도 했지만 다행히 가라앉아 기차를 탄 것이다.

어느샌가 잠이 들었나 보다. 차장이 객실 문을 두드리며 외치고 있었다.

"국경입니다."

새벽 3시 50분이었다.

국경은 언제나 낯설었다. 늦가을처럼 싸늘한 공기가 몰려오고 있었다.

승객들은 모두 기차에서 내려 이민국 관리소로 갔다. 출국 도장을 받고 나오는데 웬 터키 사내가 종이를 나눠주고 있었다. 앙케이트 조사였다. 터키의 어디가 좋았습니까, 당신 직업은 무엇입니까, 월수입은 얼마입니까, 당신의 생활 수준은 상, 중, 하······.

"이거, 남의 사생활은 알아서 어쩌겠다는 거야?"

은근히 불평이 터졌지만 그만큼 터키 정부가 관광 정책에 힘을 기울이고 있다는 증거였다.

한 시간 후 기차는 다시 떠났다. 잠시 후 불가리아 국경에 서자 이민국 관리가 들어왔다. 간단한 절차를 마친 후 드디어 기차는 불가리아 영토로 들어섰다. 시간이 갈수록 기온은 툭툭 떨어졌다. 두터운 옷을 입고 자리에 눕자 갑자기 여독이 몰려왔다.

얼마나 시간이 지났을까?

눈을 떠보니 날이 훤하게 밝아 있었다. 오전 9시경이었다. 다행히 아내의 열은 떨어져 있었고 컨디션이 괜찮다고 했다.

"불가리아야. 말로만 듣던 불가리아에 드디어 왔네."

아내는 감개무량한 표정으로 창문을 열고 산공기를 깊이 들이마셨다.

수목이 울창한 산들이 물결처럼 굽이치고 있었고 가끔 물이 퀄퀄 흐르는 계곡도 보였다. 우리는 창밖으로 고개를 내밀고 그 아름다운 풍경을 바라보며 넋을 잃었다.

"불가리아는 전체 국토의 구십 퍼센트가 산악이야. 그리고 불가리아의 수도 소피아는 해발 오백 사십오 미터로 유럽에서 가장 높은 곳에

위치한 수도지."

"아, 그래서 불가리아로 들어오자마자 추워졌구나."

"불가리아 하면 무슨 생각이 나?"

"글쎄…… 요구르트?"

"그리고 또?"

"모르겠는데."

"장미가 유명해. 지금은 줄었을 테지만 예전에는 세계 장미 생산의 팔십 퍼센트를 불가리아에서 생산했대. 그리고 장미 향수도 유명해."

아내는 잔뜩 기대에 부풀기 시작했다.

그런데 문제는 배가 고팠다는 것이다. 이른 아침에 도착할 줄 알고 아침을 준비해오지 않았는데 기차는 설 기미가 보이질 않았다. 결국 기차는 12시 20분경에야 소피아에 도착했다. 기차에서 내리니 배가 고파 휘청거릴 정도였다.

소피아의 변화

소피아 역에 내리자마자 우리는 역사에서 샌드위치를 먹었다. 맛이 없었다. 커피도 썼다. 그러나 값은 쌌다.

역사는 수많은 사설환전소와 숙소를 소개해주는 여행사들, 그리고 조그만 레스토랑들로 번잡스러웠다. 서유럽을 여행하다 온 사람 눈에는 초라해 보일 그 풍경이 예전과 비교하는 내 눈에는 활력 넘쳐 보였다.

역사 앞에서 트램을 타고 시내로 들어오는 동안 바라본 거리도 완전히 변해 있었다.

"야, 이럴 수가…… 십여 년 전 그 우울해 보이던 소피아가 이렇게 변하다니."

리노베이션한 건물들이 밝고 깨끗했으며 거리를 걸어다니는 사람들의 옷차림도 화려했고 표정도 한결 밝아 보였다. 알록달록한 차양이 쳐진 밝은 오픈카페들과 화려한 간판이 번쩍이는 현대식 레스토랑들도 보였으며 곳곳에 맥도날드와 KFC 등도 보였다. 이런 평범한 풍경조차 나에게는 범상치 않게 보였다.

시내 중심지의 숙소를 직접 찾아가 짐을 푼 후 거리로 나왔다.

우선 우리가 간 곳은 좀 근사해 보이는 레스토랑이었다. 빨간색 미니스커트를 입은 여종업원들이 손님을 받고 있었다. 배도 고팠지만 실험하는 기분으로 스파게티, 소고기 요리, 샐러드, 생맥주, 오렌지 쥬스 등 골고루 시켜보았다. 나중에 계산서를 보니 스파게티는 2,500원, 샐러드는 980원, 생맥주 500밀리리터가 1,100원 정도였다. 여전히 한국에 비하면 쌌지만 예전에 비하면 엄청나게 비싸진 것이다. 그때 천 원 정도에 먹을 수 있었던 음식이 이제 5천 원 정도를 내야 먹을 수 있었다. 물론 우리의 화폐가치도 변했으니까 정확한 것은 아니겠지만 어쨌든 많이 올라 있었다. 그만큼 임금도 올랐을 것이며 경제 수준도 높아졌다는 것을 의미했다.

그동안 불가리아의 정치 경제는 불안했었다. 1990년부터 1997년까지 7년 동안 무려 일곱 번이나 정부가 바뀌었으며 총생산은 감소했고 물가 상승은 엄청났다고 한다. 자국 통화가치는 폭락하고 외채도 급증했었다. 그러나 1997년 4월부터 페타르 스토야노프 대통령이 이끄는 정부는 개혁정책과 외자유치 등에 어느 정도 성공하고 있으며 2007년

EU에 가입할 예정이라고 한다.

물가나 거리 풍경뿐만 아니라 사람들의 의식도 변한 것 같았다. 중심지에 있는 대통령 궁 앞에서는 군인들이 근사한 모습으로 보초 교대를 하고 있었는데 사진을 찍고 구경을 하면서도 위압감을 느낄 수 없었다. 이들에게 대통령은 이제 권위적인 사람이 아니었다.

'춤 백화점'에서 우연히 한국 교민을 만났다. 몇 개월 전 소피아에 왔다는 그는 말했다.

"소피아는 공기가 좋아요. 그리고 아무리 더운 여름에도 그늘에만 들어가면 시원합니다. 그래서 신경통이나 관절염 있는 사람들이 소피아에 와서 고쳐간다고 해요."

"치안은 어떻습니까?"

"글쎄요. 집시들이 가방을 날치기하고 몰래 찢는다는 소리도 들었는데 아직까지 한 번도 보지 못했어요. 난, 서울보다 이곳이 살기 좋다고 생각되는데요. 조금 겁도 났었는데 생각 밖이에요. 생활필수품도 모자란 것이 없고요."

그들은 소피아라는 도시에 매우 만족하고 있는 것 같았다.

춤 백화점 지하에 있는 조그만 은행에서 환전을 하는데 점잖아 보이는 중견 사원이 상냥하게 웃으며 손님을 안내하고 있었다. 어느 서유럽 은행보다 더 친절한 모습이었고 예전에는 결코 상상할 수 없는 광경이었다.

장미향수와 요구르트

아내는 여자들의 옷차림을 보며 한마디했다.

"여자들 옷차림이 멋있어. 아주 세련되 보이는데."

불가리아가 못산다고 하지만 내 눈에도 여인들의 옷차림은 근사하게 보였다. 그건 러시아에 갔을 때도 느낀 것인데 이들 슬라브족들의 미적 감각은 대단한 것 같았다.

불가리아인들의 조상은 6, 7세기경부터 불가리아 땅에 들어온 남슬라브족이다. 그들은 왕국을 세우고 한동안 비잔틴 제국의 지배를 받다가 반란을 일으켜 독자성을 유지했지만, 14세기 중엽부터 약 500년 동안 오스만투르크의 지배를 받게 된다. 그래서 불가리아인들의 85퍼센트는 그리스 정교회 신자이지만 13퍼센트 정도는 이슬람교 신자다. 불가리아인들이 터키로부터 독립한 것은 19세기 후반이었는데 이때 제정 러시아에서 크게 도와주어 그때부터 러시아와 정치적으로 밀접한 관계를 맺게 되었다.

아내가 불가리아에 와서 가장 신기하게 여겼던 것은 키릴 문자였다.

P자는 영어의 R, B자는 V, 그리고 R자를 뒤집은 글자는 '야'로 읽으니 전혀 다른 세계로 온 것만 같다고 했다.

소피아 거리를 휘 쏘다니며 구경했다.

알렉산드르 네프스키 사원의 황금색 돔은 여전히 아름다웠다. 1912년에 세워진 이 사원은 불가리아가 터키를 상대해 독립 전쟁을 할 당시 도와주다 전사했던 20만 명의 러시아 군인들을 위해 세운 것이었다.

들어가 보니 열댓 명의 사람들이 모여 미사를 드리고 있었다. 그런

한결 밝아진 소피아 시내를 활보하는 불가리아 여인들.

데 어디선가 아름다운 노랫소리가 들려왔다. 그리스, 러시아 등 동방
정교회에서는 미사할 때 악기를 쓰지 않고 직접 노래를 부른다는데,
그 소리들이 매우 황홀했다.

그 사원 옆에는 6세기경에 만들어졌으며 소피아라는 도시 이름의
기원이 되었다는 스베타 소피아 교회가 있었고 근처에는 벼룩 시장이
있었다.

여유로운 마음으로 그곳을 돌아보고 나오는데 근처에서 가죽잠바를
입은 청년이 오토바이를 넘어뜨린 후 발로 밟고 있었다. 옆에 있던 장
발 청년은 들고 있던 맥주병을 바닥에 내려쳤고 한 패거리로 보이는
여자애들은 담배를 문 채 인상을 쓰며 사내들을 바라보았다. 그리고
오토바이를 걷어차던 청년은 구석에 가 쭈그리고 앉아 고개를 파묻었

다. 무슨 사연이야 있겠지만 예전에 볼 수 없었던 과격한 모습들이었다.

불가리아는 산악, 평원, 흑해 연안 등 풍요로운 자연의 혜택을 받은 땅으로 면적이 약 11만 제곱킬로미터다. 인구는 약 900만 명. 그러니 한반도의 반만 한 넓이에 남한 인구의 4분의 1도 안 되는 인구가 사는 넉넉한 땅인 것이다.

이렇게만 생각하면 풍요로울 나라가 이제 욕망의 소용돌이 속으로 말려들고 있다는 생각이 들었다. 필경 더 많이 갖고 싶어하는 욕망과 이룰 수 없는 현실 사이에서 심사가 뒤틀린 사람들도 많아지고 범죄율도 점점 높아져가며 발전하는 만큼 생기는 그늘도 점점 짙어질 것이다.

그나저나 장미 향수는 어디서 파나?

사고 싶어서가 아니라 예전의 추억을 되살려보고 싶어서였다.

예전에 나는 춤 백화점에서 목각인형에 들어간 장미 향수를 열 개나 산 적이 있었다. 한 개에 몇백 원 정도로 싼 데다 군중심리에 휩싸여서 산 것인데, 그후 5개월을 계속 배낭에 넣고 다니다 집에까지 갖고 왔었다. 그러나 평생 향수를 안 바르신 나이든 어머니가 그것을 좋아할 리 없었고, 한 개에 몇 백원짜리 향수를 누구에게 선물 줄 일도 없었으며, 내가 쓸 수도 없어서 결국 다 버리고 말았다.

5월이면 장미 축제를 열 정도라는데 막상 장미 향수 파는 곳을 쉽게 찾을 수 없었다. 백화점을 샅샅이 뒤졌으면 어렵지 않았겠지만 나도 그렇고 아내도 향수에 대해서는 잘 몰라서 쉽게 포기하고 말았다.

단, 우리는 요구르트를 꼭 먹어보고 싶었다. 불가리아 요구르트는 유명하다. 원래 요구르트는 터키, 중동, 지중해 연안 지방, 불가리아 산악 지방에서 유행했는데, 1910년 러시아의 생물학자 메치니코프가 수명이 긴 불가리아 산악부족을 연구하면서 그 장수 비결을 그들의 요구르트에서 찾은 후, 전세계적으로 유행하게 되었다고 한다.

그러나 짧은 시간에 이것저것 하다 보니 특별히 요구르트를 찾아다닐 시간이 없었는데, 숙소 근처의 KFC에서 우연히 요구르트를 먹을 수 있었다.

그건 정말 우연이었다. 말도 잘 안 통해서 물어보기도 귀찮아 그냥 손가락으로 아무것이나 찍었는데 그게 요구르트였다. 나중에 물어보니 말카 췌잔키라는 것인데 오이가 섞인 요구르트였다.

기분 탓일까, 아니면 진짜 맛이 좋아서일까?

아무튼 그곳에서 먹던 요구르트의 시원새콤한 맛이 기가 막히게 좋았다.

미국 자본의 KFC지만, 불가리아에서만 먹을 수 있는 요구르트였으니 불가리아 것이라고 할 수 있지 않을까?

아름다운 산하

우리가 묵었던 숙소는 중심지에 있었는데 그곳은 말이 호텔이지 가정집에서 아파트를 개조한 것이었다. 허름한 겉보기 건물과는 달리 안은 모든 게 갖춰진 널찍하고 깨끗한 방이었지만, 새벽에 체크아웃하다 씁쓸한 일을 겪었다. 냉장고를 검색하던 주인 할머니의 안색이 변한 것이다. 뭐라 중얼거리는데 우리를 의심하는 표정이었다. 뭘 마시고 시침뗀다고 오해하는 것 같았다.

소피아라는 도시 이름의 기원이 된 스베타 소피아 교회.

우리는 밖에서 사왔던 미네랄워터를 보여주며 냉장고에 있는 것은 마신 적이 없다고 말했지만 할머니의 표정은 여전히 쌀쌀맞았다. 그렇다고 명확히 뭐가 없어졌다며 돈을 달라는 것도 아니었다. 억울했다.

하긴, 할머니는 처음 들어왔을 때부터 여권을 달래서 기록한 후, 주머니 속에 꼭 간직하고 있다가 현금을 받은 후에야 우리 여권을 힘들게 꺼내주었다. 웃음 속에서도 어떤 경계심을 느낄 수가 있었다.

잠깐 스쳐가는 입장에서 함부로 불가리아 사람들에 관한 평을 할 수는 없겠지만, 앞으로 많은 여행자들이 드나들수록 이렇게 서로 신경을 곤두세우는 일은 많아질 것이다. 우울했다.

과연 앞으로 이들은 어떻게 변해갈까?

소피아와 루마니아의 부쿠레슈티 사이를 운행하는 국제열차는 시설이 형편없었다. 낡은 좌석엔 먼지가 뽀얗게 앉아 있었고 한쪽이 찌그러져 있었다. 화장실에 가니 좌변기가 그냥은 도저히 앉을 수 없을 정도로 더러웠고 지린내가 진동했다.

형편없는 열차였으나 밖의 경치는 기가 막히게 아름다웠다. 푸른 산에 점점이 예쁜 집들이 들어서 있었고 깊은 계곡으로 시원한 물이 퀼퀼 흘러가고 있었다. 가끔 보이는 조그만 역사에 마련된 파란 파라솔 밑의 의자에 앉아 차를 마시는 사람들이 꽤나 여유롭고 한적해 보였다.

열린 창문으로 들어오는 초가을 햇살은 따스했고 8월말 산바람은 싸늘했다. 기차가 끝없이 펼쳐진 산골을 달리는 동안 나는 열린 창문으로 가슴을 내민 채 팔을 쭉 뻗었다. 얼굴을 치는 바람에 숨이 막혔고 손가락 사이를 빠르게 스쳐 지나가는 바람이 간지러웠다.

아, 이 상쾌한 기분.

아침의 불쾌했던 기분은 어느샌가 사라지면서, 불가리아는 정말 아름다운 나라라는 탄식이 나왔다.

얼마쯤 갔을까?

저 앞에서도 한 여인이 창 밖으로 머리를 내밀고 뒤를 돌아보다 내 눈과 마주쳤다. 그녀는 호기심 어린 눈초리로 계속 나를 돌아보다 나처럼 팔을 내밀었다. 그러자 여인의 하얀 팔이 바람에 하늘하늘 흩날리기 시작했다.

기차가 강을 건너고 계곡을 건너는 동안 여인의 하얀 팔은 맑은 햇살과 초가을 바람 속에서 코스모스처럼 하늘거리고 있었다.

아…… 이 바람처럼 자유로운 순간. 행복하다. 나는 행복하다.

대지와 하늘의 맑은 기운이 한줄기 찬 샘물처럼 가슴속으로 스며들었고 그 순간 온몸이 둥실 떠올라 어디론가 날아가는 것만 같았다.

기차는 산골 역에 종종 섰다. 가끔 금발의 여인들이 나타났을 뿐 역사들은 한적했다. 종종 한국의 강원도처럼 옥수수밭도 펼쳐졌고 파란 하늘에 하얀 구름이 유유히 떠가고 있었다.

아쉬웠다. 이 아름다운 곳을 그냥 이렇게 스쳐 지나가다니. 언젠가 다시 꼭 와 저 산하를 걸어보리라고 다짐했다.

배가 고팠다. 역에서 사온 빵 몇 개를 먹었으나 충분치 않았다. 식당 칸도 없는 것 같았고 짐을 놓아두고 그곳을 찾기도 영 불안했다. 할 수 없이 터키에서부터 가지고 다녔던 해바라기 씨만 계속 까먹었다. 저녁 나절에 도착할 예정이니 조금만 참으면 된다고 생각했다.

해가 조금씩 서쪽으로 기울 무렵 검표원이 와서 티켓 검사를 했다. 그가 사라진 후 갑자기 솜털 같은 꽃씨가 엄청나게 날려들어왔고 평원이 펼쳐지기 시작했다.

열차는 형편없었지만 바깥 경치는 기가 막히게 아름다웠다.

푸른 들판에는 말들이 뛰놀았고 벽돌에 기와를 얹은 집들도 보였다. 들판길을 따라 마차가 달리고 있었다. 고삐를 잡은 할아버지와 그 옆의 할머니가 창 밖으로 목을 내민 나를 바라보았다. 그 뒤에서 젊은 여자애가 머리를 흩날리며 자전거를 타고 달리고 있었다.

그리고 얼마 가지 않아, 오후 6시 10분에 국경 도시인 뤼세 역에 도착했다. 소피아에서 약 7시간 20분 걸린 길이었다. 그런데 거기서부터 이상한 일이 벌어지기 시작했다.

루
마
니
아

국경에서의 음모

　　국경에서의 일은 마치 한 편의 영화와도 같았다. 알 수 없는 일들과 알 수 없는 사람들이 계속 등장하다 알 수 없게 끝난 사건이 일어난 것이다.

뤼셰 역에서 정차하는 동안 복도에서 창 밖을 내다보고 있던 우리에게 아이들이 다가와 조잡한 병에 든 음료수를 팔려 했고 기차 안을 돌아다니던 어떤 청년은 돈다발을 코앞에 흔들며 달러를 바꾸라고 했다.

예감이 안 좋았다. 불안한 공기가 파도처럼 밀려오고 있었다. 겁 많은 아내 역시 잔뜩 긴장한 표정으로 그들을 바라보았다. 불가리아 이민국 직원들은 맨 앞칸부터 출국 수속을 밟는지 나타나지 않았다.

한 떼의 아이들이 지나가고 난 후 몇몇 사내와 여자가 새로 타서 우리 옆 객실로 들어갔다.

잠시 후 파란색 제복에 권총을 찬 뚱뚱한 관리가 여권 검사를 하기 시작했다. 우리 칸으로 왔을 때 그의 입에서 술 냄새가 풍겼다.

어쩐지 이상하다는 느낌이 들었다. 이민국 관리가 술을 마시고 검사를 해?

"오, 한국인…… 얼마 동안 루마니아 여행할 겁니까?"

"글쎄요, 일주일이나 이 주일 정도?"

말해놓고 보니 정말 이상했다.

이들은 불가리아 이민국 직원이 아니었단 말인가? 불가리아 출국 도장도 안 받았는데 루마니아 관리들이 입국 도장을 찍어주려는가? 그것도 불가리아 영토에서?

"돈, 얼마 있어요? 좀 봅시다."

돈? 갈수록 가관이었다. 차라리 내 간을 빼달라고 하지.

"당신이 그건 알아서 뭐합니까?"

"아, 우리 루마니아에서는 여행하려면 하루에 오십 달러 이상은 있어야 합니다. 그러니까 돈을 보자는 거요."

만약 초보여행자였다면 나는 얼떨결에 보여주었을지도 모른다. 그러나 그건 말도 안 되는 소리였다. 실제로 다른 나라에서도 입국할 때 돈을 확인하는 경우가 있기는 하지만 그건 안전한 공항에서 정식으로 검사할 때였지, 이렇게 기차 안에서, 술 냄새 풍기는 관리가, 출국 수속도 아직 밟지 않은 사람에게 돈을 보자는 경우는 없었다.

주변 파악을 해보니 아니나 다를까, 바로 그 관리 앞에 영 기분 안 좋게 생긴 중년 사내가 서서 마치 내가 돈 꺼내는 것을 기다리고 있는 듯한 표정을 짓고 있었다. 아까 새로 타서 우리 옆칸으로 들어간 일행 중의 하나였다.

뭔가 음모가 착착 진행되는 듯한 육감이 정수리에 꽂히고 있었다.

"도대체, 당신 누구요?"

"루마니아 이민국 관리요."

그러면서 자신이 갖고 다니는 스탬프를 보여주었다. 그러나 아까 보니 여권만 볼 뿐 스탬프 찍어주는 것은 보지 못했었다.

"불가리아 영토에서 당신들이 무슨 권리로 이런단 말이오? 난, 당신 믿을 수 없어요."

눈을 치켜뜨며 단호하게 항의하자 이 친구 갑자기 물러서며 오케이, 오케이, 웨이트(기다려), 웨이트 하며 옆칸으로 갔다.

옆칸에서도 뭔가 언성이 높아지고 있었다. 그 관리는 여권에 도장을 찍는 일도 하지 않은 채 그렇게 소란을 떨다가 내려버렸다.

아내는 신경을 바짝 세우고 계속 주변을 살피기 시작했다.

"뭔가 이상해. 저 사람 좀 봐. 아까 우리에게 음료수 팔던 애들과 잘 아나 봐. 웃으며 얘기하고 있잖아."

보니 배 나온 중년 사내가 아이들과 뭔가를 얘기하다 우리 칸에 올라탔는데 아까 루마니아 관리 옆에서 내가 돈 꺼내는 것을 기다리는 듯하던 사내와 한패였다. 그와 같이 탄 중년 여자도 느낌이 안 좋았다.

아내는 한 편의 시나리오를 펼치기 시작했다.

"이 사람들이 다 한 패야. 아까 나타났던 애들이 염탐꾼임에 틀림없어. 그 애들이 먼저 어느 칸에 외국인이 탔다는 것을 살펴본 후 저놈들에게 알려주었고 전부 우리 옆칸에 탄 거야. 아까 루마니아 관리는 우리 돈이 얼마 있나, 어디에 갖고 있는가를 알아보기 위해 선발대로 나선 것이고."

듣고 보니 그럴 듯했다. 나는 한술 더 떠 이런 시나리오를 펼쳐보았다.

기차가 떠나기 직전, 몇 명이 보초를 서고 우리 객실로 들어와 가스총을 발사한다. 마취된 우리의 돈을 다 턴 후 내려버린다. 결국 루마니아에 가서 우리가 깨어나보았자 이 사건은 불가리아 영토에서 일어난 일이므로 그들의 소관이 아니고 범인은 찾을 길이 없다. 그리고 아까 그 가짜 루마니아 관리와 패거리들은 어느 술집에서 돈을 나눠 먹는다. 결국 우리는 빈털터리가 되어 여행을 그만둘 수밖에 없다.

이런 얘기를 하자 아내의 긴장은 극도에 달했다.

내가 너무 심하게 얘기했나?

아내가 너무 불안해하는 것 같아 안심시켜야 했다. 나는 인상을 잔뜩 찌푸리며 말했다.

"나 봐. 무섭지 않아? 내가 강도처럼 보이는데 뭐가 걱정이야."

그럴 때는 수염을 길러 험상궂은 내 모습이 스스로 든든하게 생각되었다. 나는 날카로운 이빨을 드러낸 표범처럼 인상을 쓰며 어떤 놈이든 건드리면 가만두지 않겠다는 의지를 주변에 알리기 시작했다. 중국 무술 영화에 나오는 야비한 악당처럼.

그런 살벌한 시간이 한 30분쯤 지났을까?

불가리아 이민국 관리들이 그제서야 나타나 출국 스탬프를 여권에 찍어주기 시작했다. 그러자 옆칸에서 계속 나를 살피던 사내는 여자와 함께 짐을 들고 기차에서 내려버렸다.

분명히 수상한 사람들이었다. 플랫폼에 서서 병맥주를 마시던 그들 중의 한 여자가 힐끗 나를 쳐다보았다. 무슨 얘기를 하기 시작하는데 얼굴에는 실망감이 가득했다. 잠시 후 중년 부부는 어깨를 늘어뜨린 채 역사를 빠져나갔다.

"저 봐, 저 사람들은 갈 것도 아니면서 우리 옆칸에 탔다가 다시 가잖아."

아내는 이제 확신하고 있었다. 그나저나 그들의 친구로 보이는 배불뚝이 사내는 여전히 우리 옆칸에 있기에 조심해야 했다. 그는 계속 나를 살피고 있었다.

불가리아 출국 수속은 간단하게 끝났고 기차는 출발했다. 다리를 건너자 곧 루마니아 입국 관리소가 나왔다. 입국 수속을 밟기 위해 기다리는데, 아, 이건 뭔가. 기차 저쪽에서 나타난 이민국 관리들 중에 아까 그 술 취했던 뚱뚱한 '동무'가 끼여 있지 않은가. 그는 정말 이민국 관리였던 것이다.

그들은 승객들의 여권을 걷기 시작했다. 드디어 우리 차례가 되었을 때 뚱뚱한 관리는 "헬로우 코리언"이라 말하며 능글맞게 웃었다. 순간 소름이 쪽 끼쳐왔다. 여권을 걷어간 그들은 이민국 사무실로 들어간 후 한동안 나오질 않았다.

옆칸의 알바니아 할머니는 한숨을 내쉬었다. 모두들 복도에 쪼르르 서서 이제 오나 저제 오나 창밖의 이민국 사무실만 바라보았다.

서유럽은 물론 동유럽에서도 대부분 스탬프는 기차 안에서 찍어주는데 왜 걷어간 것일까?

해가 서서히 지며 어둠이 내려앉자 마음도 더 불안해지고 있었다.

"아까 그 녀석이 우리 여권 보고 트집 잡는 것은 아닐까? 비자도 안 받았는데."

아내는 계속 불안해했다.

"옛날은 모르지만 지금 비자는 필요 없어. 비자 면제 협정이 맺어져 있으니까 걱정하지 마."

말이야 태평하게 했지만 은근히 걱정되기는 나도 마찬가지였다.

국경을 넘어 한 시스템에서 다른 시스템으로 넘어가는 순간, 우리는 모두 어리숙하게 된다. 여태까지 자신을 지탱해주었던 체계가 바뀌면서 어리벙벙해지는 것이다. 그 순간은 자유롭기도 하지만 당혹스럽고 불안하기도 하다.

여행을 아무리 많이 해도 그 과정은 누구나 겪게 된다. 유럽 여행을 아무리 많이 했어도 인도에서는 초보자가 되고, 인도가 아무리 익숙해도 중국 가면 또 헤매게 된다. 물론 여행 경험이 많을수록 적응 속도는 빨라지겠지만.

옆칸에 탄 불가리아 청년도 불안한 표정으로 투덜거리고 있었다.

"난 여태까지 수없이 자동차로 루마니아를 드나들었어요. 기차로 오는 건 이번이 처음인데, 뭐 이런 경우가 다 있는지……."

세관원이 돌아다니기 시작했지만 우리 배낭은 보지도 않고 그냥 통과했다.

이윽고 관리들이 여권을 들고 기차에 탔다. 그 뚱뚱한 관리는 친절한 웃음 띤 얼굴로 다시 "헬로우 코리안"이라고 말하며 여권을 펴서 입국 도장 찍은 것을 보여주었다.

"한 달짜리."

그렇게 말하면서 사라지는데 기분이 얼떨떨했다. 모든 것이 별탈 없이 제대로 된 것이다. 조금 싱거운 기분이 들며 허탈해졌다.

우리가 너무 예민했던 것일까?

그럴지도 모르고 진짜 음모가 있었는지도 모른다. 그러나 분명한 것은 아까 불가리아 국경에서의 일은 정상적인 절차가 아니었고 이상한 사내 하나는 우리 옆칸에 있다는 사실이었다.

기차는 열심히 달렸지만 처음부터 소피아에서 두 시간이나 늦게 출발했고 국경에서 약 두 시간을 지체하는 바람에 서너 시간 정도가 연착될 것 같았다. 잔뜩 긴장했다가 풀어지고 나니 기진맥진해지고 골까지 아파왔다. 물도 다 떨어졌다.

내 잘못이지, 준비를 많이 해올 것을, 조금만 참으면 된다고 생각했으니……

힘들어하는 아내를 보며 그런 생각을 하고 있는데 기차 차장이 나타났다.

"여권 좀 봅시다."

아까까지 꺼냈던 여권이라 아무 생각 없이 보여주었는데 이 친구 여권을 꽉 쥐더니 티켓을 보자고 했다. 그때는 몰랐지만 나중에 생각해보니 그것부터가 수상했다. 어느 국경을 통과할 때고 차장이 여권을 보여달라는 법은 없었다. 티켓을 마저 보여주자 그는 친절한 미소를 지으며 말했다.

"예, 이 티켓은 문제없는데, 여기 붙여놓은 서류가 없네요."

"서류라니요?"

"이 티켓을 살 때 불가리아에서 영수증으로 하나 갖고, 우리 루마니아쪽에서 갖는 영수증이 하나 있어야 하는데, 그게 없네요."

어디 있으려니 하고 대수롭지 않게 찾아보았지만 전대에도 없었고 가방에도 없었다. 조금 당황하는 나에게 차장은 웃으며 말했다.

"안됐군요. 만약 없으면 일인당 십 유로달러를 지불해야 해요."

결국 할 수 없이 20유로달러를 지불해야 했고 차장은 정성스럽게 돈을 받았다는 영수증까지 써준 후 악수까지 나누고 돌아섰다.

조금 시간이 지난 후 생각해보니 이상했다. 아무리 생각해보아도 소피아에서 표를 살 때 그런 것은 없었다. 다만, 이스탄불에서 소피아까지 오는 기차표에 영수증이 있었는데 내가 그것을 혼동한 것이다. 워낙 숨가쁜 여정이어서 계속 일어나는 일들이 혼동되었고 잔뜩 긴장했다 풀어진 데다 허기까지 지고 나니 판단력이 흐려져 당해버린 것이었다.

아니나 다를까, 옆칸의 불가리아 청년에게 확인해보니 내 티켓과 똑같았지만 그런 영수증은 없었고 차장은 요구하지도 않았다고 했다.

분했고 스스로가 부끄러웠다. 세계 각지에서 별별 경험을 다한 내가 예전에 와보았던 곳에서 이렇게 당하고 나니 아내에게도 창피했다.

내 이놈을…….

그렇게 분노에 떠는 나를 보고 불가리아 청년이 달랬다.

"너무 화내지 마세요. 저런 사람들은 어디나 있어요. 난 독일에서도 차장에게 바가지를 썼는데요. 그냥 적선했다고 생각하세요. 저 사람들 한 달 월급이 오십 달러 정도예요. 그러니 이런 식으로 사람들에게 돈을 뜯어내 부수입을 올리지 않으면 살기가 힘들어요. 그래도 이십 유로달러니까 얼마 안 되잖아요. 그 사람이 사십, 오십 유로달러를 요구했으면 더 당할 뻔했잖아요?…… 불쌍한 사람들이에요. 가난 때문에 그래요."

30대 후반의 불가리아 사내는 그렇게 나를 달랬다. 그 차분한 어조와 논리 앞에 내 화는 수그러졌다. 예전에 루마니아의 비참한 현실을 보았던 나였기에 그냥 삭이기로 했다.

우리 칸으로 와서 아내에게 그런 얘기를 하니 아내는 처음에 흥분하다 이내 수그러들었으나 곧 반문했다.

"그 불가리아 사람도 수상하지 않아? 아, 정말 무서워 죽겠어. 어떻게 차장까지…… 그러고 보니 옆칸의 알바니아 할머니도 수상하고, 아까 복도를 왔다갔다하던 사내도 좀 수상했어. 이거 뭐, 완전히 오리엔트 특급 살인사건 현장 같아. 다 수상해."

우리는 그렇게 혼란에 빠져서 기진맥진한 채 부쿠레슈티로 올 수밖에 없었다.

시비 거는 부쿠레슈티

저녁 6시면 도착할 줄 알았던 기차는 밤 11시나 되어서야 도착했고 우리는 배가 고파 거의 혼절 직전이었다.

배낭을 단단히 메고 객실을 나서다 마침 복도를 걸어오던 차장과 마주쳤다. 잠시 눈빛이 흔들린 그는 어색한 말투로 말했다.

"미스터 리, 부쿠레슈티입니다. 행운이 있기를 빕니다."

나는 어금니를 지그시 누를 수밖에 없었다.

기차에서 내린 차장은 역사를 향해 종종걸음으로 걸어갔다. 사라지는 그의 뒷모습이 몹시 초라하고 슬퍼 보였다.

가이드북을 보고 일단 역 근처의 호텔을 가기로 했다. 방향을 잡기가 힘들어서 마침 근처의 레스토랑에서 일하던 종업원에게 물어보니 손가락으로 가리켜주었다.

그렇게 방향을 잡고 걸어가는데 거리에 있던 청년이 혀를 굴리며 영어로 안내해주겠다고 말했다. 그 표정이 불량스러워 거절하고 앞장서자 그 녀석은 아내를 툭 치며 뭐라 떠들었다.

내 마누라를 쳤어?

돌아서서 노려보니 뭐라 말하며 깐죽거리고 있었다. 오냐, 울고 싶은 놈 뺨 건드렸겠다. '두발 당수'로 날아가는 광경을 상상하며 배낭을 풀려는 순간, 아내는 소리를 꽥 지르며 말렸다.

"이 밤에 여기서, 싸움해서 어쩌자는 거야."

아내는 한번 화가 나면 죽음을 무릅쓰고 달려드는 나의 대책 없는 다혈질 기질을 무서워하고, 나는 아내의 빽빽거리는 소리를 더 무서워한다. 할 수 없이 참고 돌아서는 수밖에 없었다.

역 앞의 어느 호텔에 짐을 풀고, 근처의 환전소에서 약간의 돈을 환전한 후 역 안의 맥도날드로 가려고 하니 제복을 입은 사람이 돈을 내라고 했다.

역 안에 들어가는데 돈을 내라는 것도 이해가 되지 않았고 고압적이고 빤질빤질한 사내의 태도가 불쾌해서 안으로 들어가길 포기하고 식료품점을 찾았으나 캄캄한 역 앞에는 휭 하니 바람만 불어오고 멀리 섹스숍 간판과 썰렁한 거리에 늘어선 택시들만 보였다. (나중에 알고 보니 역 안에 들어가려면 돈을 내게 되어 있었다.)

이 컴컴한 데서 어딜 가서 먹어야 하나…… 암담한 심정으로 역 근처를 살피는데 마침 문을 닫고 있던 슈퍼마켓이 보였다. 그렇게 해서 빵과 요구르트와 쥬스를 간신히 사서 먹고 나니 새벽 한시였다. 정말 길고 긴 하루였다.

다음날도 그렇게 상쾌한 날은 아니었다. 불쾌한 일들이 줄을 이어 기다리고 있었다. 아침에 눈을 뜨니 호텔 카펫에서 나는 냄새를 참기 힘들었고 시내로 가기 위해 지하철 표를 사는데 역무원이 잔돈을 떼어 먹으려고 했다.

지하철 요금은 12,000레, 우리 돈으로 환산하면 약 450원 꼴이었다. 이들의 물가 수준을 생각할 때 결코 싼 비용은 아니었다.

매표소 직원은 여자였는데 쌀쌀맞게 잔돈을 던져주었다. 동전 숫자가 너무 많아 조금 당황하며 하나하나 확인을 해보니 5천 레(약 190원 정도)가 모자랐다. 내가 고개를 들자 여자는 그제서야 5천 레짜리 동전 하나를 휙 던지며 기분 나쁘게 나를 쏘아보았다.

황당했다. 기분 나쁜 사람은 나지 자기인가?

그후, 그곳에서 표를 살 때 아내를 시켜보니 역시 5천 레는 나중에 슬쩍 눈치 보며 주었다.(물론 모든 매표소가 다 그런 것은 아니었다.)

이런 예는 또 있었다. 역 안의 맥도날드에서 주문 받던 점원은 아내에게 자꾸 물어본 것을 또 물어보고, 시키지도 않은 것을 주문했냐고 물으면서 수다스럽게 혼을 빼더니 결국 잔돈 500레 정도를 안 준 것이다. 아내는 그 자리에서 계산하고 따져서 받아냈지만 기분이 좋을 리 없었다. 사실 500레 정도면 약 19원 정도, 안 받아도 그만인 돈이었다. 하지만 고의인 것 같아서 기분이 나빴다.

자기들끼리도 그런 것을 보았다. 거리의 오픈카페에서 차를 마시는데 샌드위치를 샀던 웬 아줌마가 잔돈 계산을 하더니 다시 들어가 더 받아갖고 나오는 것을 목격했다.

왜 이런 일들이 일어났을까? 우리가 재수가 없어서였을까? 아니면 물가는 오르고 월급은 형편없으니 생계를 위해 약간의 부수입을 올리려는 태도가 많은 사람들에게 전염되어 있어서였을까?

루마니아의 화장실 남녀 표시가 재밌다.

밝은 모습들

좋은 일이 있으려고 나쁜 일이 먼저 왔던 것일까?

기분 상해 있던 우리에게 부쿠레슈티는 차차 밝은 모습을 보여주기 시작했다.

예전처럼 상점들 앞에서 길게 줄을 서 있는 모습도 볼 수 없었고 사람들의 옷차림도 밝았다. 거리를 걷다 보니 레간자, 마티즈, 티코, 에스페로, 씨엘로 등의 한국 차들이 많이 보여 반갑기도 했다.

지하철을 타니 사람들이 우리를 흘끗흘끗 쳐다보았다. 자기들끼리도 서로 살폈다. 그건 한국과 비슷한 분위기였다. 한국에서만 산 사람은 잘 느끼지 못하겠지만, 일본 같은 데 여행하다 서울에 오는 순간, 나는 그런 것을 많이 느꼈다. 일본은 좋게 말하면 차분하고 질서가 있으나, 나쁘게 표현하면 역동성이 부족하고 철저히 거리를 유지해서 깍쟁이 같은 느낌이 들었다. 한국은 정반대였다. 좋게 말하면 역동성과 솔직함이 넘쳐흐르나 나쁘게 말하면 거칠고 급하게 속을 드러내어 어딘지 불안한 기운이 감돌았다.

전날 놀랐던 심약한 아내는 이 사람들이 또 뭔가를 노리는 것 같다며 겁냈지만 나는 그건 아니라고 생각했다.

자리가 나서 앉았다. 아내는 저쪽에 나는 이쪽에. 그러자 말쑥하게 차려 입은 아내 옆자리의 사내가 나에게 이쪽에 와서 앉으라는 시늉을 하며 일어났다. 처음엔 그가 내리는 줄 알았다. 그러나 그는 구석에 가서 서 있는 게 아닌가. 그는 자리를 양보한 것이다. 그에게 고맙다는 눈인사를 하자 그의 얼굴이 발개지고 있었다. 우리는 그의 수줍음 앞에서 잠시 감격했다.

따스한 햇살을 받으며 늘어선 헌책방들.

　루마니아 정교회 사원에서 미사를 드리고 있는 신도들도 보았다. 공산주의 사회에서 탄압받던 종교는 그렇게 부활해 있었다.

　사원의 입구에 앉아 간절하게 기도하는 여인과, 구걸하던 할머니에게 돈을 주던 빨간 미니스커트를 입은 어느 여인에게서 작은 감동을 받았고 마침내 인터콘티네탈 앞의 광장에 오는 순간, 나는 전율했다.

　아, 이렇게 변하다니……

　민주화를 열망하던 낙서가 가득했던 부쿠레슈티 대학 근처의 을씨년스런 담벼락은 철거되었고 그 앞에는 예쁜 분수가 있었다. 그리고 근처에는 헌책방들이 따스한 햇살을 받으며 주욱 늘어서 있었다.

　남들에게는 평범한 그 풍경이 나에게는 몹시 감격스러웠다.

　약간 흥분한 상태에서 분수대 근처의 벤치에 앉아 책을 보던 학생에게 말을 붙여보았지만 영어를 잘 못하는 그는 그냥 웃기만 했다.

10년 전 들은 얘기가 생각났다.

"이십 년 후에 다시 오면 우리는 일어서 있을 겁니다."

그때 그 루마니아 학생은 아침부터 밤까지 도서관에서 공부를 했다던가.

그의 장담을 보려면 이제 10년이 더 지나봐야 한다. 그러나 그때까지 가지 않아도 난 확신이 갔다. 10년 만에 그 음침하고 실의에 차 있던 곳에 이렇게 삶의 열기가 솟아오르고 있으니 가까운 미래에는 활짝 꽃을 피우지 않겠는가.

밤이 되자 가로등의 불빛이 빛나기 시작했다. 만약 서유럽쪽에서 온 여행자라면 그 거리조차 초라하고 을씨년스럽게 보였을 것이다. 그러나 예전의 암울한 겨울 밤거리를 기억하던 나로서는 그 풍경이 너무도 밝고 희망차 보였다. 루마니아는 그때 바닥을 쳤고 이제 올라가는 일만 남았다는 생각이 들었다.

2007년, 루마니아도 EU에 가입할 예정이다. 멀지 않은 일이다.

아싸 아싸

차차 루마니아의 분위기에 익숙해지면서 본격적으로 여행하는 맛이 나기 시작했다. 붐비는 기차역으로 가 브라쇼프행 기차를 탔을 때, 우리 칸에는 다섯 명의 노인들이 이미 타 있었다.

그들은 브라쇼프 사람들로 부쿠레슈티 구경을 마치고 돌아가는 길이었는데, 비록 말은 안 통했지만 우리들이 한국에서 온 것을 알고 매우 반가워했다.

다에보(대우), 삼숭(삼성), 현다이(현대) 물건들이 좋고, 예전에는 외국 사람과 얘기하면 수갑 채워 잡아갔지만 지금은 괜찮다며 좋은 시절이라고 말했다.

특히 옆의 할아버지는 다정다감한 사람이었는데 나이가 무려 아흔 살이었지만, 70대 중반 정도로 보였고 목소리도 나보다 더 쩌렁쩌렁했다. 다른 노인들도 80대 초반인데 다들 정정했다. 그 중에 가장 어린 사람은 할아버지의 딸로 예순 먹은 할머니였는데 아무리 나이가 먹어도 부모 앞에서는 애인가 보다. 그 할머니는 얼굴을 붉히며 어리광부리듯 얘기해서 웃음을 참느라 진땀이 났다.

내 옆의 할아버지는 계속 우리에게 먹을 것을 주었다. 그는 PRIGAT라 쓰여진 복숭아 음료수를 컵에 따라준 후, 자신의 손에 입을 맞추며 뽁, 소리를 내고 고개를 젖히며 "프로모스트!"라 외쳤다. 아마 최고란 뜻 같았는데, 뒤이어 어깨를 으쓱거리며 "아싸, 아싸"라고 외쳤다. 도대체 아싸라는 말은 어디서 유래된 것일까? 우리도 기분 좋으면 아싸라고 외치지 않던가.

할아버지는 계속 우리에게 무엇인가를 주었다. 배도 주고, 사과 쥬스도 주고, 심지어는 세 가지 색깔이 나오는 볼펜도 선물로 주었다.

그러더니 급기야 지갑을 꺼내는 게 아닌가. 옆의 할머니는 기겁을 했으나 할아버지는 우리에게 돈을 주려는 것은 아니었다. 지갑에서 돈을 꺼내 세기 시작하던 할아버지는 슬쩍 한 장 빼는 시늉을 하면서 조심하라고 주의를 주었다. 환전할 때 주의하고, 소매치기를 조심하라는 메시지였다.

할머니는 그런 할아버지를 향해 바가지를 긁기 시작했다. 아마 이런 말이었을 것이다.

"아, 낯선 사람들 앞에서 왜 돈을 꺼내요. 위험하게시리."

참 아기처럼 순수하고 정이 많은 할아버지였다.

기차는 어느샌가 들판을 달리고 있었다. 옥수수 밭이 보이자 할아버지는 우리에게 뭔가를 설명했다. 들어보니 '마마리가(옥수수죽)'가 자기들 주식이라는 뜻 같았다. 나중에 알고 보니 이 옥수수죽은 루마니아 시골에서는 거의 주식처럼 먹는 것이었다.

기차가 이윽고 시나이아를 지나갈 때 갑자기 할아버지, 할머니들이 소리를 지르며 창 밖을 가리켰다. 산 정상에 거대한 십자가가 서 있었는데, 그들의 말에 의하면 웅가리(헝가리)와 루마니아가 트란실베이니아 지방을 놓고 싸울 때 희생된 루마니아 사람들을 위해 세운 것이었다. 신기한 일이지만 말은 안 통해도 나는 눈치로 그 말을 다 알아들을 수 있었다.

"웅가리는 잘 살고 루마니아는 가난해. 하지만 루마니아는 석유가 나서 앞으로 잘 살 거야…… 루마니아 남부 사람들은 별로 안 좋아. 북쪽 사람들이 좋지. 특히 브라쇼프, 시기쇼아라, 클루지나포카 사람들이 좋아."

참 신기한 일이다. 어느 나라에든 지역감정이란 게 있었다. 수다스럽고 유쾌한 남부 독일 사람들은 북부 독일 사람들이 차갑다고 싫어했고, 일본의 관동 지방 사람들은 관서 지방 사람들이 거칠어서 싫다 했으며, 파키스탄의 북부 사람들은 남부 사람들이 거짓말을 잘한다고 싫어했다. 또한 이탈리아 북부 사람들은 남부 사람들이 도둑질을 잘한다고 싫어했다. 물론 비난받는 지역의 사람들은 반대로 상대 쪽이 싫은 이유를 댔을 것이다.

사람 사는 데는 비슷하다는 생각이 들었다.

브라쇼프에 도착한 후, 우리는 플랫폼에서 아쉬운 이별을 했다. 할아버지, 할머니들은 나와 아내의 볼에 키스를 해주었고 끌어안았다. 특히 내 옆의 할아버지는 슬픈 표정을 지으며 걱정스러운 눈빛으로 조심해서 다니라고 말했다. 참 고맙고 순박한 노인이었다.

트란실베니아 평원.

활기찬 브라쇼프

브라쇼프에서 우리를 기다리고 있는 환영객들이 있었다.

역의 플랫폼에서부터 한글과 일본어로 된 안내판을 들고 자기 숙소로 가자는 사내가 있었고, 역사로 나오니 "마이 네임 이즈 마리아"라고 외치며 호객을 하는 여자가 있었다.

"우리 숙소는 론리 플래닛에도 소개되었다구요."

1인당 10달러라는 그들의 방도 괜찮았을 테지만 나는 옛날처럼 구시가지에 묵고 싶었다. 구시가지의 보행자 거리 Strada Republicii에 오니 할머니들이 다가오며 민박 호객을 했는데, 귀찮기보다는 삶의 열기가 물씬 느껴졌다.

관광도시인 브라쇼프의 9월초는 관광객들로 붐비고 있었고 일주일 후 축제를 벌인다고 거리에 무대 설치가 한창이었다.

무엇보다도 좋았던 것은 날씨였다. 파란 가을 하늘에 햇살은 따스했고 공기도 그지없이 맑았다. 처음 와본 아내는 중세풍의 예쁜 건물과 아늑한 거리 분위기에 취해 들떠 있었다. 부쿠레슈티에서 놀란 가슴을 아직까지도 진정시키지 못했던 아내는 이제서야 긴장이 풀리는 것 같았다.

숙소를 잡은 후 우리는 소풍 나온 아이들처럼 아이스크림을 사들고, 탐파 산(Mt. Tampa) 정상에 올라가 브라쇼프를 한눈에 내려다보았고 마을 근처의 숲길을 천천히 거닐었다. 관광객의 발길이 별로 미치지 않는 그 길에서 아이들이 롤러스케이트를 탔고 이따금 사이클을 타는 청년들도 보였으며 벤치에서 기타를 치며 노래를 부르던 연인들도 있었다.

브라쇼프 근처의 한적한 숲길.

해가 넘어가고 있었다. 상쾌한 바람이 조금씩 싸늘해졌고 붉은 햇빛이 숲에 어른거리기 시작했다. 맞은편에서 오던 여자아이들의 웃음소리가 하늘 높이 울려 퍼졌고 그들이 사라지자 인적이 뚝 끊기며 적막이 감돌았다.

땅거미가 가라앉던 그 길의 오른쪽에는 낡은 성벽이 길게 이어졌고 그 너머로 퇴색한 교회가 보였다. 길을 돌아서 시내쪽으로 접어들자 테니스를 치는 사람들이 보였다. 그곳을 지나자 다시 인적이 끊겼다. 낡은 담벼락으로 둘러싸인 집들이 보이는 돌길이었고 웬 집의 창문에서 노파가 우리를 호기심 어린 눈초리로 빤히 쳐다보았다. 서늘한 바람이 조용한 거리를 달려왔고 골목길 어디선가 아이들 서너 명이 후다닥 나타났다 사라졌다. 그리고 어디선가 컹컹 개 짖는 소리가 들려왔고 뒤이어 뎅그렁 뎅그렁 교회 종소리가 길게 울려 퍼지고 있었다.

보행자 거리로 나오니 사람들로 흥청거렸고 어둠이 내려앉아도 줄어들 줄을 몰랐다. 그 흥청거림에 취해 거리를 걷다가 우리는 'Sirena Gustari'라는 음식점에 들렀다. 그곳에서 파는 루마니아 전통 음식 사르말레(sarmale)와 마마리가(mamaliga)를 먹기 위해서였다.

그러나 메뉴판에는 그런 것이 보이질 않았다. 할 수 없이 아무 것이나 찍었다. 나는 대충 루마니아 뭐라고 적혀 있는 음식을 골랐는데 음식에 미련이 많았던 아내는 웨이트리스에게 물었다.

"사르말레와 마마리가는 없어요?"

"예, 그거예요."

웨이트리스는 내가 찍은 게 바로 그거라는 듯이 말했다. 알고 보니 바로 그 음식 속에 포함되어 있던 것이다.

그런데 늘씬한 미모의 웨이트리스는 뭔가를 몰라서 헤매는 우리를

보행자 거리, 많은 식당이 밀집해 있고 늘 사람들로 북적인다.

조금 깔보는 것 같아 기분이 안 좋았다.

날씨는 점점 추워지고 있었다. 9월초 카르파티아 산맥 주변의 이 마을은 밤이 되니 초겨울 날씨였다. 그 추위를 큼직한 그릇에 나온 따스한 수프가 달래주었다. 뒤이어 큰 접시에 음식 세 가지가 담겨져 나왔는데 포도잎으로 싼 다진 돼지고기가 사르말레였고 빡빡하고 누런 덩어리가 마마리가였는데 그것은 물기가 쪽 빠진 된 옥수수죽이었다. 그리고 옆에는 볶은 김치 맛이 나는 야채가 담겨져 있었는데 꽤 맛있었다.

그런데 좀 쌀쌀맞아 보이는 웨이트리스가 여전히 불편했다.

저 여자가 왜 이리도 싸늘한가. 내 저 여자를 기어코 웃겨보리라. 그렇게 마음먹고 음식에 대해 이것저것 물어보다 갑자기, 기차 안에서 만났던 90살 먹은 할아버지처럼 내 손에 입을 맞추고 엄지손가락을 쳐들며 큰 소리로 외쳤다.

"프로모오오스트! 아싸 아싸!"

사실, 이런 행동을 다른 나라에서 했으면 이상한 놈 취급을 받았을지도 모른다. 그러나 예전에 여행할 때 기차 놓쳤다고 매표소 창구를 내려치며 부르르 떨던 내 모습을 귀엽다는 듯이 깔깔 웃으며 쳐다보던 여인의 모습을 나는 기억한다. 이들은 활달한 라틴 계통이기에 나의 엉뚱함을 이해해줄 것 같았다.

역시 그랬다. 쌀쌀맞던 여종업원은 허리가 넘어가라 까르르르 웃고 말았다. 웃음이란 참 좋다. 썰렁하던 분위기가 갑자기 훈훈해졌으니 말이다. 우리는 기분 좋게 먹었고, 음료수와 샐러드를 날라다주는 여종업원도 연신 미소를 띠며 친절하게 대해주었다. 그렇게 즐겁게 식사를 즐긴 우리는 1달러 정도에 해당하는 돈을 팁으로 남겨두고 나왔다.

우리의 고마움을 전해주기 위해서였지만 다음에 올 한국 사람을 위해서이기도 했다. 동양 사람들이 팁에 너무 인색해서 별로 환영을 못 받는다는 소릴 들었기에 내가 그 이미지에 일조하고 싶지는 않았다. 너무 짜다는 이미지가 고정되면 처음부터 대접을 못 받게 되는 것이다.

그런데 예전에 이 거리의 대중뷔페음식점에서 이것저것 푸짐하게 먹고 5, 6백원 냈던 생각을 하면 음식값이 너무 비싸졌다. 루마니아 전통 음식 두 그릇, 음료수 두 잔, 샐러드 하나, 수프 두 그릇이 모두 합해 약 만 원 정도 나왔으니 말이다. 예산을 넉넉하게 잡아왔기에 다행이지 예전 생각하고 빠듯하게 돈을 가져왔다가는 도중에 돌아가야 될 정도로 물가가 오른 것이다.

브란 성과 리즈노프 성

브란 성 가는 길에는 목가적인 풍경들이 펼쳐지고 있었다. 풍요로운 들판에서 젖소가 풀을 뜯었고 마차가 달리고 있었다.

드디어 브란 성에 도착하니 어디선가 아름다운 음악이 흘러나오고 있었다. 노래 소리에 취해 따라가보니 CD 가게가 나왔다.

"도대체 이 노래가 뭔가요?"

일하던 학생은 서툰 영어로 소개해주었다.

"봄입니다."

클래시컬한 노래로 남자가 부르고 있었는데 정말 가슴에 와닿는 감동적인 노래였다.

후일 나는 이 CD를 사갖고 와서 그 당시 일주일에 한 번씩 고정 출연하던 EBS 라디오의 〈세계음악기행〉이란 프로그램에서 소개했었고 나중에 대학에서 〈세계와 여행〉이라는 과목을 강의할 때 학생들에게 들려주었다. 아름다운 음악이란 누구의 귀에나 좋게 들렸나 보다. 노래가 좋다고 CD를 빌려달라는 학생도 있었으니 말이다.

그 외에도 루마니아의 전설적인 여가수 마리아 타나세의 CD도 샀다. 특히 두번째 노래인 〈분 이 비뇰 규류귤리우 Bun ii vinul ghiurghiuliu〉란 노래가 인상적이었다. '좋은 포도주'란 뜻인데 '분 이 비뇰 규류귤리우…… 디릴리디리리 다리다리다'라는 가사가 반복되는 노래로 매우 흥겨웠다.

CD 몇 개를 사고 나니 뿌듯했다. 소년은 귀찮아하지도 않고 루마니아 노래 제목에다 일일이 발음을 달아주었다.

드디어 입구로 들어가니 수목이 우거진 정원이 펼쳐졌고 민속촌처럼 루마니아 농가들이 있었으며 군데군데 사과나무들이 있었다.

그리고 언덕에 브란 성이 솟아 있었다. 바로 드라큘라 백작이 유폐되었다는 전설이 담긴 성이었다.

"정말 드라큘라 백작이 이 성에 갇혔었나?"

아내는 성 안으로 들어가며 잔뜩 긴장했다.

"아니야, 전설이야."

드라큘라 백작은 실존 인물이었고 원래 이름은 블라드 드라큘 테페스였다. 우리의 신라, 백제, 고구려가 번성했던 시절에 루마니아 땅에는 왈라키아 공국이나 몰다비아 공국 등이 크게 번성했었는데 블라드 드라큘 테페스는 왈라키아 공국의 왕자였다. 이들은 초강대국 오스만 투르크에 맞서서 끝없는 투쟁을 벌였는데 루마니아라는 나라가 탄생한 것은 훨씬 후인 1861년이었다.

원래 이 성은 1377년 브라쇼프의 상인들이 쌓았고 14세기말 한때 블라드 테페스의 조부가 살았다고 한다. 전설에 의하면 블라드 드라큘 테페스는 1462년 이 성에 유폐되었다고 하나 확실한 역사에 근거한 것은 아니다. 결국 세상의 여느 유적지처럼 약간의 역사와 민간의 전설이 결합된 하나의 상징적인 곳인 셈이다. 그곳은 1920년부터 왕정이 폐지된 1947년까지 왕족의 역사박물관이었고, 그후부터는 역사박물관이 된 것이다.

브란 성 안은 관광객들로 붐비고 있었다. 왕의 침실, 왕비의 방, 왕자의 방, 거실 등에는 특히 목조 가구들이 많이 전시되어 있었다. 예전보다 전시물이 많았고 밝은 모습으로 변해 있었다. 드라큘라 백작과 관련된 음산한 이미지를 잔뜩 기대하고 왔던 아내는 너무 밝은 분위기에 오히려 실망했다.

브란 성 구경보다도 주변의 오픈카페에서 점심을 먹던 순간이 더 인상적이었다. 포도 쥬스에 빵과 케이크를 먹는데 어디선가 팝송 소리가 바람에 실려왔고 개 한 마리가 발 밑에 와서 물끄러미 우리를 바라보았다. 케이크 조각을 개에게 주며, 여행이고 뭐고 다 중단하고 이곳에서 푹 쉬고 싶은 생각이 들었다.

아, 평화로운 이 순간. 구경보다도 빵 한 조각과 음료수 한 모금, 그리고 따스한 햇살이 더욱 달콤하다. 어느샌가 슬그머니 옆에 와 있는 이 행복한 순간들……

건너편에는 예쁜 목조 가옥들이 따스한 가을 햇살을 받고 있었고 뜰에는 사과나무들도 보였다.

"우리도 저런 데서 살아봤으면……"

아내는 한숨을 내쉬며 말했다.

"다음에 오면 이 근처에서 한동안 묵어보자. 아까 오다 보니 민박집도 보이는 것 같던데."

2002년 가을, 브란 성 주변은 그렇게 한동안 살고 싶을 정도로 따스하고 목가적인 풍경을 간직한 아름다운 곳이었다.

브란 성 구경은 그것으로 끝난 것이 아니었다. 주변에 기념품 가게들이 많았는데 드라큘라 백작의 그림과 각종 기념품들을 팔고 있었다. 아내는 특히 끝에 납작한 쇠가 달린 목각 제품에 관심이 많았다.

"이게 뭐야?"

"고기 다지는 것…… 사고 싶은데."

"우리 나라에도 있잖아."

"그래도 쌀 것 같아서. 이거 환산하면 얼마지?"

한국 돈으로 환산해보니 약 750원 정도.

"칠백오십 원?"

아내는 흥분하고 말했다.

"한국 같으면 오천 원은 할 걸? 이것 봐. 나무도 튼튼하고 쇠도 탄탄한데 겨우 칠백오십 원밖에 안 하잖아."

몇 개나 사려고 하는 아내를 말려서 간신히 하나만 사게 했다.

브라쇼프 시내로 돌아오

브란 성 근처 목조 가옥.

브란 성 주변의 기념품 가게. 드라큘라와 관련된 상품이 아주 많다.

는 길에 리즈노프 성에 들렀다. 브란 성에서 버스로 약 20분 정도 떨어
진, 매력적인 산성이었다. 이곳은 비록 폐허가 되었으나 산 위의 성벽
에 오르니 멀리 부체지 산(해발 2,504미터)이 보이는 전망 좋은 곳이었
다. 중앙에는 교회터가 있었고 예수의 십자가도 남아 있었다. 13세기
에 터키의 침입을 막기 위해 산꼭대기에 지은 성으로 병사뿐만 아니라
주민들도 살던 곳이었는데, 박물관에는 그 당시의 도자기들, 생활 용
기, 칼, 무기, 마차, 농기구들이 전시되어 있었고 드라큘라 백작으로
알려진 블라드 테페스의 편지도 있었다.

리즈노프 성은 가는 길도 목가적이었다. 비록 관광지였지만 한적한
길에는 현지 주민들이 이용하는 마차가 덜컥거리며 달려가고 있었다.

이렇듯 루마니아는 경제적으로 낙후되어 있었지만, 낙후되었기에
맛볼 수 있는 낭만이 곳곳에 숨어 있는 매력적인 나라였다.

아내의 꿈

저녁에 보행자거리에서 인터넷 카페를 발견했다. 한글을 다운받아
이메일도 체크하고 한국 신문도 보았다.

한국에서는 난리가 나 있었다. 우리가 떠난 후인 8월 중순에 태풍이 불어 40년 만에 최악의 피해를 입었다는 것이다. 집 걱정이 되어 전화를 걸어보니 다행히 아무 피해가 없다고 했다. 체코의 프라하도 엄청난 홍수 피해를 입었단다. 걱정이 되었다. 이제 얼마 안 있으면 프라하로 가야 하는데.

그날 밤 아내는 희한한 꿈을 꾸었다.

카페에서 다리를 꼬고 앉아 있던 남자가 눈이 마주치자 슬그머니 웃었는데 날카로운 송곳니가 씩 드러나더라는 것. 그는 드라큘라였던 것이다. 소스라치게 놀라서 깨는 순간, 어디선가 소리가 들려왔다고 했다.

"이제부터 내가 너의 신이니라."

엉뚱한 꿈을 해몽해달라는데 기가 막혔다.

"드라큘라가 당신 신이라구?"

"아니, 드라큘라가 그런 말을 한 것 같지는 않고, 다른 데서 들려오는 소리였어."

허, 그 해몽을 어떻게 하는가. 개꿈, 아니 드라큘라꿈이지.

아내는 브란 성에서 산 음산한 모습의 브란 성 엽서 때문에 그런 꿈을 꾼 것 같다고 했다. 하지만 내가 보기에는 아내의 심장이나 간이 약해서다.

어쨌든 아내는 종종 이상한 꿈을 꾸었다. 북경에서 자금성, 이화원을 하루 종일 걷고 나서는 자전거 대회에 나가 하루종일 자전거 페달 밟는 꿈을 꾸었고, 터키 여행할 때는 빵 냄새가 진동하는 새벽에 자기가 화덕에서 구어지는 꿈을 꾸었다.

결국, 아내는 다음 나라인 헝가리의 부다페스트에 가서 조그만 일을 벌였다. 마차시 성당의 구석에 앉아 영 찜찜했던 브란 성 엽서의 구석을 찢어 없애는 의식을 행했던 것이다.

브란 성에서 산 엽서.
아내는 차마 엽서를 다 찢지는 못하고 구석만 찢었다.

드라큘라 백작의 생가와 결혼식

시기쇼아라에는 드라큘라 백작의 생가가 있다. 그래서 루마니아 여행하는 사람들이 꼭 한 번 들리는 곳이다. 그곳을 우리가 빠트릴 수는 없었다.

브라쇼프에서 탄 기차는 두 시간도 채 안 되어 시기쇼아라에 섰다.

역에서 내리니 초가을의 낭만적인 풍경이 펼쳐지고 있었다. 시기쇼아라 역 주변은 포도나무 넝쿨과 나팔꽃이 우거진 주택가였고 강 쪽으로 가니 교회가 보였다. 다리 밑의 강에서는 사내 몇 명이 플라잉 낚시를 하고 있었는데 나도 한동안 머물며 플라잉 낚시를 하고 싶은 충동을 느낄 만큼 평화로운 풍경이었다.

언덕 위에 있는 구시가지로 가니 드라큘라 백작의 생가 앞 조그만 광장에는 드라큘라 백작의 두상이 있었고 주변에서는 기념품을 파는 여인들이 있었다.

드라큘라 백작이 태어난 곳은 지금 레스토랑으로 되어 있는데 사실 그 안에는 볼 것이 별로 없었다. 그냥 레스토랑일 뿐이다.

시기쇼아라의 볼거리는 드라큘라 백작의 생가보다 한적하고 여유로운 마을 풍경이다. 광장 주변과 골목길의 평범한 돌집들 중 많은 집들이 카페로 변했는데 인적이 뚝 끊긴 골목길 담벼락에는 나팔꽃들이 보였다. 낮은 담너머로 보니 조그만 정원에 파라솔 몇 개와 의자 몇 개가 놓여 있었는데 지금은 손님이 많지 않지만 한여름에는 관광객들의 발길이 끊이질 않을 것 같았다. 아마 세월이 흐른 후 다시 오면, 이 동네 전체가 다 카페로 변해 있지 않을까?

어떤 집들의 입구는 돌담이 너무 두꺼워서 성문처럼 보였다. 아이들이 그런 곳을 다람쥐처럼 들락날락하는 모습을 보니 마치 비밀을 간직한 동굴처럼 보여 중세의 어느 시절로 돌아온 것 같았다.

한적한 분위기를 즐기며 걷는데 어디선가 갑자기 풍선을 매단 차들이 나타났다. 결혼식이었다. 하얀 웨딩드레스를 입은 신부와 예복을 입은 신랑이 보이길래 나는 본능적으로 사진을 찍기 시작했다. 그 광경을 본 사람들이 웃으며 따라오라고 손짓을 했다. 염치불구하고 따라 들어가니 방에 테이블이 있었고 주례가 서 있었다.

신랑, 신부 그리고 신랑의 어머니, 신부 아버지가 나란히 서자, 주례 선생은 주례사도 없이 뭐라 물었다. 신랑 신부가 "다(예)"라고 대답했고 신랑, 신부는 장부에 사인을 했다.

그리고 신랑이 신부 입에 키스하자 모두 "브라보"를 크게 외치며 박수를 쳤다. 결혼식이 너무도 간단했다.

이곳은 시청 건물 같았고 하객은 모두 20명 정도였는데 한 여인이 오더니 우리 가슴에 레이스 천으로 만든 하얀 꽃을 달아주었다. 신부 아버지는 샴페인 잔을 쟁반에 들고 다니며 사람들에게 권했고 웬 아줌마는 케이크를 들고 다니며 권했다. 엉겁결에 먼 나라에서 온 하객이 되어 환대를 받게 된 나는 값을 치르고 싶었다. 나는 신랑 신부 주위를 돌며 스냅 사진을 열심히 찍고 사진을 보내주겠으니 주소를 적어달라고 했다. 신랑과 나는 마치 예전부터 알아온 친구처럼 악수를 나누었고 신부는 아내의 볼에 키스까지 해주었다.

30분 정도 그렇게 시간을 보낸 후, 하객들에게 쌀을 나눠주었는데 신랑 신부가 문밖으로 나가는 순간 사람들은 그들에게 쌀을 던지기 시작했다. 그리고 앞서 나간 친구들은 꽃을 들고 도열해서 아치를 만들어주었다. 신랑 신부가 꽃으로 만든 아치 밑을 걸어 나오자 대기하고

결혼식 풍경.

있던 두 명의 악사가 아코디언을 연주하기 시작했다.

흥겹고 소박하며 정이 넘치는 결혼식이었다. 그들은 그렇게 간소한 결혼식을 한 후, 본격적으로 피로연을 한다고 했다.

"야, 루마니아 사람들 부럽다. 얼마나 검소하고 정이 넘치는 결혼식이야?"

나는 정말 그들이 부러웠다.

결혼식. 정말 이게 귀찮아서라도 두 번 다시 못할 게 결혼이다. 어쩌다 슬쩍 본 결혼식만으로 루마니아 결혼식이 더 좋다라고 쉽게 얘기할 수는 없을 것이다. 즐겁고 소박해 보이지만 그 안에 나름대로 깃든 갈등과 피곤함도 있을 것이다. 또 피로연을 크게 열면 비용도 만만치 않을지도 모른다. 하지만 우리보다는 분명히 간소해 보였다.

그후에도 토요일이면 동유럽의 여러 도시에서 결혼식에 가는 차들이 풍선을 매달고 경적을 울리며 거리를 달리는 것을 보았다. 옛날에 한국에서도 본 촌스럽지만 낭만적인 풍경들이었다.

시기쇼아라는 루마니아에서 가장 좋은 여행지로 손꼽히는 곳이다.

드라큘라 백작의 생가는 물론, 중세시절의 의료기구, 주방기구, 빵 찍는 기구, 엄청나게 큰 열쇠와 자물쇠, 도장, 고풍스런 맥주잔 등이 전시된 시계탑 안의 박물관 등 볼거리도 있지만, 가장 매력적인 점은 평화롭고 한적한 분위기와 순박한 인심 때문이다.

구경을 마치고 돌 깔린 비탈길을 걸어 나올 때, 구석에서 한 청년이 조용히 클래식 기타를 치고 있었다. 감미로운 멜로디가 맑은 샘물처럼 고즈넉한 돌길을 따라 흘렀다. 우리는 그 멜로디에 취해 천천히 걷다 사진도 찍으며 시간을 끌었다. 음악을 조금이라도 더 듣고 싶어서였다. 돈 한푼을 놓았지만 한푼으로 듣기에는 너무도 아름다운 음악이었다.

  음악이 길에 깔리는 순간, 길은 그냥 길이 아니었다. 그 길은 꿈틀거
리며 우리 가슴속으로 들어와 아득한 심연 속으로 길게길게 뻗어나가
고 있었다.

  가겟집에서 물건을 살 때도 아주머니는 넉넉한 미소를 지었고, 거리
환전소의 여인은 잔돈이 없다며 오히려 약간의 돈을 얹어주었다. 부쿠
레슈티에서 잔돈을 떼어먹힐 뻔한 경험이 있는 우리로서는 너무도 고
맙게 느껴졌다.

  시기쇼아라는 그렇게 평화롭고 인심이 푸근한 곳이었다.

거리의 악사.

요새 같은 숙소

 시기쇼아라에서 부다페스트로 가는 열차를 탔다. 쾌적하고 고급스런 열차였다. 낙후된 루마니아 열차가 아니라 헝가리 열차를 타니 루마니아를 벗어나기도 전에 헝가리에 온 것만 같았다.

기차는 오후 3시경 아라드(Arad)를 통과해 국경도시 쿠르티치(Curtici)에 도착했다.

수속은 매끄럽게 진행되었고 기차는 30분 만에 미끄러지듯이 루마니아 영토를 벗어나기 시작했다. 이윽고 저녁나절 부다페스트의 동부역에 도착했다.

서유럽에 있다 오면 대단해 보이지 않을 부다페스트에서 아내는 건물의 웅장함과 거리의 번잡함에 감탄했다. 동유럽에서 가장 낙후된 곳이 아마 알바니아와 루마니아가 아닐까? 그런 곳을 지나쳐 왔으니 모든 게 화려해 보일 수밖에 없는 것이다.

시내로 가는 트램을 타면서 아내는 중얼거렸다.

"가이드북에 보니까 이 트램에 소매치기가 가장 많대."

루마니아의 부쿠레슈티에서도 처음에 좋지 않은 일을 당했던 아내는 단단히 긴장하고 있었다.

예나 지금이나 부다페스트에 도착해서 애를 먹은 것은 숙소 찾기였다. 서부역과 달리 동유럽에서 오는 기차가 서는 동부역에는 민박 호객꾼이 없어서 직접 찾아야 하는데, 시내 중심지에 있는 호스텔은 도미토리와 싼 방이 만원이었다. 대신 주인은 근처에 있는 손님들에게 빌려주는 아파트에 묵으라고 권했다. 1인당 17달러였다. 예전과 달리 헝가리의 물가가 만만치 않게 느껴졌다. 해 져가는 시간에 숙소 찾아다니기가 싫어 묵기로 했다.

앞장선 주인 사내를 따라가니 아파트는 그곳에서 5분 정도 떨어진 곳에 있었다. 대로에 있는 육중한 나무문을 열쇠로 따고 들어가자 골목처럼 음침한 길이 나왔고 10여 미터 저쪽에 쇠창살문이 있었다. 쇠창살문을 열자 2미터 앞에 또 문이 있었다. 그 문을 열고 계단을 오르자 다시 문이 나왔고 그것을 통과하자 그제서야 현관문이 나왔다. 무려 문이 다섯 개였다.

주인 사내는 주렁주렁 고리에 달린 몇 개의 열쇠를 넘겨준 후 아무것도 설명해주지 않은 채 후닥닥 가려고 했다. 그 허둥대는 모습에 문득 무슨 하자가 있는 집이 아닌가라는 생각이 들 정도였다.

"이 열쇠는 체크아웃할 때 어디다 둬요?"

그러자 사내는 잊었다는 듯 나를 다시 데리고 나와 정문 부근의 함에 넣으라고 했다. 그리고 부리나케 사라져버렸다.

아파트 안에는 성냥불로 켤 수 있는 가스 렌지가 있었고 모든 게 깨끗한 편이었다. 그러나 햇빛이 들지 않아 음침했다. 창문을 열어보니 벽에 둘러싸인 공간이 있었고 그 밑바닥에는 쓰레기들이 있었다. 청소가 가능하지 않은 밀폐된 공간이었다. 갑자기 그 밀폐된 모습을 보니 감옥에 덜컥 갇혀버린 느낌이었다.

"부다페스트에 도둑놈이 많나? 왜 이렇게 문이 많지?"

아내는 심란한 표정을 지었다.

"요새 같군. 전쟁이 나도 이 속에 파묻혀 있으면 안전할 것 같네. 그래도 옛날에는 번듯했을 텐데 리노베이션을 안 하니 이렇게 되었겠지. 부다페스트는 겉은 화려한데 안은 음침해. 예전에 왔을 때 못 느낀 거야."

다음날 아침에 눈을 떴는데 밤인지 아침인지 분간이 안 갔다. 일어날까 말까 한참을 망설이다 시계를 보니 벌써 9시. 피곤하기도 했지만 빛이 전혀 안 드니 한낮에도 캄캄한 밤 같은 곳이었다.

악몽에 시달린 것처럼 정신도 푹 가라앉아 있었다. 마치 땅 밑의 다른 세상에 갇힌 것 같아 밖에 나갈 엄두가 나지 않았다.

억지로 나가 구경하다 점심을 먹기 위해 돌아왔을 때도 그랬다. 슈퍼에서 산 중국 라면 국물에 밥을 말아먹으니 꿀맛이었는데, 문제는 다시 나가기가 싫다는 것이었다. 아파트가 좋아서 그런 것도 아니었다.

이거 왜 이럴까? 그렇게 힘들었어도 다른 곳에서는 그런 생각이 들지 않았는데…… 사람 잡아 끄는 귀신이라도 있는 곳일까?

영 기분 나쁜 숙소였다.

바쁜 부다페스트 사람들

부다페스트 사람들은 몹시 바쁘고 조급해 보였다.

숙소 주인이 아파트까지 안내해줄 때도 발걸음이 보통 빠른 게 아니었고 횡단보도에서 빨간 불인데도 막무가내로 건넜었다. 뭔가 쫓기는 기색이었다.

행인들도 시선을 고정시킨 채 부지런히 걸어갔고 슈퍼마켓에서 계산하던 여인들도 화난 듯한 표정으로 정신없이 손가락을 놀려댔다. 식료품 가게에서 물건을 팔던 노인도 우리가 물건을 찬찬히 고르자 급하게 재촉했고 거리의 차들도 무서울 정도로 씽씽 바람을 일으키며 달렸다.

서유럽처럼 질서가 확립된 곳도 아니고 예전의 느긋함을 간직한 곳도 아니었다. 분명히 이건 10년 사이의 변화였다. 발전의 가속도가 붙자 사람들이 정신없이 움직이고 있었던 것이다.

헝가리인의 조상은 주변의 여러 국가들처럼 인도유러피언이 아니라 중앙아시아에서 살던 기마민족인 마자르족이다.

우리처럼 침체되어 살다가 한번 불이 붙자 예전의 말 타고 달리던 기질이 되살아나서일까? 자본주의의 물결 앞에서 다들 숨가쁘게 뛰기 시작해서일까?

"부다페스트 어때?"

아내에게도 의견을 물어보았다.

"불가리아나 루마니아보다는 확실히 발전된 곳 같아. 정신을 차릴 수가 없어. 그런데 사람들의 몸집이 크고 거칠어 보여…… 루마니아 사람들은 속마음은 여린 것 같아서 위압감 같은 것은 못 느꼈는데, 여

기 사람들은 기가 세서 나를 누르는 것 같아. 육중한 건물들도 그렇고
……."

나도 같은 생각이었다. 그런데 아내는 거기다 한마디 덧붙였다.

"그런데 헝가리 사람들은 코가 큰 것 같아."

코가 크다? 난 별로 못 느낀 것이었는데. 가만히 주변을 살펴보니 확
실히 코가 크고 콧잔등이 우뚝 솟아 있었다.

왜 그럴까? 어떤 인종적 특성 때문일까?

밤이 되자 중심지는 밤늦게까지 흥청거렸고 인터넷 카페에는 젊은
이들이 모여들었으나, 중심지에서 조금만 벗어나면 컴컴하기 그지없
었다.

2002년 부다페스트의 첫인상은 더 바빠져 있었다.

쫓기듯 길을 건너는 부다페스트 사람들.

팔을 걷어부치다

부다페스트는 관광지답게 관광객들로 인산인해였다. 거리와 도나우 강변에 가득 찬 오픈카페에서는 아름다운 음악이 흘러나왔고 이곳저곳에서 음악회 팜플렛을 나눠주고 있었다.

분명 부다페스트는 매력적인 관광지였다. 처음 간 아내는 화려한 마차시 성당과 웅장한 영웅 광장에서 감탄했고 어부의 요새에서 도나우 강변의 바람을 쐬며 즐거워했다. 빈의 오페라하우스보다 더 아름다운 부다페스트의 오페라하우스를 보고 감격했으며 트램을 타고 말로만 듣던 도나우 강변을 달릴 때도 감격했다. 또한 1916년부터 계속 팔고 있다는 전통의 아이스크림도 맛있게 먹으며 행복감에 젖었다.

그러나 두번째 간 나로서는 자꾸 눈에 거슬리는 게 있었다. 우선 표를 받는 사람과 관광지 카페 종업원들이 쌀쌀맞았다. 특히 왕궁 근처의 어느 카페에서 토스트 두 개와 사과 쥬스 두 잔을 마셨을 때였다. 여종업원이 갖고 온 계산서에는 스스로 적은 팁 300포린트가 적혀 있어서 나를 당혹스럽게 만들었다. 총 계산이 2,000포린트니 15퍼센트의 팁인데, 만 원어치 먹고 1,500원 정도의 팁은 좀 무리라는 생각이 들었다. 음식맛도 별로 없었고 양도 아주 적었으며 그녀는 쌀쌀맞고 퉁명스러웠는데. 그러고도 제 마음대로 적어놓은 금액을 팁이라고 할 수 있을까? 서유럽에서 형성된 팁이 개념조차 없던 동유럽에서 이렇게 변질된 것이다.

도나우 강변도 그랬다. 예전의 한적하고 낭만적인 강변의 모습을 연상하며 가보니 선착장에 하얀 유람선들이 여러 대 있었는데 아줌마들이 적극적으로 손님을 부르고 있었다.

마차시 성당.

온천은 더 심했다. 헝가리에는 온천이 450군데나 있고 부다페스트
에만도 100군데나 있는데 우리는 그 중의 겔레르트 온천이란 곳을 가
보았다. 온천물에 몸을 담그고 싶은 생각보다도 구경을 하고 싶었기
때문이다.

그런데 들어가는 순간부터 정신을 차릴 수가 없었다. 우리뿐만 아니
라 시스템을 잘 모르는 외국인들은 우왕좌왕하고 있었다. 수영장 입장
료가 약 만 원 정도였고 그 외에도 많은 시설을 이용하는데 또 돈이 들
었으며 가운이나 수영복 빌리는 데도 돈을 받고 있었다. 우리는 목욕
을 위해서가 아니라 구경만 하려했기에 입장료 400포린트(2천 원 정도)
만 내고 들어갔는데 안은 생각보다 대단하지 않았다. 실내에 거대한
석조 건물이 있었고 그 안에 수영장이 있었으며 방마다 타이 마사지,

겔레르트 온천.

보디 마사지, 사우나 등등의 욕실이 갖춰져 있었다. 그리고 바깥에는 야외 온천장이 따로 있었다. 예전에 이곳에 들렀던 사람의 말에 의하면 매우 싸고 한산했다고 한다. 그런데 이제 이렇게 관광객이 들끓는 비싼 곳으로 변해버린 것이다.

예전에 주눅들고 회의에 빠져 있던 부다페스트 사람들이 이제는 팔을 걷어부치고 돈을 벌겠다며 달려들고 있던 것이다. 살겠다고 발버둥 치는 그들을 결코 비난할 수는 없다. 우리 또한 그런 길을 걸어오지 않았던가. 그러나 왠지 모르게 씁쓸하기만 했다.

나는 갑자기 관광지가 아닌 한적한 곳으로 가 부다페스트의 다른 면을 보고 싶었다. 그러나 아내는 쇼핑센터를 보고 싶어했다.

"거기 가서 뭐하게?"

"누가 물건 산대? 거기서 생활용품 같은 것 구경하고 싶어서 그러지."

아내의 주장에 의하면 그런 곳이야말로 살아 있는 박물관이란다. 그런 것에 관심 없는 나였지만 따를 수밖에 없었다.

아, 세상에서 가장 재미없는 일 중의 하나가 여자 따라다니며 쇼핑하는 것이리라. 아내가 구경하는 동안 나는 우두커니 밖에 서서 지나다니는 사람을 구경했다. 나는 그게 더 재미있었다.

"여기 디자인도 괜찮고 물건값도 싸. 사고 싶은 게 있는데……."

어림없는 얘기였다. 짐이 많아지는 것은 용서할 수 없었다.

결국 아내가 간신히 허락을 받고 산 것은 제사 지낼 때 촛불 끄는 조그만 종이었다.

그 다음에는 내가 고집을 부려 아무 지하철이나 타고 변두리로 나가 보았다.

중심지와는 달리 을씨년스러운 지역이었다. 하지만 나는 그런 데가 좋았다. 조금 걷다가 노무자처럼 보이는 사람들이 펍에서 나오는 것을 보았다.

"우리 저기서 한잔 할까?"

아내는 기겁을 했다. 어떤 곳인 줄 알고 들어가냐고, 그 안에서 술 마시다 불량배라도 만나면 어쩌겠냐는 것이었다.

나 참…… 싸움 붙으면 한번 하고 나오면 되는 것이지라는 생각도 들었지만 혼자 몸이 아니었기에 참을 수밖에 없었다. 같이 여행하다 보면 이런 게 불편했다.

시내로 돌아온 아내는 이번에는 시장을 돌아보고 싶어했다. 어디 있는지도 잘 모르는 시장을 기를 쓰고 찾아다니는 아내를 보며 나는 심사가 뒤틀렸다. 급기야 말다툼이 일어났고 우리는 서로 떨어져서 걸어 갔다.

어이구, 내가 참아야지.

화를 달래며 먼저 앞서가는데 마침 고서점 거리가 나왔다. 천천히 책 구경하며 화를 달래는데 이상한 중년 사내를 보았다. 거리에 서서 진열대의 책을 구경하는 사내는 얼핏 보면 노숙자 같았는데 슬그머니 그가 바라보는 책을 보니, 소크라테스와 마르크스 등 각종 철학서적들 이었고 초라한 행색과는 달리 사나이의 눈에서는 광채가 나고 있었다.

그 빛을 보는 순간 호기심이 부쩍 일었다.

이 사내의 정체는 무엇일까? 쫓겨난 전직 교수? 무명의 철학자? 소 설가? 시인?…… 알 수 없었고 알지 못해도 좋았다. 다만 세상을 뒤로 한 그 강렬한 눈빛이 부러웠다. 그는 결코 주눅들지 않고 당당한 모습 이었다.

뒤를 돌아보니 아내는 여전히 뽀로통한 채 쫓아오고 있었는데 갑자기 우리들이 벌이고 있는 행동이 유치해서 웃음이 나오고 말았다.

그날 저녁, 숙소에서 라면 국물과 고춧가루와 양파 등을 섞어 만든 돼지고기 볶음을 안주 삼아 브랜디를 마시며 화해했다. 그리고 그동안 부다페스트에서 있었던 부정적인 인상을 다 지우기로 했다.

내가 본 것은 부다페스트 중의 극히 일부분인 관광지였다. 그걸 갖고 부다페스트에 대한 단정을 내리면 부다페스트 시민이 몹시 억울할 것 같았다.

다음 헝가리 여행 때는 시골을 다녀와야겠다. 순박한 인심들이 살아 있을 대평원의 마을들을.

도나우 강.

하나가 되어가는 동유럽

 헝가리에서 슬로바키아로 가며 이제 동유럽, 아니 전 유럽이 하나로 되어간다는 것을 실감할 수 있었다.

독립하기 전의 슬로바키아는 예전에는 심리적으로 체코의 프라하에서 가깝게 느껴졌지만 지금은 헝가리의 부다페스트나 오스트리아의 빈이 훨씬 더 가깝게 느껴졌다. 브라티슬라바는 프라하에서 기차로 5시간 30분 정도 걸리지만, 부다페스트에서는 2시간 40분, 빈에서는 1시간 40분밖에 걸리지 않는다.

이곳도 역시 비자가 필요 없었기에 우리는 서울에서 대전 가는 기분으로 기차를 탔다. 부다페스트를 떠나자마자 헝가리 이민국 직원들이와 출국 도장을 찍어주었고 뒤따라 슬로바키아 이민국 직원들이 입국 도장을 찍어주었는데 다른 나라 가는 기분이 들지 않았다.

또한 수속이 끝난 후 잠시 조는데 갑자기 슬로바키아 공화국 입국을 환영한다는 안내 방송이 나왔다. 어디가 국경선인지 알 수도 없었고 서지도 않은 채 그냥 통과한 것이다.

차창 밖으로 도나우 강이 보였다. 헝가리의 부다페스트, 오스트리아의 빈에서도 본 도나우 강이었지만 특히 슬로바키아 지방의 도나우 강물은 흙탕물이 되어 있었다. 여전히 물에 잠긴 나무들이 많이 보이는 것을 보니 체코의 프라하를 흐르고 있는 블타바 강뿐만이 아니라 도나우 강도 홍수가 났던 게 틀림없다. 2002년 8월, 한국도 극심한 홍수 피해를 겪었지만, 중부 유럽도 전체적으로 큰 홍수 피해를 당한 것 같았다.

브라티슬라바의 매력

예나 지금이나 브라티슬라바는 매력적인 도시였다.

특히 구시가지의 보행자거리는 단연코 최고였다. 푸른 나무 밑의 한적한 벤치에, 중세풍의 좁고 고즈넉한 골목길, 예쁜 상점과 오픈카페에서 흘러 넘치는 아름다운 음악들이 거리를 흥겹게 만들고 있었다.

그 거리를 걷다가 아내가 소리쳤다.

"어머, 저게 뭐야. 하하하."

보니 이곳저곳에 익살스런 조각들이 있었다. 하수도 구멍에서 나와 뭔가를 살피는 사내의 조각, 벤치에 버티고 앉아 누군가를 노려보는 조각, 기둥 옆에서 사람들을 감시하는 듯한 탐정의 조각 등이 있어 마치 장난을 치는 것만 같았다. 이런 게 있으니 도시의 분위기가 한결 재미있고 따스하게 느껴졌다.

관광객들은 킥킥거리며 그 앞에서 사진을 찍었는데 대부분은 오스트리아 사람들이었다. 자기들 나라보다 물가는 훨씬 싸고 두 시간도 채 안 걸리는 도시니 얼마나 좋겠는가.

익살스런 포즈의 조각상.

구시가지가 예전의 모습을 잘 보존하고 있다면 신시가지는 복잡한 도시로 변해 있었다. 볼품없는 현대식 건물들이 올라가고 있었고 쇼핑센터는 번잡했다.

예전과 달리 상품은 풍부했다. 특히 생활필수품 코너에는 수많은 서유럽 제품들이 있었는데 이곳 현지 공장에서 만들었는지 가격은 비교적 싸고 디자인은 세련되어 보였다.

쇼핑에 관심 없는 나도 에스프레소 커피 만드는 기계는 탐이 났다. 가격을 보니 약 10만 원 정도. 한국에서 이런 기계가 얼마인지 모르겠지만 여기가 더 쌀 것 같았다. 물론 살 수는 없었다.

내가 브라티슬라바를 좋아하는 이유는 또 있었다. 사람들이 느긋하고 예의가 발랐다는 점이다.

쇼핑센터 문 앞에서 해바라기 씨를 파는 사내도 점잖게 예의를 지켰고 에스컬레이터를 타는데도 현지인들은 웃으며 우리에게 먼저 타라고 권유했다. 처음 도착했을 때 대합실에서 본 역의 관리도 느긋하고 점잖았다.

외국인인 우리에게 미소를 띠며 "청소를 해야 하므로 삼십 분 정도만 나가 있어달라"고 친절하게 얘기했고 옆에서 노숙자 차림으로 코골며 자던 현지인에게도 정중하고 부드럽게 말했다. 조그만 뷔페음식점에서 스파게티를 내주던 주방장 아저씨는 아내를 보며 얼굴이 발갛게 달아올랐고 계산대의 아줌마는 나를 보며 수줍어했다.

구시가지의 어느 대중음식점에 저녁을 먹기 위해 들렀을 때도 주인 아저씨는 잔뜩 긴장하면서도 친절했다.

빵 2개에 소고기와 감자를 넣고 끓인 걸쭉한 샤플라이쉬 굴라쉬(Schaffleisch Gulasch)를 먹었는데 수프 맛이 좋았다. 거기에 맥주

토프바르(Topvar)를 마시니 기분이 그만이었는데 떠나며 "자쿠에미(감사합니다)"라고 말하자 주인 사내는 몹시 수줍어하며 웃었다.

동유럽이든 서유럽이든 이렇게 수줍어하는 사람들은 처음 보았다. 특히 동양인에 대한 호기심 어린 눈길이 인상적이었다. 예전에도 그랬지만 그만큼 동양인들이 많이 오지 않는다는 얘기일 것이다.

원래 예의란 적당히 거리를 유지할 때 지키기 쉬운 법. 너무 부대끼고 살면 얌체가 되기 쉬운데 브라티슬라바는 우선 인구 밀도가 낮다. 브라티슬라바의 인구는 45만 명이니 관광객이 빠져나가면 텅 빈 도시가 될 것이고 거기다 이렇게 한적한 보행자거리가 있으니 얼마나 여유 있을 것인가.

브라티슬라바는 언젠가 다시 꼭 와보고 싶은 곳이었고 바쁜 여행중에 잠시 느긋함과 좋은 인심을 맛볼 수 있는 기분 좋은 도시였다.

딱정벌레들

 1992년 겨울, 빈의 날씨는 추웠지만 첫인상은 따스했다. 그러나 10년 후에 가본 빈은 쌀쌀맞았다. 그것은 개인적으로 운이 없어서가 아니라 누구나 얘기하는 일반적인 현상이었다.

빈의 기차역 인포메이션 데스크에서 나는 딱딱한 껍질에 싸인 채, 고압적인 표정을 짓는 딱정벌레 같은 이들을 만났다.

빈의 남부역에 도착하자마자 인포메이션 센터에 갔을 때다. 내 차례가 되었는데 웬 오스트리아 사내가 급한 듯 끼어들어 뭔가를 물었다. 급하니까 그럴 수도 있겠지라고 생각하며 너그럽게 마음을 먹었다. 직원은 매우 친절하고 호의적으로 그에게 대답해주었다.

그런데 내 차례가 되자 달라졌다. 그는 쌀쌀맞은 표정으로 나를 외면한 채 그냥 밑을 바라보기 시작했다.

"굿 모닝."

사내의 표정을 풀기 위해 먼저 부드럽게 인사를 건넸다.

"굿 모닝."

사내는 여전히 시선도 안 준 채 짧게 대답했다.

기분은 별로 안 좋았지만 몇 가지를 물었다. 직원은 여전히 쳐다보지도 않은 채 짧게 대답했는데, 거의 경멸하는 표정을 짓고 있었다. 울컥 화가 치솟았지만 참아야 했다. 날 왜 그런 표정으로 대하느냐고 말해보았자 소용없는 일이었다. 표정은 증거를 남기지 않을 테니 나만 무례한 놈으로 비쳐지지 않겠는가.

"탱큐 베리 베리 마치!"

비아냥거리듯이 나도 크게 소리치자 그제서야 그는 당황한 듯 쳐다보았다. 내 말투가 그의 비위를 건드렸겠지만 내 메시지에도 그를 모욕한 증거는 남지 않았으니 그 역시 할 말은 없었을 것이다.

딱정벌레 같은 놈…… 돌아서며 속으로 욕을 해댔지만 기분이 씁쓸했다. 그만이 아니었다. 옆자리의 다른 직원도 어느 한국 여자에게 매우 퉁명스럽게 대하고 있었다.

다음 행선지 기차표를 사기 위해 서부역에 왔을 때, 그곳의 인포메이션 센터 직원 역시 마찬가지였다. 앞의 서양 사람에게는 친절하게 대해주던 그가 나에게는 고압적이고 퉁명스러웠다. 그는 내 뒤에 있던 일본인들에게도 그런 태도를 취했다. 순간 어떤 인종적인 편견을 온몸으로 감지할 수 있었다.

물론 그들이 오스트리아 사람들을 대표하지는 않았다. 기차표를 팔던 매표소 직원은 매우 친절해서 나를 감격시켰고 매점의 중년 여인 또한 다정하게 대해주었으며 유스호스텔 직원들도 쾌활하게 대해주었다. 그러므로 빈은 여느 대도시처럼 이런저런 사람들이 모여 사는 곳이었다.

그동안 여행을 하며 많은 것을 경험했기에 누가 나를 경멸하거나 구박해도 나는 쉽게 민족성을 들먹거리거나, 사람들을 미움으로 대하고 싶지 않았다. 세상에는 별별 사람들이 다 있으니까.

비판을 떠나 나는 그 이유를 알고 싶었다.

왜 이렇게 변했을까?

동양인들이 조금 왔을 때인 과거에는 호의를 갖고 대했으나 엄청나게 많이 나타나면서 피곤해서 그럴 수도 있을 것이다. 문화권이 다른 곳에 툭 떨어지면 처음에는 누구나 헤매게 된다. 현지인들에게는 당연한 일상도 여행자들, 특히 동양 여행자들에게는 혼란스럽다. 또 언어 문제도 있었을 테고. 그 어리숙한 모습들만 보고 동양 사람들을 깔보는 마음이 자연스럽게 들었던 것은 아닐까?

하긴 중국에서 나는 그 반대의 현상을 보았다. 아무리 똑똑한 서양인도 중국에 오는 순간 바보가 되었다. 말이 안 통하고 문화 관습이 다르니 조금만 뭐해도 불평하고 억울해하는 것을 목격했었다. 그 답답하고 억울한 심정을 역지사지로 이해하기란 인포메이션 직원들에게 무리였을 것이다.

또 한 부분은 우리들의 책임일지도 모른다. 해외여행 초창기, 서유럽의 많은 한국 여행자들은 건실하게 여행했지만 가끔 부끄러운 행동을 하는 사람들도 있었다. 지하철을 무임승차하고, 유적지를 입장료 안 내고 개구멍을 통해 입장한다든지, 유스호스텔 방안에서 밤늦게까지 술 마시고 떠든다든지…… 그런 행위들로 인해 파생된 이미지가 전체 한국인, 나아가 동양인에 대한 편견을 낳는 데 일조한 것인지도 모른다.

곰곰이 생각하면 우리만 억울한 것은 아닐 것이다. 한국에 와서 인종적인 이유 때문에 푸대접받는 동남아 사람이나 아프리카 사람들을 생각하면……

딱정벌레들을 용서하기로 했다. 상처와 미움은 전염된다. 그래서 어느 순간 피해자도 가해자를 닮아간다. 이 빡빡한 세상에서 용서하고 용서받지 못하면 괴물이 되는 것이다.

음악가의 흔적들

빈의 중심지를 걷다 보니 사람 사는 곳이 아니라 도시 전체가 한편의 거대한 무대 같다는 생각이 들었다.

슈테판 대성당, 왕궁, 궁정극장, 오페라하우스 등의 고풍스런 건물들이 우뚝 솟아 있었고 종종 그 밑을 중세풍의 마차가 달렸다. 파란 잔디와 숲이 어우러진 시립공원, 케른트너 보행자거리에는 수많은 관광객들로 넘쳐 흘렀고 길거리에서는 예스런 복장을 하고 관광객에게 음악회 표를 파는 사람들도 있었다.

대충 구경한 후, 우리는 시내에 있는 베토벤 하우스로 향했다. 베토벤의 흔적은 빈의 여러 곳에 남아 있는데, 이곳은 〈운명 교향곡〉을 작곡한 하숙집이라 했다.

인포메이션 센터에서 가르쳐준 정보에 의지해 찾아간 후, 골목길을 기웃거리다 보니 루트비히라 쓰여진 구두 가게가 보였다.

베토벤 하우스가 구두 가게로 바뀌었나?

황당한 기분으로 바라보는데, 마침 그 옆의 벤치에서 얘기하고 있는 남녀가 있었다.

"저, 여기 혹시 베토벤 하우스가 어딘지 알아요?"

"글쎄요, 저도 빈에 살지 않아서 잘 모르겠는데요."

남자는 일어나 건물을 이리저리 보았다.

"아, 여기는 슈베르트가 살던 곳이에요."

슈베르트?…… 하긴 깃발이 달려 있는 것을 보니 뭔가 의미 있는 곳인데.

"저기 보이지요. 'DREI……' 저게 '세 소녀의 집'이란 뜻인데, 내가 옛날에 본 영화에서 나왔던 집입니다. 슈베르트가 하숙하던 집에 세 소녀가 살았거든요."

아, 이렇게 해서 슈베르트 하숙집을 우연히 알게 되었다. 그러나 아쉽게도 문이 닫혀 있었다.

그러면 베토벤 하우스는 어디일까? 의문은 잠시 후에 풀렸다. 그 건물을 끼고 오른쪽으로 가니 커다란 깃발이 걸려 있는 입구가 나왔다. 그 건물 4층에 베토벤 하우스 박물관이 있었다.

좁고 어두컴컴한 계단을 오르니 매표소가 나왔고 안에는 조그만 방 두세 개에 베토벤이 쓰던 피아노, 편지, 조각들이 전시되어 있었다. 사람들이 별로 찾지 않는지 사람이 두 명밖에 보이지 않는 조용한 곳이었다.

박물관 안에는 그가 이곳에서 작곡한 음악을 들을 수 있도록 헤드폰까지 설치되어 있었고 간단한 설명도 있었다. 그는 이곳에서 머무는 동안 교향곡 4, 5, 7, 8번을 작곡했다고 한다.

5번, 운명 교향곡…… 바로 이곳에서 베토벤은 그 유명한 〈운명 교향곡〉을 작곡했던 것이다.

헤드폰을 귀에 대고 들어보았다.

딴딴딴 따아안…….

〈운명 교향곡〉은 내가 학창시절 클래식을 처음 대할 때, 가장 인상적인 곡 중의 하나였다. 음악도 음악이지만, 어린 시절 그토록 좋아했던 곡을 만든 곳에서 직접 들어본다는 사실이 소년처럼 가슴을 들뜨게 만들었다.

한동안 음악을 듣다가 밖으로 나와 근처를 돌아보았다. 계단, 숲 우거진 비탈길, 골목…… 모두 그가 걸어다녔을 길이었다. 그 길을 따라 천천히 걷는 동안 그의 음악이 어디선가 들려오는 것만 같았다.

그곳에서 나온 후 수많은 예술인들이 묻혀 있는 중앙묘지로 갔다. 중앙묘지 입구 근처의 꽃집들 앞에서 우리는 잠시 망설였다. 꽃을 살까 말까? 음악 하는 사람도 아닌데 남의 나라에 와서 그렇게까지 할 필요가 있을까라는 생각이 들어 어색하기만 했다.

그러나 사기로 했다. 고뇌 어린 젊은 시절, 그들의 음악은 삶에 지쳤던 나에게 큰 힘을 주었었다. 그리고 지금도 여전히 나의 삭막한 삶을 촉촉하게 적셔주는 음악을 만든 사람들이었다. 그들에게 고마움을 전하고 싶다는 순수한 마음이 쑥스러움을 이기게 했다.

꽃집에서는 대개 카네이션을 팔고 있었다. 카네이션 한 다발을 가슴에 안고 묘지로 향했다. 다시 찾아간 그 묘지들은 변함없었다. 몇몇 사람들이 있었지만 여전히 적막했다. 꽃 한 다발을 세 등분해서 모차르트의 기념비, 베토벤, 슈베르트 묘지 앞에 꽃을 바쳤다.

아내도 예전의 나처럼 감격에 젖고 있었다. 나 또한 감회가 새롭게 일고 있었다.

다시 왔구나…… 그때는 겨울이라 쓸쓸했는데 지금은 포근하다.

우리가 근처를 이리저리 거니는 동안 아무도 오지 않았다. 그 적막함이 오히려 좋았다.

베토벤의 피아노.

보헤미아의 숲길

 예전에는 빈에서 프라하로 직접 갔지만 이번에는 남부 보헤미아 지방을 통과하기로 했다.

보헤미아, 보헤미안!

얼마나 내 가슴을 설레게 했던 말인가.

나는 늘 어디론가 정처 없이 방랑하는 보헤미안이 되고 싶었는데, 그 보헤미아 지방을 이제 가는 것이다.

보헤미아는 감자처럼 생긴 체코를 위에서 아래로 절반을 싹둑 잘랐을 때 왼쪽 즉 서쪽 부분을 말한다. 프라하를 포함해 서부의 5개 주를 통합한 보헤미아 지방은 사방이 산지로 둘러싸인 분지다.

이곳에는 집시들이 많이 살아서 한때 프랑스인들이 집시들을 보헤미안이라고 불렀는데 19세기 후반부터는 관습으로부터 벗어난 자유분방한 예술가나 방랑자들을 보헤미안이라고 일컬었다.

오스트리아의 빈에서 보헤미안 지방에 오는 것은 어렵지 않았다. 빈의 프란츠 요셉역에서 떠난 기차는 얼마 안 가 국경 도시에 도착했다. 그때부터 모든 과정이 착착 진행되었다. 기차에서 내릴 때 관리가 출국 도장을 찍어주었고 우리는 바로 대기하고 있던 옆 기차로 갈아탔다. 11분 후에 떠난 기차는 4분 후에 체코쪽 국경 도시인 체스케 벨레니체(Ceske Velenice)에 도착했다. 그 기차 안에서의 4분 동안 여러 명의 이민국 관리들이 군사 작전을 벌이듯 번개처럼 입국 도장을 찍어주었고 내리자마자 옆 선로에서 대기하고 있던 기차는 11분 후에 체스케 부데요비체(Ceske Budejovice)를 향해 떠났다. 지금껏 동유럽의 국경선을 넘으면서 출입국 수속이 이번처럼 정확하고 신속하게 진행된 적은 없었다.

드디어 체스케 부데요비체로 향하는 기차가 출발했다. 장난감 같은 두 량짜리 기차는 뒤뚱거리며 보헤미안 평원을 달리기 시작했다. 기차 안은 한적했다. 우리 칸에는 아줌마와 할머니 등 너덧 명 정도가 탔을 뿐, 여행자들은 우리 둘뿐이었다. 콧수염을 기른 차장은 차표를 검사한 후 앉아서 승객들과 환담을 나누고 있었다.

애기를 나누던 할머니들이 엷은 미소를 띤 채, 우리를 호기심 어린 눈빛으로 바라보았다. 기차 안에는 그들이 갖고 탄 재봉틀이나 자전거 등 세간살이도 실려 있었다. 그동안 긴장하며 다녔는데 갑자기 나타난 이런 한적하고 느긋한 풍경에 스르르 잠이 몰려올 정도였다.

열린 창문으로 서늘한 9월초 가을바람이 들이쳤고 한동안 이어지던 숲길이 끝나자 갑자기 탁 트인 평원이 나왔다. 멀리 저수지도 보였고 넓고 푸른 목초지에 말이 보였으며 가끔 젖소들이 한가롭게 풀을 뜯고 있었다. 종종 아담한 목조 가옥들이 길을 따라 보였고 집 뜰의 사과나무들이 가을 햇살에 빛나고 있었다.

"어머, 저것 좀 봐!"

철로변에 떨어져 굴러다니는 사과를 보고 아내는 호들갑을 떨었다. 사과야 흔한 것이지만 사과나무들이 이어진 길과 철도 주변에 사과가

굴러다니는 그 풍경이 매우 낭만적이라 했다. 우리가 탄 두 량짜리 기차는 그 낭만적인 길을 부지런히 달렸다.

잠시 후 질로비체(Jilovice)란 마을에 기차가 섰다. 조그만 역사였는데 역사 안의 목조 가옥 베란다에 붉은 꽃이 보였다.

하나를 보면 열을 안다고, 이 남부 보헤미안 지방에는 삶의 여유와 자연의 아름다움이 아직 남아 있었다.

젊은 차장들은 할머니들의 재봉틀과 자전거 등의 세간살이를 내려서 역사까지 들어다주었고 할머니들은 웃으며 천천히 역사 쪽으로 걸어가고 있었다. 그 여유 있는 뒷모습들을 보며 우리는 넋을 잃고 말았다.

체코에는 프라하만 있는 줄 알았더니 그게 아니었다. 우리만 그런 게 아니라, 오스트리아에서 체코로 넘어오며 이 길을 달렸던 여행자들 모두 한결같이 정말 아름다운 길이었다고 입을 모으고 있었다.

체코는 문화 예술뿐만 아니라 이처럼 자연도 뛰어났다. 3분의 1이 숲으로 둘러싸인 이곳의 대부분 지역은 습기 많은 대륙성 기후로 여름엔 따뜻하고 비가 많으며 겨울엔 눈이 많은 편이다 보니 숲이 무성한 것 같았다.

실크로드의 황량한 사막의 길, 히말라야 산맥의 아찔했던 카라코람 하이웨이, 터키의 아나톨리아 평원에서 끝없이 뻗어나간 길들도 모두 좋았지만, 내가 달렸던 길 중 가장 낭만적인 길은 바로 이 보헤미안의 숲길이었다. 그런 길을 한 시간 정도 달린 후 기차는 체스케 부데요비체에 도착했다.

프레미슬 오타카라II 광장.

적막한 도시와 주점

체스케 부데요비체는 인구가 약 10만 명 정도인 중세풍 도시였는데 16세기에는 은 광산과 맥주, 소금으로 크게 발전했다고 한다. 1641년 큰 화재로 파괴되었으나 계속 발전된 이 도시는 19세기 산업화되기 시작하면서 20세기에는 남부 보헤미안의 중심지가 되었다.

이 도시는 매우 조용했다. 보행자거리를 벗어나니 골목이건 대로건 인적이 드물었다. 그 적막한 거리에는 조그만 가게들도 있었지만 모두 문을 닫은 것처럼 느껴질 정도로 조용했다.

도시의 중심인 프레미슬 오타카라 II 광장도 마찬가지였다.

이 광장은 가로 세로가 모두 133미터인 정사각형의 광장으로 중부 유럽에서는 가장 큰 광장 중의 하나인데, 가장 인상적이었던 것은 72 미터 높이의 '검은 탑'도 중앙의 분수대도 아닌 텅 빈 공간이었다.

광장 주변에 오픈카페들과 기념품 상점들이 주욱 늘어서 있었지만 손님들은 거의 보이지 않았다. 그 넓고 텅 빈 광장을 우리 둘만 개미새 끼처럼 부지런히 걸어다녔다.

안내책자를 보며 이곳저곳을 기웃거리다가 조금 윗쪽으로 벗어나 보았다.

그러다 체스카 거리라는 곳에 왔을 때였다. 이상한 건물들이 눈에 띄기 시작했다. 일명 보헤미안 스타일의 건물들로 안내책자를 보니 Gables of House라고 되어 있었다. Gables of House라…… 아무리 생각해도 Gable이란 뜻을 알 수가 없었다.

그러나 추측컨대 집 지붕에 팔자 모양으로 세워진 넓은 판을 말하는 것 같았다.(나중에 돌아와 사전을 찾아보니 아니나 다를까, Gable이란 박공지붕을 말하고 박공이란 八자 모양의 두꺼운 널을 의미했다.)

바로 이 박공지붕이 보헤미안 양식의 지붕으로 공공건물뿐만 아니라 일반 시민들도 그렇게 집을 지었다고 한다. 지붕만 인상적인 것이 아니라 창문이 많다는 것도 인상적이었다.

그런데 사람들이 다 어디 있는 것일까?

5시부터 서서히 인적이 줄어들더니 6시가 되자 인적이 뚝 끊기며 거

보헤미안 양식을 대표하는 박공 지붕들.

리에는 찬바람만 횡 하니 불어왔다. 가게도 문을 거의 다 닫았다. 주말이라서 그런 것도 아니었다. 이번 홍수 때문에 관광객이 별로 없다는 것이 큰 이유겠지만, 원래 이곳 시민이 그렇게 많지 않아 분위기가 그런 것 같았다.

그 적막한 도시에서 저녁을 먹으려고 이리저리 헤맸다. 슈퍼마켓은 문을 닫았고 맥도날드는 가기 싫었으며 마땅한 레스토랑도 쉽게 보이질 않았다.

한참을 헤매다 어둠침침한 목조 건물로 들어갔다가 우리는 깜짝 놀라고 말았다. 어딜 갔나 했던 사람들이 그곳에서 와글거리며 술을 마시고 있었던 것이다.

아니, 우리가 헤매는 동안 너구리처럼 다 여기 숨어 있었네.

동네 주점에 온 것 같은 기분이 들면서 그만 반가움이 왈칵 일었다. 아무 데나 털썩 주저앉자 배 나온 중년 사내가 다가왔는데 양손에 생맥주 잔을 몇 개나 들고 있었다.

"피보(Pivo)?"

피보는 현지어로 맥주를 뜻했다. 두말없이 시켰다.

체스케 부데요비체에 와서 맥주를 안 마실 수는 없었다. 바로 이곳이 체코의 그 유명한 맥주 부드바(Budva)의 원산지며 부드바 맥주는 버드와이저의 원조 아닌가.

"야…… 맥주맛 좋다."

버드와이저보다 더 맛있게 느껴졌다. 시원하고 칼칼하고…….

이곳은 고급 레스토랑이 아니었다. 인테리어도 없고 그저 낡은 나무 테이블만 가득 찬 허름한 목로주점 같은 곳으로 웨이터는 레슬링 선수처럼 생겼고 웃지도 않았지만 우직해 보였다.

헝가리에서 먹어본 소고기 요리, 굴라쉬에 맥주를 마시며 회포를 풀었다. 그동안 급하게 여행을 하며 늘 긴장했던 아내는 흥청거리는 주점의 분위기에 휩쓸려서 흥분했다.

"아, 내가 그 말로만 듣던 보헤미안 지방에 왔다니…… 그 유명한 부드바 맥주를 원산지에서 마셔보고."

그렇게 흥겨운 시간을 보낸 후, 이윽고 '레슬링 선수'가 가져온 계산서를 보니 204코룬, 언제나 한 나라에 처음 오면 늘 그랬듯이 나는 대충 물가 계산을 해보았다.

맥주 세 잔, 소고기 요리 한 개에 약 7달러…… 비싼 편은 아니었다. 그런데 위에 써 있는 30코룬은 뭐지? 1달러 정도에 해당하는 그 금액을 내가 손가락으로 가리키자 이 선수가 말했다.

"팁, 오케이?"

허허, 여기도 그렇구나.

사실 그렇지 않아도 팁을 주려고 했었다. 이미 동유럽에도 팁 문화가 들어왔다는 것을 알아차렸고 그는 꽤 성실하고 친절하게 대해주었기 때문이다. 또한 부다페스트에서 이미 수업료를 내고 배웠지 않은가.

다시 길로 나오니 적막했다. 마치 세상 끝에 있는 것만 같았다. 숙소까지 걸어오는 동안 다른 술집에서도 불빛들이 새어나오는 것을 보았지만 여전히 거리에는 인적이 드물었다.

체스케 부데요비체에서 묵었던 숙소.

위에서 내려다본 체스키 크루믈로프.

동화 속의 중세 도시

체스키 크루믈로프(Cesky Krumlov)는 체스케 부데요비체에서 약 25킬로미터 떨어져 있었다.

배낭은 체스케 부데요비체의 숙소에 놓아둔 채, 가벼운 가방만 메고 소풍 가듯 길을 나섰다. 두 량짜리 기차를 타고 보헤미아 들판을 달리는 동안 숲과 벌판이 이어졌고 사과나무들이 보였다.

이 길도 국경을 넘어올 때 길 못지않게 아름다웠고, 체스키 크루믈로프 역에서 시가지까지 걸어가는 길도 꽤 낭만적이었다. 멀리 아스라하게 우뚝 솟은 성이 보였고 주변에 중세풍의 집들이 빼곡이 들어서 있었다. 구시가지로 접근해 다리를 건너 성문으로 걸어갔는데 돌길 위에는 햇살만 그득할 뿐 인적이 뚝 끊겨 있었다.

동화 같은 풍경에 넋을 잃은 관광객들.

　사실 이곳은 늘 관광객으로 인산인해를 이루는 곳인데 한 달 전의
홍수 때문에 관광객의 발길이 뚝 끊긴 것 같았다. 그러나 한참 길을 따
라 들어와 중심지로 가는 순간, 마술처럼 다른 풍경이 펼쳐지기 시작
했다. 수많은 관광객들이 성벽과 골목 사이에서 웅성거리고 있었던 것
이다. 체스키 크루믈로프는 그렇게 비밀스런 속내를 갑작스럽게 우리
에게 보여주었다.

　체스키 크루믈로프의 인구는 1만5천 명으로 조그만 도시다. 유럽에
서 가장 아름다운 중세도시 중의 하나로 1992년 유네스코에 의해 세
계 문화유산으로 지정되었는데, 원래 기원전 5, 6천 년경에도 사람이
살았던 흔적이 있으나 서서히 마을의 모습이 갖추어진 때는 8세기에
서 12세기경이었다. 크루믈로프란 이름으로 문헌에 처음 등장하는 때
는 1,253년이고 그때 이곳을 다스리던 가문은 비텍 가(Vitec Family)

였다.

그후 1,302년 그들의 지배를 이어받은 친척 로젠베르크 가(Rozenberg Family)가 영주가 되었는데 15세기 전반에 경제적 문화적으로 크게 융성하면서 16세기에는 남부 보헤미아의 중심지가 된다. 그후 혼란스런 정세 속에서 지배자가 계속 바뀌어왔으나 도시는 잘 보존되어 현재는 프라하 다음 가는 체코의 관광지가 된 것이다.

우선 가장 눈길을 끄는 곳은 블타바 강을 내려다 보는 거대한 바위 위에 건설된 대저택이었다. 이곳의 지배자들이 살았던 이 성 입구에는 곰 우리가 있었고 입구를 통과하니 왼쪽에 둥근 탑이 솟구쳐 있었다. 이 탑은 13세기에 처음 세워졌으니 체스키 크루믈로프의 생성기부터 지금까지를 다 내려다본 셈이었다.

탑 안으로 들어가 헉헉거리며 약 160여 개의 계단을 올라가니 전망대가 있었다. 그곳에서 밑을 내려다보니 밑으로는 블타바 강이 뱀처럼 구불구불 흘러가고 있었고 마치 섬처럼 강에 둘러싸인 중심지로 건너가는 다리가 있었다. 그리고 파란 가을 하늘 밑으로 펼쳐진 뾰족뾰족하게 솟은 수백 채의 붉은 중세풍 집들이 보였다.

"야, 한 폭의 그림 같아."

우리는 말을 잃은 채 하염없이 밑에 펼쳐진 동화 같은 풍경에 넋을 잃었다.

그런 풍경은 길위에서도 펼쳐졌다. 대저택으로 올라가는 길, 따스한 햇살 아래서 빛나는 고풍스런 성벽, 아름다운 집들, 파란 강물, 보트를 타거나 래프팅하는 사람들⋯⋯.

비록 홍수 피해로 인해 대저택 안은 볼 수 없었지만 그런 경치 구경만 하는 것도 행복했다.

우리는 강옆의 벤치에 앉아 휴식을 취하며 삼각대를 세워놓고 사진을 많이 찍었다. 강바람은 시원했고 공기는 맑았다. 자연은 평화로웠으며 건물은 예뻤다. 이런 아름다운 곳에 있자니 마음도 예뻐지는 것 같았다.

휴식을 취한 후, 마을 중심지로 들어가니 광장과 골목골목에는 보헤미안 양식의 집, 상점, 교회들이 가득 차 있었고, 기념품 가게와 식당을 드나드는 관광객의 발길이 부산했다. 거리를 걷다가 불현듯 어디서 본 풍경이란 느낌이 들었다.

"여기, 어디서 많이 본 거리 같지 않아?…… 거 있잖아. 해리포터, 맞아. 영화에서 아이들이 벽을 뚫고 휙 들어가면 나타나던 그 좁고 버글거리는 중세풍의 골목길 말야!"

정말 그런 중세의 세계로 들어온 것만 같았다.

이곳은 인심도 좋은 편이었다. 가게에 들어가면 누구나 할 것 없이 점잖게 먼저 "도브리덴(안녕하세요)" 하고 인사를 건넸다.

조그만 식당에서 버섯 요리를 먹을 때도 남자 종업원이 매우 유머러스하고 친절해서 기분 좋았다. 그러나 여종업원의 어딘지 피곤하고 인상쓰는 모습에 기분이 조금 가라앉기도 했다.

그 짧은 순간 나는 관광지의 운명을 생각했다. 수많은 관광객에게 치이다 보면 피곤해지는 법. 이곳도 점점 그렇게 변해갈 것이다.

어느 관광지에 가든 나는 그 생각을 하면 조금 씁쓸했다. 그래서 여행을 할수록 자꾸 남들의 발길이 닿지 않는 곳을 찾아가고 싶은 것이다.

체스키 크루믈로프에서 만난 아이. 자기만한 인형을 갖고 어딜 갔다온 걸까?

황금소로에서 길을 잃다

에곤 쉴레

에곤 쉴레 미술관을 찾았으나 아쉽게도 홍수로 초토화되어 있었다. 그의 작품보다도 홍수 당시에 체스키 크루믈로프가 어떻게 침수되었으며 이 미술관이 어떤 상황이었는가를 상세하게 찍은 사진들이 전시되어 있었고 기부금을 걷는 모금함이 설치되어 있었다.

이번 홍수로 프라하뿐만 아니라 블타바 강변의 웬만한 도시는 다 피해를 입었던 것 같다. 나는 다만 그곳에 비치된 에곤 쉴레에 관한 소개 글을 읽는 것으로 만족해야 했다.

에곤 쉴레는 1890년 오스트리아 빈 근방의 튤른에서 태어났는데 그의 아버지는 그곳 역장이었다. 아버지는 매독으로 죽었고 에곤 쉴레는 16세부터 빈의 미술학교에서 그림을 배웠다. 그는 오스트리아 화가 구스타프 클림트를 스승으로 모셨고 클림트 역시 그를 아꼈으나 그는 점점 자신의 길을 찾았다.

그는 에로티시즘이 깃든 초상화를 즐겨 그렸는데 그가 한때 시간을 보냈던 곳이 바로 이곳 체스키 크루믈로프였다. 그는 어머니의 고향이었던 이곳에 은둔하며 여자들의 나체를 주로 그렸다.

결국 이런 과정에서 보수적인 마을 사람들은 분노했다. 그가 여자들을 꾀어 부도덕한 성적 접촉을 했다는 것이다. 그의 명성이 높아가면서 스캔들도 더 심해지는데 결국 노이렝바하에서 감옥에 갇히고 만다. 어린 소녀를 꾀어서 성적으로 타락시켰다는 죄목이었다.

그는 이 일을 겪은 후, 은둔하면서 작품에만 몰두한다. 그후 결혼을 했지만 그 당시 유행하던 독감에 걸려 임신 6개월의 아내가 죽자 뒤따라 3일 후에 그도 죽고 만다. 그의 나이 29세였다. 그는 죽기 전까지 3

천여 점의 드로잉과 3백 점의 회화를 남겼다.

그곳에 전시된 글을 읽으며 예술가들은 왜 이렇게 불행할까라는 생각이 들었다. 특히 천재적인 예술가일수록.

미술에 대해 문외한인 나로서는 에곤 쉴레의 그림에 대해 뭐라 평할 수는 없었다. 다만 여행을 마친 후 인터넷을 통해 본 에곤 쉴레의 작품들은 대부분 에로틱하게 보였다. 그런데 그 에로틱함 속에는 순수한 성적인 아름다움도 보이는가 하면, 어떤 우울함이나 갈등 같은 것도 보였다. 특히 자신의 자화상이나 남자, 혹은 바로 탄생한 아기의 그림은 삐쩍 마르고 뒤틀리고 괴로워하는 모습이었다. 묘한 작품들이었다. 음란하기보다는 사회의 완고한 도덕 혹은 관습과 개인의 원초적이고 순수한 욕구 사이에서 뒤틀리고 괴로워하는 아픔과 슬픔이 느껴지는 그림들이었다.

그는 감옥에 갇혀 있을 때 이렇게 말했다고 한다.

"내게 예술이 없었다면 지금 나는 무엇을 할 것인가?…… 나는 생을 사랑한다. 나는 모든 존재의 심층으로 가라앉기를 원한다."

결코 자신의 비도덕적인 행위를 변명한 치졸한 말이 아니었다. 평범한 이들의 잣대로 재기에는 너무도 처절한 예술가의 독백이었다.

삼각대여 안녕

긴 하루였다. 기차를 타고 체스케 부데요비체로 돌아오는데 매우 피곤했다. 의자에 깊이 몸을 파묻은 채 저녁 햇살과 서늘한 바람을 쐬며 창 밖을 내다보았다. 건너편에서 금발의 차장이 소녀들과 농담을

하며 껄껄대고 있었다. 그 유쾌한 광경을 보고 있자니 공연히 마음이 애달파졌다.

서늘한 가을 바람 때문일까, 석양 때문일까? 문득 흘러가버린 내 어린 시절이 생각나며 허전해졌다.

다시 돌아온 체스케 부데요비체는 여전히 고요했다. 주인은 주인집으로 가버리고 손님도 없어서 텅 빈 숙소에는 우리만 남아 있었다.

다음날 새벽 프라하로 가는 기차를 타야 했던 우리는 주인에게 오늘 밤에 숙박비를 지불하겠다고 전화를 했다. 잠시 후 주인 사내가 나타났는데 서툰 영어를 하며 싱글싱글 웃는 인상이 참 선량해 보였다.

"사람들 참 인심 좋아. 아침에 그냥 훌쩍 떠나면 어쩌려고 딴 데 가서 자네."

아내는 감탄하며 말했다.

짐을 챙기다 잊은 것을 발견했다. 사진을 찍고 나서 대저택 언덕길에 삼각대를 놓고 온 것이다.

"내일 새벽에 찾으러 가면 안 될까?"

아내는 우리의 분신을 그곳에 두고온 것 같다며 안타까워했다.

"됐어. 나중에 찾으러 오지. 한 십 년 후쯤."

삼각대는 이미 내 손을 떠났다. 그리고 이제 자신의 여행을 시작할 것이다. 인연이 있으면 어디선가 다시 만나는 것이고…… 안녕, 삼각대여. 나는 그렇게 미련을 털었지만 아내는 밤새도록 삼각대 때문에 괴로워서 잠을 자지 못했다.

체스케 부데요비체 광장에 물이 차는 광경을 담은 엽서.

역시 프라하

예전에 어느 잡지사 기자에게 들은 얘기다.

"사람들이 하도 프라하, 프라하 하길래 조금 반감이 생기더라구요. 제가 여행 한두 번 해본 게 아닌데 대개 소문난 잔치에 먹을 게 없길래 가기 전에 조금 시큰둥했어요. 그런데 가보니…… 역시 프라하더군요."

글쎄, 사람의 취향은 각자 다르고 경험도 다르기에 모든 이가 프라하를 좋아할 리는 없다. 하지만 대부분의 여행자들은 프라하에 오면 '역시 프라하' 라는 말을 하게 된다.

아내 역시 구시가지 광장으로 들어가면서부터 탄성을 지르기 시작했다.

"우와……."

아내는 말을 잇지 못했다.

그곳은 다른 세상이었다. 확 트인 광장 저 멀리 파란 하늘 밑에서 뾰족하게 솟구친 틴 교회, 그 옆의 고풍스런 킨스키 궁전, 화려한 구시청사의 천문시계, 웅장한 얀 후스의 동상, 그리고 수없이 들어선 낭만적인 노천카페들…… 누구라도 수백 년 전의 그 세계에 발을 들여놓는 순간 탄성을 지를 수밖에 없을 것이다. 나 역시 파란 하늘 아래 펼쳐진 그 환상적인 광경 앞에서 한동안 발길을 멈춘 채 우두커니 서 있었다.

구시가지 광장에서 카를교 가는 골목길에는 수많은 상점들이 있었다. 도자기, 접시, 악세사리, 컵, 보석함, 기념품…… 그 상점들 앞에서 탄성을 내지르는 한국 여학생들이 있었다.

"아, 여긴 빈보다 더 좋아…… 아이고, 미치겠네. 나 여기서 며칠

프라하의 구시가지 광장.

있고 싶어!"

　그들은 거의 자지러지고 있었다. 여자들은 거대한 건물 못지 않게 이런 알록달록하고 아기자기한 중세풍의 골목과 상점들 앞에서 더욱 흥분하는 것 같았다. 아내 역시 그냥 지나칠 리 없었다. 하지만 거기에 몰두하며 시간을 뺏기기에는 프라하에는 너무 볼 게 많았다. 아름다운 건물들로만 말하면 남부 보헤미안 지방의 체스키 크루믈로프가, 포근한 분위기로만 말하면 프라하 근교의 카를로비 베리가 더 나을지도 모른다.

　그러나 프라하에는 다양함이 있었다. 구시가지 광장은 한 폭의 아름다운 그림이었고, 카를교를 비롯한 아름다운 다리들에는 블타바 강의 낭만이 있었으며, 흐라드차니 언덕에는 환상적인 프라하 성과 카프카의 작품 세계와도 같은 황금소로가 있었다. 또한 한적한 비세흐라드 언덕에 오르면 체코의 유명한 예술가들의 묘지가 있었고 유태인 거리에는 그들의 회당 시나고그도 있었다. 그리고 수많은 박물관과 건물, 탑들…… 또 연중 끊이질 않는 각종 음악회.

그러니 보는 데만 해도 일주일이 모자라고 깊이 음미하려면 한 달도 모자랄 그 도시를 닷새 안에 보자니, 아니 아내에게 보여주자니 내 마음은 급했다.

카를교에 다다르니 관광객들로 인산인해였고 음악 공연을 하는 사람들과 그림을 파는 사람들이 주욱 늘어서 있었다. 그리고 멀리 프라하 성이 보였다.

"프라하 어때?"

"아름다울 것이라 예상은 했지만 내 예상을 뛰어넘어. 뭐라 할까, 예쁘기도 하지만 사람들 손때가 곱게 묻은 안틱 예술품을 보는 느낌이야. 건물이, 기념품 상점이, 거리가 다…… 거기다 어쩌면 다리가 이렇게 예쁠까, 저 수많은 동상들 좀 봐. 카를교뿐만 아니라 이 강 따라 보이는 저 다리들도 정말 아름다워."

"이 다리는 십사 세기, 십오 세기에 걸쳐서 만들어진 다리인데, 중부 유럽에서 가장 오래된 다리래. 블타바 강에는 현재 모두 열여덟 개의 다리가 있는데 여기 카를교가 가장 아름다운 곳이야."

강은 홍수 때문에 수량이 많이 늘어 있었고 가끔 하얀 유람선이 유유히 떠다니고 있었다.

천천히 인파에 휩싸여 다리를 걷다 우리는 걸음을 멈추었다. 예쁜 그림을 파는 무명 화가들이 있었다. 아내는 그림에 몰두했고 나는 화

블타바 강.

가들에게 시선이 멈추었다. 한 사내가 자신이 직접 그린 수채화를 전시해놓고 그 곁에서 허공을 응시하고 있었다. 배고픔과 무명의 서러움이 잔뜩 배인 그늘진 얼굴이었다. 건너편에도 그림을 늘어놓은 채 책을 읽는 여자가 있었다. 그녀는 사람들에게는 관심도 두지 않은 채 그냥 책만 읽었다.

그녀가 어찌 세상에 관심이 없으랴, 그렇다면 그녀는 자식과도 같은 작품을 팔려고 이 다리에 나오질 말았어야 한다. 그녀의 저 무관심은 자신의 재능을 알아주지 않는 세상에 대한 섭섭함과, 비록 먹고살기 위해 거리에 나섰지만 결코 세상 사람들에게 아양을 떨지는 않겠다는 화가로서의 자존심 때문이리라.

아내는 그 여인의 작품에 관심이 많았다. 그림엽서처럼 되어 있던 그녀의 작품은 아름다운 프라하 성과 틴 교회 위를 고양이들이 날아다니는 판화였다.

카를교에서 산 그림(에칭판화).

우리가 구경할 때, 그녀는 아예 우리에게 신경쓰고 싶지 않다는 듯 비스듬히 블타바 강 쪽으로 등을 돌린 채 책을 보기 시작했다. 그림에는 가격이 써 있었으니 여인과는 대화할 일조차 없었다.

조그만 것은 5천 원 정도, 중간 크기는 만 원 정도였다. 살까 말까 망설이다 우리는 큰 마음 먹고 약 5만 원 어치를 샀다. 사실 우리에게 부담되는 가격이었지만 전혀 아깝지 않게 느껴졌다. 우리는 한푼도 깎지 않았다. 그게 예술가에 대한 예의라고 생각했다. 작품을 싸주며 그제서야 여인은 가볍게 미소를 지었다.

돈을 벌어서 좋아한 것만은 아닌 것 같았다. 자신의 작품을 이해하고 정말 좋아하는 표정을 우리의 얼굴에서 읽었기 때문인지도 모른다. 우리들 사이에는, 우리들만 아는 가벼운 감동이 오갔다.

카를교를 건너면 말라스트라나 광장이 나온다. 구시가지와 함께 프라하에서 가장 오래된 지역으로 한때 식료품 시장도 있었고 귀족들이 거주하던 곳이라는데 무엇보다도 좋은 것은 돌 깔린 길이었다.

저녁나절 땅거미가 서서히 깔릴 때 그 길을 걸었다. 고즈넉한 길에는 관광객의 발길도 끊어져 있었고 길가에는 소박하고 예쁜 상점들이 곱게 머리를 내밀고 있었다. 아내는 그 길에서 또 넋을 잃었다.

흙길이었다거나 아스팔트였다면 안 그랬을 것이다. 그런데 아기자기한 돌이 깔린 언덕길이었다. 길 주변의 예쁜 기념품 상점들 안에는 중세의 온갖 보물과 음모, 비밀들이 다 담겨 있을 것만 같았다.

아내는 중얼거리듯 말했다.

"왜 이런 생각이 들까? 이 골목길에 깔린 돌 하나하나를 서랍처럼 빼올리면 옛날 사람들이 숨겨놓은 보물들이 나올 것만 같아."

만화를 좋아하는 아내는 만화 같은 상상을 곧잘 했다.

언덕길을 올라서 오른쪽으로 꺾어지니 프라하 성이 나타났다. 지금도 대통령이 산다는 그 성 앞에는 위병들이 근무를 서고 있었다. 관광객들, 특히 여자들이 그 옆에서 기념사진을 찍고 있었다.

잠시 후 보초 교대식을 하는데 병사 한 명이 웃기 시작했다. 한번 터진 웃음은 그치질 못하고 전염되기 시작해 마침내 책임자도 웃었고,

프라하 성에서 내려다본 프라하 전경.

한 병사는 어깨를 들썩이며 키득거리기 시작했다. 한국 같으면 얼차려 감인 그들의 행동이 왜 그렇게 귀엽게 보였는지…….

성 옆에서 밑으로 펼쳐진 프라하 전경을 바라보았다. 부우연 하늘밑 의 프라하가 우울해 보였다.

"아까하고는 분위기가 다르네……."

아내는 고개를 갸우뚱거렸다.

"프라하의 매력일 거야. 아름답고 화려하고 우아하고, 그런가 하면 우울하고…… 이른 아침에 오면 또 다른 느낌일 걸. 이곳에는 아침이 나 저녁에 분위기가 가장 좋대."

우리는 성안으로 들어가 길을 따라 그냥 통과했다. 이미 시간이 늦 어 프라하 성 안에 있는 성 비트 교회, 성 이지 교회, 구 왕궁 등은 문 을 닫았었다. 초조할 이유는 없었다. 프라하에서 조금 여유를 둔 일정 이라 나중에 다시 와도 될 곳이었다.

저녁 어둠이 짙게 깔리고 있었다. 어둑어둑한 길을 따라 성비트 교회 옆을 가며 위를 쳐다보니 으시시한 조각들이 있었다.

성 비트 교회 위 조각들.

저것이 뭘까? 저 높은 곳에서 인간의 형상을 한, 마귀떼 같은 조각들이 마치 하늘을 나는 박쥐처럼 손을 편 채 밑을 내려다보고 있었다. 목을 젖혀 그 하늘의 조각들과 마주하는 순간, 신에 대한 열정은 물론 온갖 마귀와 신비가 횡행하던 그 시대의 눈을 보는 것 같아 아찔했다.

14세기에 만들어진 고딕 양식이라 했다. 그러나 건축을 몰라도, 저 조각들의 의미를 몰라도, 내부를 들여다보지 못했어도, 저녁 어둠이 대지를 뒤덮던 순간 마주친 그 음험한 조각들은 나를 다른 시공으로 데려가고 있었다. 그것은 소름 끼치는 순간이었으나 또한 현실에서 이탈하는 희열의 순간이기도 했다.

황금소로에 다시 가려고 했으나 잠시 헤매었다. 가는 길이 조금 달라졌거나 이전 기억이 흐릿해서일 것이다. 음침한 골목길은 그대로였으나 No. 22 건물은 달라져 있었다. 분명 그곳이 프란츠 카프카의 작업실이었는데 안으로 들어가보니 그때와 많이 달랐다. 그때는 작업실의 공간이 남아 있었고 입장료도 받았는데, 지금은 조그만 공간 안에서 엽서와 기념품만 팔고 있었다.

"저, 여기가 카프카 작업실 맞지요?"

"예, 맞아요."

여점원이 친절하게 말했다.

"그런데, 여기 예전 것 맞아요? 십 년 전에는 더 넓었는데……"

"글쎄요, 난 여기서 일한 지 오래되지 않아 잘 모르겠네요. 십 년 전에는 내가 열두 살일 땐데 난 여기 와보지도 않았어요."

그녀는 웃음을 터뜨리고 말았다. 그집이 축소되고 옆의 집으로 쪼개진 것일까? 그곳은 상점으로 변해 있었는데 거기 말고도 골목골목마다 조그만 상점들이 많이 들어서 있었다. 날은 어두워졌지만 그 골목길을 선뜻 떠나고 싶지 않았다.

아내 역시 아기자기한 황금소로에 푹 빠졌지만 밀려오는 어둠 속에서 인적이 뚝 끊기자 빨리 가자고 보챘다. 나는 그 어둠과 적막함이 더 좋았지만 떠날 수밖에 없었다.

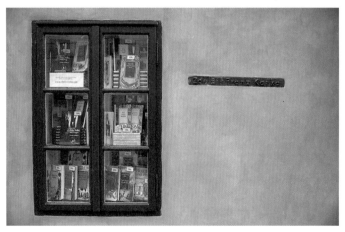

카프카의 작업실. 지금은 관광상품을 파는 상점이다.

이미 어둠이 짙어진 비탈길을 내려오는데 아까 다리에서 그림을 팔던 여자가 올라오고 있었다. 초췌한 화가 동료들과 함께 언덕길을 올라오던 그녀는 흐뭇한 미소를 짓고 있었다. 어디론가 어울려 맥주 한 잔 하러 가는 것 같았다.

그 순간, 예전에 보았던 한국 영화 〈와이키키 브라더스〉가 오버랩 되고 있었다.

슬픈 무명 예술가들의 생애…… 그러나 그것을 딛고 일어서서 나름대로 자신의 세계 속에서 보람을 찾으며 살던 그들. 무명 예술가들이라고 왜 자존심이 없으며 한때의 푸른 꿈이 없었을까? 또 실력은 있지만 운이 나쁘거나 풀리지 않아서 그런 쓸쓸한 길을 걸어가는 사람들이 얼마나 많겠는가.

그래도 흐라드차니 언덕을 올라오던 그들은 행복해 보였다. 만약 그들이 알아주지 않는 세상을 원망하고 분노하는 표정을 지었다면, 나는 그들에게서 추함을 보았을 것이다. 세상에 그런 입장에 처한 사람들이 그들만은 아니었을 테니까. 누구나 세상에서 다 이해받는 사람은 없다. 누구나 조금은 억울한 심정을 갖고 살아가며 알고 보면 누구나 다 불쌍한 법이다.

쓸쓸하지만 어둠 속에서 희미하게 보이던 그들의 미소가 따스했다. 그 미소 속에 자신의 예술과 삶에 대한 사랑이 어려 있었고 그 사랑이 스쳐 지나가던 나를 감동시켰다.

카를교는 어둠에 뒤덮였고, 그 어둠 속에서 더욱 빛나고 있었다. 인파는 여전했는데 다리 중간에서 촌스런 옷을 입고 트럼펫으로 재즈를 연주하는 할아버지가 보였다.

아, 저 할아버지…… 예전에 보았던 그 할아버지 아닌가?

정확하지는 않았지만, 그때 프라하 성에서 내려오던 계단길에서 테이프 반주 틀어놓고 흘러간 팝송을 연주하던 할아버지 같았다. 그 할아버지의 서툰 연주를 듣는 동안 자꾸 가슴이 울렁거려왔다. 그에게 배인 내 젊은 시절의 흔적을 보아서일까? 한참을 보다가 돈 몇 푼을 그 앞에 놓고 다시 카를교를 걸었다.

아, 카를교 여름밤의 이 낭만, 아니 초가을인가…… 아코디언을 연주하는 중년 사내, 아름다운 슈베르트의 가곡을 부르는 눈먼 여인과 그 옆에서 슬픈 미소를 지으며 아내의 손을 꼭 잡은 남편…… 슬프고도 아름다운 정경들이었다.

멀리 푸른 불빛을 받고 빛나는 프라하 성이 환상처럼 보였다. 어둠 속에서 희미하게 모습을 드러내고 있던 수많은 다리 위의 성상들 또한 환상처럼 보였다. 은은한 음악이 울려 퍼졌고 이쪽저쪽에서는 젊은이들이 부둥켜안고 있었다.

우리는 다리 난간에 우두커니 서서 흘러가는 강물을 바라보았다. 멀리 강변을 따라 프라하 시내의 불빛이 보이고 있었다.

"우리, 언제 또 여기 올 수 있을까?"

아내는 넋을 잃은 채 그렇게 물었다.

"한 십 년 후쯤 다시 와보자. 바로 이 자리에."

10년도 잠깐일 것이다. 10년 전 풋풋한 그 시절이 바로 엊그제 같은데 나는 이미 중년이 되어 있으니……

카를교를 건너 구시가지 광장으로 갔다. 아, 프라하 성이 멀리 보이는 환상이라면 이곳은 환상 속이었다. 휘황찬란한 노란 불빛 속에서 하늘 높이 솟은 틴 교회와 주변의 고풍스런 건물들.

감격이 너무 격하면 말을 잃는 법, 우리는 말을 잃은 채 천문 시계 근처에 앉았다. 노천카페에서는 관광객들이 술잔을 높이 쳐들고 있었고 음악소리가 끊이질 않았다. 하지만 먹고 싶지도 마시고 싶지도 않았다. 배고프고 목말랐지만 아무도 부럽지 않았다. 모든 게 환상이었다.

그리고 남는 것은 숨막힐 듯한 아름다움…… 그런데 왜 그 순간 그렇게 눈물이 나려고 했던 것일까?

카를교에서 바라본 프라하 성의 야경.

작은 음악회

프라하의 관광안내센터나 거리에서 수많은 음악회 정보를 얻고 그 자리에서 티켓을 살 수 있었다. 모차르트의 돈 지오반니 인형극이나 조그만 음악회들이 극장뿐 아니라 교회나 박물관에서도 열렸다. 아쉽게도 본격적인 돈 지오반니 음악회는 여름 성수기에만 했기에 우리는 할 수 없이 국립박물관에서 열리는 작은 음악회에 가기로 했다.

이른 저녁을 먹고 박물관에 들어가니 중앙에 피아노가 놓여 있었고 사방 계단에 카펫이 깔려 있었다. 그곳이 객석이었다. 멋진 아이디어였다. 청중은 대개 편한 차림의 관광객들이었다.

이윽고 연주자들 몇 명이 나와 비발디의 사계와 모차르트의 소품들을 연주하기 시작했다. 봄, 여름, 가을, 겨울이 연주되는 동안 등골이 오싹거려왔다. CD로 듣는 음악과도 달랐고 커다란 연주회장에서 듣는 연주회와도 또 달랐다. 박물관의 실내에 울려 퍼지는 싱싱한 음악과 함께 가까운 데서 연주하는 연주자들의 황홀한 표정과 안면 근육, 손끝의 떨림이 듣는 이의 가슴을 흔들고 있었다.

연주보다도 분위기가 더 감동스러웠다. 수십 명의 관광객을 상대로 하는 그 연주자들이 결코 대가들은 아니었을 것이다. 그러나 혼신의 힘을 다해 연주하는 그 젊은 연주자들의 음악을 들으며 우리는 황홀했다. 이국 땅을 여행하다 우연히, 가벼운 마음으로, 소박하게 연주회를 감상하고 있다는 사실이 너무도 행복했다.

약 한 시간 동안의 작고 짧은 음악회가 끝난 후 우리는 바츨라프 광장의 오픈카페에서 맥주를 마셨다. 밤은 깊어가고 거리에는 불 밝힌 트램이 천천히 오가고 있었다. 그 낭만적인 풍경 속에서 선선한 초가을 바람을 맞으며 들이키는 맥주맛이 기가 막혔다.

2004년에 체코는 EU에 가입하지만 그들의 GNP는 여전히 우리보다 낮다. 그 프라하에서 나는 삶의 질에 대해서 생각했다. 비록 GNP는 낮지만 내가 분명히 말할 수 있는 것은, 잘 먹고 잘 입는 것이 행복한 삶은 아니라는 것이다. 아름다움이 우리의 심성을 얼마나 착하게 하고, 그것이 얼마나 중요하다는 것을 수없이 깨닫게 하는 곳이 바로 프라하였다.

프라하의 그늘

프라하는 분명 아름다운 도시다. 그러나 프라하를 무조건 미화하고 싶지는 않다. 관광지만 벗어나면 밤에는 인적이 드물고 쓸쓸해서 그렇게 편한 마음으로 돌아다닐 수 있는 곳도 아니었고 쌀쌀맞은 사람들도 종종 볼 수 있었다. 약 2주일 전의 홍수 피해 때문에 지하철이 거의 모두 중단되었고 변두리 건물은 낙후되었으며 어지러운 낙서도 보였다. 그러나 그런 사실을 두고 프라하의 그늘이라고 새삼스럽게 표현하고 싶지는 않다. 그것이야 예전에도 본 사실이었다.

내가 충격받은 것은 바츨라프 광장의 맥도날드 앞에서 본 어떤 청춘 남녀 때문이었다. 그들은 쓰레기통을 뒤지고 있었는데 원피스를 입은 금발의 여인은 가꾸면 꽤 아름다울 것 같았고, 머리를 고슴도치처럼 깎은 청년 또한 지적인 얼굴을 갖고 있었다. 그러나 눈이 풀려 있었다. 나는 그들의 뒷모습을 물끄러미 바라보았는데 이런, 여인이 쓰레기통에 목을 집어넣고 허리를 굽히는 순간, 들려진 미니스커트 속의 허연 궁둥이가 보였다. 그녀는 팬티조차 입고 있지 않았다. 마약을 먹은 친구들 같았다. 그들은 이 밝고 찬란한 바츨라프 거리를 개처럼 돌아다니며 그렇게 음식 찌꺼기를 찾고 있었다.

물론, 이런 풍경은 닷새 머무는 동안 딱 한 번 보았고 또 마약 복용자나 노숙자들은 서유럽이나 미국, 일본에서도 흔히 볼 수 있는 일이었기에 이런 것을 보고 프라하에 대해 실망할 이유는 전혀 없었다. 다만, 비록 가난했지만 그런 이들은 볼 수 없었던 예전의 프라하와 비교하니 씁쓸한 생각이 들었던 것이다.

또, 한결 번잡하고 화려해진 바츨라프 광장의 수많은 환전소를 보며 씁쓸했다. 사설 환전소의 환율은 제각각이었는데 잘 보고 바꿔야 했다. 달러를 체코 돈으로 바꾸기 위해서는 buying 환율을 적용해야 하는데 대개 큰 글씨로 쓰여진 것은 selling 환율이었다. 속임수는 아니었지만 일부러 큰 글씨로 쓰여진 높은 selling 환율을 보고 갔다가 낮은 buying 환율로 바꿔가는 여행자들도 많았으며 환전 수수료도 엄청나게 떼였다. 어느 나라나 환전 금액에 따라 적용하는 환율이 조금씩 다르지만 문제는 고의적으로 여행자들을 혼란스럽게 만들고 있다는 심증이 든 것이다.

평범해 보일지도 모를 이런 모습들이 내 눈에는 심상치 않게 보였다.

온천도시 카를로비 베리

아침에 일어나니 등짝이 뒤틀어지는 것 같았다. 호스텔의 소파 겸용 침대 때문이었다. 스프링이 느껴질 정도로 낡았는데 자고 나니 온 등판이 시큰하고 뻐개지는 것 같았다. 처음에는 견딜 만했는데 삼일 정도 지나고 나니 보통 힘든 게 아니었다. 침대는 가구도 아니고 과학도 아니며 의학이라는 말이 튀어나오고 말았다.

이것은 프라하뿐만 아니라 동유럽의 전반적인 실태였다. 물론 좋은 호텔이라면 훨씬 좋았겠지만 호스텔 수준은 그랬다. 체코의 수준 높은 문화 생활 이면에는 이런 부실한 점도 있는 것이다.

아팠지만 당일치기로 카를로비 베리(Karlovy Vary)에 다녀오기로 했다.

이곳은 예전부터 온천도시였다. 체코의 수많은 온천 중 가장 크고 오래된 곳인데 19세기부터 베토벤, 비스마르크, 괴테, 리스트, 톨스토이, 마르크스 등 수많은 유명 인사들이 이곳에 왔었다고 한다.

여름에는 영화제가 열리는데 얼마 전 김기덕 감독의 〈나쁜 남자〉가 이곳 영화제에 초청되었다는 소식도 들었다. 영화제 때면 흥청거릴 도시가 내가 갔던 9월에는 조용했다.

양쪽으로 산이 솟아 있었고 그 사이로 폭이 좁은 테플라 강이 흐르며 주변에 중세풍의 아름다운 건물들이 들어선 포근한 마을이었다.

그런데 이 조그만 도시에서 보이는 사람들은 거의 다 노인들이었다. 관광객일수도 있고 그곳에 요양 온 사람들일 수도 있는데 젊은 사람들은 상점의 점원, 거리에서 장난감 파는 사람, 그리고 우리 정도였다.

이곳의 풍경 중 특이한 것은 사람들이 모두 납작한 주전자 모양의

컵을 하나씩 들고 다니며 뭔가를 자꾸 마신다는 것이었다. 호기심이 발동한 나도 안 살 수 없었다. 알고 보니 거리에 따스한 온천수가 나오는데 그걸 받아서 마시는 것이었다. 온천수를 마셔보니 맛이 짭짤했다.

그리고 또 하나 특이한 것은 사람들이 전부 무슨 곽을 하나씩 들고 다닌다는 것. 또, 안 사볼 수 없어서 사보니 커다랗고 둥근 웨하스 과자였다. 아마 이 지방의 특산물인 것 같았다.

웨하스에 온천물을 마시며 벤치에 앉아 시간을 보냈다. 노인처럼 벤치에 앉아 강물을 바라보고 있는데 어느 곳에선가 실로폰 연주 소리가 들려왔다. 보케리니의 미뉴에트였다. 음악 소리를 따라가보니 여학생들 몇 명이 연주를 하고 사람들이 둘러서서 구경하고 있었다.

카를로비 베리는 그런 휴양지였다. 바쁘게 무언가를 보기보다는 한적하고 포근한 분위기를 원하는 사람들이 좋아할 만한 곳이었다.

카를로비 베리.

크라코프 가는 길

크라코프는 폴란드 최고의 관광지다.

예전에 못 가보았기에 꼭 가보려고 했는데, 프라하에서 크라코프로 향하는 야간기차는 악명이 높았다. 소매치기는 물론 가스총까지 등장한다는 얘기를 어디서 들은 아내는 몹시 불안해했다. 쿠셋을 타면 비교적 안전하겠지만, 아내의 말을 따라 버스를 타기로 했다.

그런데 그게 쉽질 않았다. 예전 같으면 플로렌스(Florence) 버스터미널로 가면 다 해결되는데 홍수 때문에 버스터미널 자체가 폐쇄되었고 크라코프행 버스표를 파는 여행사도 어디론가 옮긴 것이다.

힘들게 버스표를 구해 버스를 탈 수 있었다. 새벽 5시에 떠난 버스를 타고 한숨 푹 자고 나니 국경이었다. 출입국 수속은 간단했다. 버스 안에 가만히 앉아서 기다리니 모든 게 쉽게 끝났다.

폴란드 국경을 통과하자 드넓은 평원이 펼쳐지기 시작했다.

버스를 타니 편하고 안락했다. 도난 걱정을 할 필요도 없었다. 그러나 문제는 다른 곳에 있었다. 우리는 종종 휴게소에서 음식이나 차를 마실 시간이 있을 줄 알았다. 그런데 시간을 주지 않았다. 화장실도 버스 안에 있었고 잠시 쉬어도 잠깐이었다. 중간에 잠시 들렀던 가게에는 빵이나 식료품도 없었고 유로달러나 체코 돈은 받지도 않았다. 국경에서 환전할 시간도 주지 않았기에 폴란드 돈이 없던 우리는 결국 과자 두 봉지와 음료수를 카드로 샀고 그것으로 아침과 점심을 때우는 수밖에 없었다.

11시쯤, 브로슬라브(Wroclaw)에서 내려 크라코프행 버스로 갈아타야 했는데 그 버스 또한 한 번도 쉬지 않고 달렸다.

점심 시간이 되어 승객들은 한 짐씩 싸고 온 음식들로 점심을 때우는데, 우리 뱃속에서는 쪼르륵 소리가 들려오고 있었다.

"여긴 삭막해…… 터키가 그립네."

아내는 자꾸 터키 얘기를 했다. 하긴 그렇다. 거긴 장거리 버스를 타면 차장이 빵과 커피, 차도 주며 향수까지 뿌려주었고 간간이 휴게실에서 쉬었다. 그런데 지금 이 구간은 삭막한 사막을 달리는 기분이었다. 그렇게 배고픔에 시달리며 약 10시간 만인 오후 4시경 우리는 크라코프에 도착할 수 있었다.

크라코프의 포근한 인심

7세기부터 발전된 크라코프는 1038년에서 1596년까지 폴란드 왕국의 수도였고, 전성기였던 14세기에는 학문과 예술이 크게 부흥했었다. 2차 세계대전 때 폴란드는 전 국토가 초토화되었지만, 다행히도 이곳은 피해를 입지 않았기에 1978년 유네스코에 의해 세계 문화유산으로 지정되었다.

크라코프는 폴란드 최고의 관광지였다. 구시가지 한가운데 리넥 글로브니(Rynek Glowny)라는 중세풍의 광장이 있었고, 중앙의 커다란 직물회관에는 수많은 상점들이 있어 관광객을 즐겁게 했으며, 높이 솟은 시청탑과 14세기에 만들어진 성 마리아 교회 등도 눈길을 끌었다.

이 교회탑에서 13세기 타타르(몽골)의 침입을 알리기 위해 나팔을 불다 화살에 맞아 죽은 나팔수를 추모하기 위해 매시간 울려 퍼지는 나팔소리도 인상적이었다.

천문학자 코페르니쿠스가 다녔던 야기에오 대학도 남아 있었으며

구시가지 광장의 직물회관. 그 안에는 재밌는 관광상품이 많이 있다.

곳곳에 중세풍의 수많은 교회와 박물관들이 들어서 있는 매력적인 도시다. 그런데 내가 이곳을 가장 좋아하게 된 이유는 이런 유적지보다도 사람들 때문이었다. 이 도시에는 사람들의 푸근한 인정과 수줍어하는 신선한 미소가 한가득 배어 있었다.

처음 도착했을 때, 인포메이션 데스크의 청년도, 핫도그 팔던 아줌마도, 길거리에서 속옷 팔다 집을 가르쳐준 아줌마도 모두 친절했는데 세련된 친절이 아니라 어딘지 수줍어하는 자연스런 친절이었다. 시내 골목의 어느 음식점에 갔을 때도 여종업원은 음식을 갖다줄 때마다 "Enjoy your meals!(맛있게 드세요!)"란 말을 하며 몹시 수줍어했다. 그후 카페에서, 가게에서, 음악 CD점에서 만난 종업원들의 상냥함 속에도 수줍은 미소가 배어 있었다.

그리고 크라코프에는 늘 음악이 끊이질 않았다. 아침부터 할아버지들이 광장 구석에서 흥겨운 음악을 연주했고, 성벽에서는 중년 사내의 아코디언 연주가 아침부터 밤까지 끊이질 않았으며 광장 한가운데서 브레이크 댄스를 추는 청년들도 있었다.

구시가지가 크라코프의 전부는 아니었다. 남쪽 길을 따라가니 아름다운 숲길이 펼쳐졌고 트램이 도시 변두리를 달리고 있었다. 길을 따라 바벨 언덕으로 올라가면 폴란드 왕족의 대관식과 장례가 치러졌다는 바벨 성당이 있고 그 옆에는 박물관과 바벨 성이 있었으며 성 밑으로 강이 흐르는 평화로운 풍경이 펼쳐졌다.

그리고 바벨 언덕에서 얼마 안 떨어진 카지미에즈 지구에는 유태인들의 흔적이 남아 있었다. 15세기에 크라코프에서 쫓겨난 유태인들은 이곳에 정착해서 살았기에 지금도 몇몇의 유태인 회당, 시나고그들이 남아 있는 것이다. 한때 7만 명이었던 유태인들은 이제 100명 정도밖

바벨 언덕에서.

에 남지 않은 채 쓸쓸하게 그 명맥을 유지하고 있다 한다.

우리에겐 바벨 언덕이나 카지미에즈 못지 않게 오고가는 길 그 자체가 즐거웠다. 이른 낙엽이 서서히 가을 바람 밑에서 쌓여가던 호젓한 숲길을 천천히 걷다가 아내가 갑자기 뭔가를 발견했다.

"어, 이건 밤이네, 밤이야."

나무 아래 밤들이 그냥 뒹굴고 있었다. 가시에 쌓인 것도 있었고, 이미 까진 것도 있었다. 아내는 흥분해서 줍기 시작했다.

"그건 주워서 뭐해. 다람쥐 먹어야지, 놔둬."

"크라코프 밤 맛 좀 보려고 해. 이따 숙소에 가서 삶아 먹어야지."

그러나 아내의 야무진 꿈은 이내 깨지고 말았다. 입으로 깨서 맛을 보니 떫기가 이루 말할 수가 없었다.

"이거, 우리 밤맛하고 다르네. 너무 일찍 떨어져서 그러나."

결국 밤은 포기할 수밖에 없었지만, 그런 우리를 거리의 바나나 파는 아줌마가 따스한 눈길로 웃으며 바라보고 있었다.

따스한 눈길…….

그렇다. 어느 도시에 가든 사람의 눈길을 금방 느끼게 되는데 그게 진짜다. 친절한 말과 행동도 물론 좋지만 가끔 지어낸 것일 수가 있다. 그러나 아무 이해관계 없이 무심코 스쳐 지나가며 슬쩍 던지는 눈빛은 속일 수 없다. 그런데 이 크라코프에는 따스한 눈길들이 있었다.

우리는 그 아줌마에게 바나나를 샀다. 해 지는 저녁나절 숲길 벤치에 앉아 행인들을 따스한 눈길로 바라보며 바나나를 먹던 순간들이 그어떤 시간들보다 더 행복했었다.

그날 저녁, 광장의 어느 오픈카페에서 식사를 했다. 여태껏 동유럽을 거쳐오며 식사한 레스토랑 중 편안한 분위기로는 이곳이 최고였다. 여종업원은 정말 친절한 여인이었다. 상냥한 미소부터 마음에 들었고 메뉴를 보고 돼지고기 요리와 다른 요리 하나를 시키자, 돼지고기 요리가 크니까 하나만 먹어도 될 것이라며 자상하게 말해주었다. 웬만하면 매상 올리기 위해 그냥 주문을 받았을 텐데 마치 자신의 일처럼 배려해준 것이다. 또한 둘이 먹기 편하게 그릇도 충분히 갖다주었다.

이런 곳에서 맥주 한잔을 안 마실 수 없었다. 즐거운 마음으로 식사를 하는데 할아버지, 중년 사내, 그리고 10대 중반의 여자아이로 이루어진 악사들이 레스토랑으로 와 흥겨운 연주를 했다. 한 곡이 끝난 후, 할아버지가 모자를 들고 돈을 걷으러 다녔다. 모두들 돈을 주었고 우리도 즐거운 마음으로 주었다.

그런데 우리 앞자리에 앉았던 사내 두 명은 쌀쌀맞게 거절했다. 그것까지는 좋았다. 그런데 그들은 중간에 나가면서 지폐 한 장을 연주하던 중년 사내의 가슴 주머니에 거칠게 쑤셔넣으며 경멸하는 표정을 지었다. 그러자 중년 사내의 얼굴은 모욕감으로 몹시 일그러졌고 당황한 어린 딸은 그 돈을 재빨리 집어 주머니에 넣었다.

아름다운 선율은 그 모욕감과 상관없이 계속 이어지고 있었지만, 그 광경을 바라보던 나의 가슴속에서는 분노가 치솟았다. 무례한 놈들…… 옷차림이 관광객 같지는 않았는데, 현지인일까?

아코디언을 연주하던 중년 사내는 얼굴이 익은 사람이었다. 아침에도 낮에도 성벽이나 교회 근처에서 슬리퍼를 신은 채 부지런히 연주하던 사내였다. 악사들은 연주가 끝나자 공손히 머리 숙여 인사한 후, 그곳을 떠났다.

"참, 산다는 게…… 서글픈 거야."

길 가는 나그네로서 아름다운 음악에 도취하고 싶었지만 그런 모습을 보고 나니 광장의 흥겨움도 문득 서글프게 다가왔다.

저녁을 먹고 흥청거리는 광장을 걸었다. 건너편 오픈카페 앞에서 젊은이들이 흥겨운 록 음악을 연주하고 있었다.

"롤링, 롤링, 롤링……."

우리 귀에도 익은 1960년대 히트했던 번안곡 '돌고 도는, 물레방아 인생'으로 시작되는 노래였다.

장발의 가수는 온몸을 흔들며 열광적으로 노래했는데 갑자기 구경하던 청중 중에서 한 젊은이가 나와 춤을 추기 시작했다. 그러자 중년 사내가 함께 춤을 추는데 음악이 고조될수록 춤추는 모습은 발광에 가까워졌고 사람들은 모두 허리를 잡고 웃어댔다. 한바탕 광란이 끝나자 중년 사내가 젊은이에게 악수를 하며 물었다.

"어느 나라에서 왔어요?"

"에스파뇰!"

정열의 나라 스페인에서 온 친구였던 것이다. 연주를 끝낸 가수는 모자를 들고 오픈카페를 돌았고 밤의 광장은 그렇게 거리의 악사들로 인해 달궈지고 있었다.

수줍음, 따스한 인정, 그리고 미소와 함께 크라코프에는 약간 흐트러지고 풀어진 가운데 폭발적으로 솟구치는 어떤 열기가 있었다. 얌전한 프라하의 광장 같은 데서는 결코 볼 수 없는, 아니 어느 도시에서도 쉽게 볼 수 없는 열기였다.

"어, 크라코프 정말 좋아지네. 그냥 한두 달 푹 묵으며 이 인심과 열기에 푹 파묻히고 싶어지는데…… 아, 그놈의 시간과 돈만 넉넉하다

구시가지 광장은 늘 젊은이들로 붐빈다.

면."

　문득 지나간 방랑의 시절들이 그리워졌다. 미래는 불투명했지만 활짝 열려져 있었고, 빈곤했지만 시간은 넉넉했으며, 혼자여서 쓸쓸했으나 자유로웠던 그 시절…… 아, 이제 그 시절은 지나간 것이다. 아니, 면훗날 다시 방랑을 할지도 모르겠지. 하지만 현재의 나는 다시 일상으로 복귀해야 한다. 돈을 벌기 위해 땀을 흘려야 한다. 돈 없으면 먹지도 못하고 비행기도 못 타는 세상에서 어쩔 수가 없지 않은가.

　아쉬운 여운 속에서 광장을 걸어오는데 성 마리아 교회에서 나팔 소리가 들려오고 있었다. 밤이 깊어서일까, 마치 취침 나팔처럼 들려왔다. 타타르의 침입이 있던 7, 8백 년 전부터 들려왔을 나팔 소리였다.

　숙소로 돌아와 자리에 누웠다. 이 민박집은 별개로 독립된 4층에 있었는데 가장 마음에 든 것은 천장에 비스듬히 넓은 유리창이 있다는 것이었다. 낮에는 파란 하늘에 떠가는 하얀 구름을 볼 수 있었고 밤에는 별도 보이는 곳이었는데 그날 밤은 날이 흐려서 별은 보이질 않았다. 캄캄한 하늘을 바라보며 잠을 청하는데 이번에는 어디선가 교회 종소리가 들려오고 있었다.

　뎅그렁, 뎅그렁, 뎅그렁……

　웅장하지는 않지만 맑은 종소리였다.

　아, 언젠가 돈 벌면 이런 집을 짓고 살아보고 싶구나.

카지미에즈 지구를 달리는 전차. 간혹 우리나라 상표를 광고하며 달리기도 한다.

소금광산

크라코프 근교에는 유명한 곳이 두 군데가 있다. 하나는 약 15킬로미터 떨어진 빌리츠카(Wieliczka) 소금 광산과 약 60킬로미터 떨어진 아우슈비츠(Auschwitz)다.

나는 그 중의 빌리츠카 소금광산을 가기로 했다.

빌리츠카 소금광산은 유네스코가 지정한 세계 문화유산이었다. 빌리츠카 지역의 소금은 대략 1천 8백만 년에서 2천만 년 전에 형성된 것으로 보고 있다. 멀고 먼 태곳적에 이곳은 바다였는데 오랜 세월 동안 바닷물이 증발되면서 소금 섞인 바위로 형성된 것이다. 인간은 이 지역에서 기원전 3,500년 전부터 소금물을 증류해서 얻었는데, 소금 섞인 바위를 캐기 시작한 것은 서기 1,250년경부터였고 빌리츠카에서 시작된 것은 정확한 기록은 없지만 대략 1,290년경이었다.

본격적으로 빌리츠카 광산이 개발된 것은 700년 전으로, 지하에 약 180개 이상의 갱이 있고 현재 소금 채취가 중단된 2,040개 이상의 방이 있다. 그것을 연결시켜주는 통로의 총 길이는 무려 200킬로미터! 그리고 지하 1층은 64미터, 지하 9층은 327미터인데 현재 관광객들이 볼 수 있는 곳은 옛날 것은 아니고 대개 17세기 이후의 것이라 했다.

역 바로 앞에서 소금광산까지 가는 미니버스를 타니 광산까지 30분 정도가 걸렸다. 이곳은 개인적으로 들어갈 수 없고 가이드를 따라 들어가야 하는데, 영어 가이드가 따라붙는 프로그램은 너무 비쌌기에 마침 들어가려던 폴란드 관광객들을 따라 들어가기로 했다. 대신 영어 안내책자를 펴들고 하나하나 보기로 했다.

빙글빙글 도는 목조 계단을 따라 내려가니 어지러웠다. 잠시 쉬는데 한글 낙서가 보였다. 아무개 여기 왔다가다, 짱구 방귀, 00 큰스님, 000 선원 등등. 여름 성수기 때는 사람들이 많다 보니 내려가며 쉬는 동안 한국 관광객들이 낙서를 한 것 같았다.

드디어 깊은 땅 속으로 들어왔다. 동굴 같은 갱을 따라 들어가기 시작하니 주변은 다 시커멓고 딱딱한 바위였다. 손가락으로 바위를 문지른 후 맛을 보니 짭짤했다. 그러니까 이런 바위를 캐서 정제를 하면 소금이 나오는 것이다.

"우리가 내려온 계단이 삼백칠십팔 개래. 그리고 지금 우리가 있는 곳은 지하 육십사 미터에 있는 지하 일층."

폴란드 가이드의 설명을 들을 수 없었기에 나는 사진 찍는 데 열중했고 아내는 빌리츠카 광산 안내책자를 보며 나에게 설명을 해주었다.

계속 들어가니 수많은 방들이 나오기 시작했다. 처음 마주친 방은 '니콜라우스 코페르니쿠스 방' 이었다. 기록에 의하면 천문학자 코페르니쿠스는 크라코프에서 공부하는 동안 1493년 빌리츠카 광산을 방문했다고 한다. 1973년 그의 방문을 기리기 위해 이런 방을 만들었는데 딱딱한 소금바위로 만든 코페르니쿠스 동상이 구석에 서 있었다.

들어갈수록 많은 방이 나왔는데 점입가경이었다. 수많은 이름들과 사연이 깃든 방이었는데 모두 소금으로 만든 동상이나 제단으로 만들어져 있었다.

'전설의 방' 이란 곳에서는 폴란드의 공주 '킹가(Kinga)' 에 관련된 전설을 소재로 한 동상들이 사실적으로 만들어져 있었다. 그리고 '불 탄 방' 이란 곳에는 광부들이 긴 막대에 매달린 횃불을 들고 뭔가를 하는 동상이 만들어져 있었다.

이 광산에서는 종종 불이 났는데 가장 큰불은 1844년 발생했고 수

개월이나 끌었다고 한다. 이런 불들은 메탄 가스 때문에 발생했다. 메탄 가스는 독성이 없었으나 공기와 적당히 섞이게 되면 폭발성을 지닌다. 이것을 처치하는 방법은 간간이 정기적으로 폭발시켜주는 것이었다. 이런 사람들을 '가스 방화자'라 불렀는데 동상은 그것을 묘사한 것이었다.

소금으로 만든 조각.

계속 들어가니 말과 마부 동상이 나왔고 많은 조각들과 방은 끊어지질 않았는데 '축복받은 킹가 교회'에 와서는 모두 입을 벌릴 수밖에 없었다. 체육관만 한 텅 빈 공간 그 자체가 교회였다. 어떻게 땅 속에 이런 곳이…… 바닥, 천장, 벽, 제단 그리고 공중에 떠 있는 상들리에들 모두가 소금으로 만들어진 것이었다.

이곳은 1862년에서 1880년 사이에 만들어졌는데, 소금을 다 파낸 후 만들어진 텅 빈 공간에 조각과 장식을 해서 교회로 만든 것이었다. 교회 소금벽에 새겨진 최후의 만찬, 그리고 많은 동상들을 보니 정말 세계 문화유산으로 뽑힐 만한 가치가 있다는 감탄이 절로 나왔다.

조금 더 가니 호수도 나왔다. 땅 속에 고인 호수 위로는 수많은 나무 계단들이 이어지면서 수십 길 천장으로 뻗어가고 있었다. 이 호수는 광산 안에 있는 많은 호수 중의 하나인데 그 깊이는 9미터라 했다.

으스스한 기분조차 들었다. 까마득한 천장에서 점처럼 빛이 보이는데 마치 우리가 살던 세계와는 전혀 다른 지하세계로 온 것만 같았다.

이 호수의 물은 농도가 매우 짙은 소금물로 물 1리터에는 소금이 320그램이 포함되어 있어서 더이상 주변의 소금 바위를 녹일 수가 없다고 했다. 그 외에도 수많은 방들이 이어졌는데 컴컴한 땅 속 탐사는 3시간이 지난 후에야 끝이 났다.

정말, 대단한 소금광산이었다.

모차르트 하우스

 프라하에서 하루 반의 시간이 남았다.

그동안 늘 갖고 다니던 카메라도 가이드북도 방에 놓아두고 프라하 지도만 갖고 아침 일찍 모차르트 하우스를 찾아 나섰다.

트램을 타고 가다 안델역에서 내려 걸어가는데 트램 역 부근만 복잡할 뿐 이내 한산한 길이 펼쳐졌다.

프라하는 조용한 도시였다. 인구 약 130만 명에 면적은 496제곱킬로미터이니 인구 밀도가 엄청나게 낮다. 서울의 인구가 천만 명이고 면적이 605.5제곱킬로미터인 것을 비교하면 프라하는 텅 비어 있는 것이나 마찬가지였다.

언덕길을 따라가니 모차르트 하우스가 나왔다. 정원이 딸린 아름다운 빌라였다. 모차르트는 이곳에서 1787년 오페라 〈돈 지오반니〉를 작곡했다고 한다. 안에는 그가 직접 쓴 편지와 악보들과 그가 사용하던 피아노가 있었다. 그리고 르네상스 시기부터 19세기초까지 주로 학교나 가정에 쓰였다는 클라비코드와 하프시코드란 악기도 있었다. 피아노처럼 생겼지만 지금 것과는 달리 하얀 건반이 검고, 검은 건반이 하얀데 이중 건반도 있었다. 하프시코드는 쳄발로라고도 하는데 모차르트가 1787년 가을 프라하를 방문했을 때 사용했던 것이다.

프라하 사람들은 모차르트를 매우 사랑했고 모차르트 역시 프라하를 사랑했다. 프라하에서보다 그의 음악이 더 인정받은 곳은 없다고 한다. 그의 음악은 프라하는 물론 체코의 농촌 지방까지 널리 알려졌으며 그의 걸작 〈돈 지오반니〉는 프라하에서 완성되었다. 빈에서 모차르트는 냉대를 받았고 빈은 그의 죽음 앞에서 냉담했으나 프라하에서는 온 시민들이 그의 죽음을 슬퍼했고 수많은 음악가들이 모여 그를 위한 추모음악회를 열 정도였다.

구석에는 그의 은발이 남겨져 있었고 근처에는 모차르트가 남긴 말이 벽에 걸려 있었다.

열정은…… 혐오스럽게 표현되면 안 된다. 음악 역시 귀에 거슬리면 안 된다. 비록 현실이 끔찍해도 음악은 즐겁게, 그리고 언제나 음악 자체로 남아야 한다.

그 글을 읽으니 영화 〈아마데우스〉의 장면들이 생각났다. 자신의 아버지와 아내가 싸움을 시작할 때 홀로 문을 닫고 들어와 당구를 치며 작곡에 몰두하던 모차르트, 빚과 병에 기진맥진해서 죽음을 앞에 두고도 아름다운 선율을 떠올리며 작곡에 몰두하던 모차르트. 비록 영화였지만 저런 말을 남긴 사람이라면 충분히 그랬을 것이라는 생각이 들었다.

모차르트 하우스에는 파란 잔디가 깔린 정원이 있었는데 그날 저녁에 바로 그곳에서 작은 음악회가 열린다고 했다. 관광객을 위한 프로

그램이었다. 프라하는 어딜 가나 이렇게 문화의 향기가 넘쳐흘렀다.

비세흐라드 언덕에 다시 올라갔다.

공원처럼 가꾸어진 유적지들과 베드로와 바울 교회 옆에 있는 예술가들의 묘지 사이를 돌아보았다. 여전히 스메타나, 드보르작을 비롯한 수많은 문화예술인들의 묘 앞에는 꽃들이 놓여져 있었다.

그때 교회 종소리가 울려오기 시작했다.

뎅, 데에엥, 뎅, 데엥, 뎅, 데엥뎅뎅……

천천히 또박또박 울려 퍼지는 종소리에 가만히 귀를 기울여보니 그것은 바로 스메타나의 〈몰다우 강〉의 멜로디였다. 몰다우 강이라면 바로 프라하를 관통하고 있는 블타바 강의 독일식 이름이다.

시계를 보니 12시. 시각을 알리는 교회 종소리가 그들이 사랑하는 음악가의 멜로디였던 것이다. 정말 이들은 예술을 사랑하는 민족인가 보다.

비세흐라드 성벽에 걸터앉아 햇살을 쬐다 언덕에서 내려와 트램을 타고 블타바 강변을 달렸다. 중간에 내려 선선한 가을 바람을 맞으며 강변을 걷다가 춤추듯 휘어져 올라간 '댄싱 빌딩'을 보았다. 이제 저 초현대식 건물도 훗날은 명물이 될 것이다.

여행으로부터의 휴가

떠나려면 다음날 낮까지 약 24시간이 남아 있었다. 더 보려면 볼 수도 있겠지만 구경은 이제 끝. 나는 여행에서부터도 자유롭고 싶었다. 아무것도 안 하고 발길 닿는 대로 빈둥거리고 싶었다.

댄싱 빌딩.

그런데 아내의 결심은 단호했다. 쇼핑! 그동안 기념품 구경하는 것조차 늘 눈치 보며 나에게 잔소리를 들었던 아내는 떠나는 이 마당에 더이상 물러설 수 없다는 것이었다.

어쩌겠는가. 이대로 돌아갔다가는 그동안 길 안내 잘해준 나의 공덕은 그녀의 원망 속에 파묻히고 말 테니 져주는 수밖에 없었다. 그녀의 뒤를 따라다니며 구시가지의 수많은 기념품 가게를 들락날락거렸다.

아아, 힘들었다. 살 듯 말 듯 요것조것 고르다 돌아서는 아내를 바라보며 나의 인내심은 한계에 다다르고 있었다.

"아, 아무거나 사 !"

하지만 아내는 끄덕하지 않았다.

"돈 있으면 다 사고 싶어. 저 접시 좀 봐, 맥주컵도 어쩜 저렇게 예뻐. 저 아름다운 문양이 새겨진 통은 어떻고…… 그런데 없는 돈 쪼개 갖고 사려니까 고민하는 거지."

사실 그동안 아내는 여행 중에 구경만 했지 쇼핑다운 쇼핑을 했던 적은 거의 없었다. 기껏해야 인도에서는 차 몇 봉지, 중국에서는 꽃병 두 개, 파리에서는 손가락만 한 컵 두 개, 포도주 병마개 정도였다. 그리고 나 역시 그렇게 드나들면서도 공항에서 양주 한 병 사본 적이 별로 없었다. 돈도 없었고 운반하기도 귀찮았기 때문이다. 그런데 아내는 그만 프라하에 와서는 도저히 참을 수가 없다는 것이었다. 물건들이 너무 예뻐서였다.

결국 저녁 어둠이 서서히 깔리고 다리가 아파서 더이상 움직이지 못할 때쯤 접시 세 개와 머그잔 몇 개를 사기로 했다. 우리가 쓰기 위한 것도 있었지만 다른 사람들을 위한 선물이었다.

그것을 팔던 점원은 파키스탄 사내였다. 그는 라호르 사람으로 체코

에서 10년 넘게 살고 있다고 했다. 아내가 물건을 고르는 동안 나는 그 사내에게 이것저것 물었다. 언젠가 이곳에서 체류할지도 모르니까 필요한 정보를 미리 수집하기 위해서였다.

"여기 프라하에서 아파트 얻으려면 얼마 정도요?"

"변두리로 가면 방 서너 개 있는 아파트가 한 달에 사백 달러 정도 내야 되요."

"구시가지에 이런 가게 하나 내려면요?"

"여긴 비싸요. 월세가 천오백 달러예요. 그런데 못 하나라도 박으면 큰일나요. 그대로 썼다가 그대로 나가야 합니다."

"그래도 돈은 잘 벌겠어요. 관광객 천지니까. 당신 부자네요."

"어이구, 난 그냥 여기 점원이에요. 월급 받는 처지인데 뭐."

잡담을 나누는 사이 아내의 물건 고르기가 끝났다. 그런데 걸어가다 카드 처리한 용지를 보니 좀 이상했다. 보통 우리가 카피한 것을 갖고 그들이 원본을 갖는데 반대로 우리가 갖고 있는 것이 원본이었다. 그리고 써놓은 금액 뒤에 단위가 없었다. 이게 체코 돈 코룬인지, 달러인지 구분이 안 되어 있는 것이다. 거기다 점원의 사인도 이상했다. 지렁이 기어가는 것 같은 글씨를 쓰다가 획 지워버린 것 같은 형태의 희한한 사인이었다.

"이거 좀 이상하네…… 여기 론리 플래닛의 프라하 도시 가이드북

에 보면 말이야, 크레딧 카드 쓸 때 조심하래. 금액 표시 확실히 했나 확인하고, 그리고 숫자 쓸 때 직접 그 칸에 꽉 채워 쓰라는데. 카드 사기가 종종 일어나나 봐. 여기 이렇게 비어 있으니 나중에 여기다 숫자 첨가하고, 끝에 달러 표시 첨가하면 우리는 엄청난 돈을 청구받게 되잖아. 또 이 사인은 뭐야, 이게 사인인가? 사인하다가 취소한 거지."

내 말을 듣던 아내의 얼굴은 사색이 되었다. 가서 알아보고 싶었지만 사람 의심하는 것 같아 미안해 망설이는데 아내가 용감하게 혼자 갔다오겠다고 나섰다.

"당신이 가면 남자끼리 싸움날지 몰라. 내가 갈게."

한참 후 돌아온 아내의 말은 이랬다.

"다른 사람들 것도 다 마찬가지야. 모두 복사한 것을 갖고 있었고, 달러니 코룬이니 하는 화폐 표시도 되어 있지 않았어. 그리고 체코의 카드 회사에서는 원래 달러로 결제가 안 되고 코룬으로 하기 때문에 별도로 표시를 안 한대."

"그러면 이 사인은?"

"하하하. 그 사람 사인이 원래 그래. 다른 사람들 카드 용지에 있는 사인도 다 똑같아."

글쎄, 그 말을 믿어야 하나 말아야 하나. 한참을 고민하다 믿기로 했다.

결론적으로, 한 달 후 청구받은 우리의 카드 금액은 정확했다. 그들은 정직했던 것이다. 그렇다면 가이드북의 그 말은 무엇이란 말인가?

지금도 나는 알 수가 없다. 우리가 운이 좋았던 것인지, 쓸데없는 걱정을 한 것인지. 그래서 가장 좋은 것은 쇼핑을 안 하는 것이다. 하더라도 외국에선 '현금 박치기'가 제일 뒤끝 없고. 어쨌든 힘든 쇼핑은 끝났고 우리는 맥주와 음식을 사갖고 숙소로 돌아와 여행을 마무리짓는 자축 파티를 열었다.

"자, 고생했어."

"당신도!"

터키에서부터 시작해 여기까지 온 5주의 시간이 꿈만 같았다.

왜 이렇게 살아야 하나

다음날 아침 시내에서 미니버스를 타고 공항으로 향했다. 버스가 블타바 강변을 따라 달리다 언덕으로 올라가자 다리들이 밑으로 보이기 시작했다.

"아…… 아름다워. 정말 아름다워. 어떻게 도시가 이렇게 아름다울 수가 있을까?"

아내는 그렇게 중얼거리고 있었다.

공항에 도착한 우리는 짐 때문에 신경이 쓰였다. 머그잔과 접시들은 깨지기 쉬워서 내 작은 배낭에 넣어 비행기에 직접 갖고 탔다.

비행기 좌석에 앉기까지는 별일 없었다. 그런데 작은 배낭을 위의 수하물 칸에 넣는 순간, 으아아아, 그만 기우뚱거리며 떨어트리고 만 것이다. 배낭을 열어보니 이런, 단단히 포장한 접시 두개만 남았을 뿐 머그잔들은 거의 다 박살이 나고 말았다.

도로아미타불이라, 그동안 나의 공은 모두 사라지고 아내의 야박한 잔소리가 시작되고 있었다.

덤벙댄다느니 정서가 불안하다느니…… 아, 나는 왜 이렇게 살아야 하나.

2부 1992년 동유럽으로

국경을 넘을 때면 그동안 거쳐왔던 세상들이 아득하게 멀고먼 일처럼 여겨졌고,
새로운 삶을 시작하는 기분마저 들었다.

루
마
니
아

국경 통과

 1992년 겨울, 이스탄불에서 버스를 타고 동유럽을 향해 캄캄한 밤길을 달리는 동안 불안감이 파도처럼 밀려오고 있었다.

과연 그곳은 아직도 빵 하나를 사기 위한 줄이 길게 늘어서는 폐허와도 같은 곳일까? 그리고 비록 망했지만, 공산주의 체제 속에서 한동안 살아온 사람들은 과연 어떤 모습으로 살아가고 있을까?

수많은 상상들이 꼬리를 물고 이어지고 있었다.

몇 번을 자다 깨는 동안 자정 무렵이 되었고 드디어 버스는 불가리아 국경에 도착했다. 국경에 서면 언제나 긴장되고 가슴이 설레었다.

선을 넘으면 낯선 사람, 낯선 세계가 펼쳐지는 그곳은 마치 이승과 저승의 경계를 흐르는 강과도 같았다. 그래서 국경을 넘을 때면 그동안 거쳐왔던 세상들이 아득하게 멀고 먼 일처럼 여겨졌고, 새로운 삶을 시작하는 기분마저 들었다. 그것이야말로 국경 통과의 짜릿한 매력이었다.

그런데 불가리아 이민국 관리는 저승사자 같은 사내였다.

나의 첫번째 목적지는 루마니아였고, 불가리아는 동유럽 여행을 마치고 그리스로 내려올 때 다시 들릴 생각이었다. 그래서 불가리아는 통과 비자만 받았었는데, 버스에 올라탄 이민국 관리는 뱀 같은 눈초리로 나와 여권을 번갈아 보더니 천천히 손을 내밀어 내 콧수염을 잡아당겼다.

황당했다. 많은 나라를 여행해보았지만 이런 경우는 처음이었다. 말쑥한 여권 사진과 달리 길어버린 내 콧수염 때문이겠지만, 일부러 여권 사진과 다르게 보이려고 수염을 붙이는 경우가 있단 말인가. 고얀 놈. 차라리 내 눈썹을 뽑지…….

내 여권을 갖고 내린 그가 한참만에 돌아올 동안 나는 부들부들 떨리는 가슴을 꾹 진정시켜야 했다. 이놈아, 그래 너의 나라에 오는 손님을 이렇게 대접할 수 있단 말이냐. 비록 공산주의는 몰락했다지만 수십 년간 쌓아져온 그들의 딱딱한 관료주의 문화는 그렇게 남아 있었다.

신고식을 치른 후 버스는 불가리아 영토를 달리기 시작했고, 캄캄한 어둠 속에서 한숨 푹 자고 나니 루마니아 국경이었다.

새벽의 국경은 뿌연 안개에 잠겨 있었고 화물차, 버스 등의 차량 수백 대가 안개 속에서 끝없이 이어져 있었다. 총을 멘 루마니아 병사가 어른거리는 국경 너머에서는 음산하고 불안한 기운이 피어오르고 있었다. 그 음산한 풍경을 보고 있으려니 바짝 긴장이 되었는데 그 긴장감을 풀어준 것은 같은 버스에 탄 승객들이었다.

입국 수속이 천천히 진행되어 도무지 차량은 줄어들지 않았고 버스 안의 승객들은 무료함을 농담과 웃음으로 달랬다. 능글맞은 중년의 터키 운전사는 루마니아 아줌마들에게 수작을 피웠는데, 그때마다 여인이 뭐라 말하면 사람들이 모두 킬킬거리며 웃었다. 옆에 앉은 루마니아 여대생의 통역을 들어보니 기가 막혔다.

"에라, 이 녀석아, 우리 집에 젖소 있으니까 한번 와서 해라."

하지만 뜻을 모르는 터키 운전사는 같이 웃으며 이렇게 외쳤다.

"우리는 모두 알카다쉬(친구)!"

루마니아 여자들은 터키 사내들을 호색한으로 보고 있었다. 나도 이스탄불에서 터키 사내들이 동유럽에서 온 여자들에게 휘파람을 불며 수작부리는 것을 몇 번 본 적이 있었다. 실제로 동유럽 출신의 창녀들도 있었지만 보따리 장사를 하러 온 여인들이 보았을 때는 기가 막힌 일이었을 것이다.

루마니아인은 라틴계 후예답게 쾌활한 편이었다. 그들은 동유럽에서 유일한 라틴계로, 스스로를 로마인의 후손이라는 뜻으로 '로마니아'(Romania)라 부르고 있었다. 원래 루마니아 땅에는 2세기경 원주민 다키아인이 살았었는데, 로마인들과 다키아인에 뿌리를 둔 사람들이 현재의 루마니아인으로 그들의 정체성이 확립된 것은 7세기에서 9세기경이라고 한다.

버스 안의 승객들은 거의 다 터키에서 물건을 사서 가는 루마니아 보따리장수들이었고 내 옆에 앉은 유제니아만 여대생이었다.

그녀는 매우 낙천적이었다. 우연히 내 옆에 앉게 된 그녀는 처음에는 나에게 거리를 두었으나 중간의 식사시간 때, 내가 한국에서 왔다는 것을 알고 나서는 조금 수다스러워졌다.

그녀는 계속 바비 맥퍼린의 흥거운 노래 〈Don't Worry, Be Happy〉를 흥얼거렸다. 머리 기댈 데도 없고, 누군가 잠자리를 빼앗아가도, 월세가 밀렸다고 집주인이 잔소리해도, 걱정하지 마, 행복해야 해……

대충 이런 뜻의 영어 가사를 흥얼거리던 그녀는 스스로를 '미친 년' (crazy girl)이라 했는데, 개학한 지 일주일이나 되었는데도 시리아에서 놀다오는 길이었다.

"아랍 사람들 정말 인심 좋대요. 흑해 연안에서 우연히 사귀었던 시리아 남자들이 놀러오라고 돈까지 보내주었으니 말이에요. 잘 놀다가 선물까지 받고 오는 길이에요."

그녀는 공산주의에 치를 떨었고 무너진 세상에 한숨을 내쉬기도 했으나 즐겁게 살자는 신조를 굳건하게 갖고 있었다.

"인생이 별거예요? 당신은 좀 심각해 보이는데 인상을 푸세요. 돈 워리, 비 해피."

그녀는 내 어깨를 두드리며 속삭였다.

공산주의 치하에서 살아온 그녀가 자본주의 사회에서 살아온 나에게 '인생은 즐기는 것'이라고 가르치는 것을 듣고 있자니 슬며시 웃음이 나왔다. 이 아가씨, 아직 자본주의 쓴맛을 못 보았군. 그러나 발랄한 젊은 여인의 즐거운 노래 앞에서 내 가슴은 설레기만 했다.

내가 한국인이라는 것이 밝혀지자 버스 안의 승객들이 내게로 몰려들었다. 그리고 수많은 질문과 토론이 벌어지기 시작했다. 토론의 주제는 모두 공산주의 성토였다.

"나는 직장 상사가 공산당에 가입하라고 했는데, 거절했더니 지방으로 좌천당했어요. 공산당은 정말 나빠요."

빨간 모자를 쓴 여인이 푸념하자 사람들이 그녀에게 동조하다가 이내 화살은 러시아로 날아갔다.

"그 못살고 야만스런 놈들 때문에 우리가 이렇게 된 거라구요. 그놈들은 문화도 없고 교육도 받지 못한 놈들입니다."

"미국에 대해서는 어떻게 생각해요?"

"미국은 좋아요. 코스모폴리타니즘을 추구하고 있잖아요?"

"한국에서는 학생들이 미국을 싫어해요. 그래서 공산주의에 관심을 가진 학생도 생겼는데……."

나의 말에 유제니아는 깔깔거리며 비웃듯이 말했다.

"그 사람들 여기 와서 살아보라고 그래요. 공산주의 때문에 우리는 거지가 되었는데…… 나 참."

"한국에서는 한 달 월급이 얼마예요?"

"천 달러 정도 해요(그 당시 대졸 초임이 그랬다.)"

"헉, 그렇게나 많이?"

그들은 약 50달러 정도라고 했다.

"일은 얼마나 합니까?"

"보통 아침 여덟시 삼십분에서 저녁 일고여덟시까지 합니다."

그들은 또 한번 놀랐다.

"그렇게나 열심히…… 우리 루마니아 사람들은 게을러요."

한 사내가 풀죽은 목소리로 얘기하자 다른 사내의 반론이 이어졌다.

"그건 공산주의 때문이지요."

세상에 이렇게 투철한 반공정신이 어디 있단 말인가. 그들은 모든 악의 근원을 공산주의로 보고 있었다. 반면 자본주의는 달콤한 만병통치약이었으며 미국은 새로운 희망이었다.

그들을 보며 나는 한국의 1950, 60년대를 보는 것만 같았다. 그 시절 우리가 그렇지 않았던가. 마치 타임머신을 타고 과거 속으로 돌아가고 있는 것만 같았다.

유제니아는 인도의 명상, 신비주의, 힌두교에도 관심이 많았다. 내가 인도 여행을 했다는 것을 알고는 많은 질문을 퍼부었다. 종교는 아편이라고 배워왔던 그녀였지만, 금지된 것이었기에 더욱 관심이 많은 것 같았다.

몇 시간을 소란과 잡담 속에서 보낸 후에야 루마니아 이민국 관리가 버스에 탔다. 그는 내 콧수염을 잡지는 않았지만 불가리아 관리 못지 않게 무례한 사내였다. 거만한 표정으로 내 여권과 얼굴을 들여다보다 옆자리의 유제니아에게 뭐라 한마디했다. 그러자 그녀는 얼굴을 붉혔는데 아마 네 애인이냐는 소리였나 보다.

관리가 내려가자 유제니아는 치를 떨었다.

"저놈 봤지요. 루마니아 관리들이 다 저래요. 루마니아는 아직도 공산당이 정권을 잡고 있어요. 차우세스크가 죽은 후 정권을 잡은 일리에스쿠는 여전히 공산주의자예요. 아무것도 변한 게 없어요."

이윽고 세관에서 짐 검사를 맡을 시간이 되자 사람들은 스웨터나 털 외투를 겹겹이 입기 시작했다. 모두 입고 갔던 것처럼 해서 세금을 물지 않기 위해서였다.

고압적인 관리들 앞에서 루마니아인들은 쩔쩔 매며 짐을 풀었다. 배낭밖에 없던 나는 그냥 통과했지만 버스 승객들이 다 끝나기까지 한참을 기다려야만 했다.

이윽고 버스는 다시 떠났다. 창 밖으로 보이는 루마니아의 하늘에는 음산한 구름이 잔뜩 끼어 있었다. 그러나 사람들은 국경을 통과한 안도감에 몸을 길게 넌 채 즐겁게 얘기를 나누기 시작했다.

키스와 민박

늦은 오후가 되어서야 버스는 부쿠레슈티 역 근처에 도착했다.

사람들은 뿔뿔이 흩어졌고 유제니아와 나는 역 안의 허름한 카페에서 요기를 했다. 날씨가 꽤 추웠다. 한기에 몸을 움츠린 채 서서 맛없는 샌드위치, 맛이 조금 이상한 펩시콜라를 먹는 것이 결코 행복할 리 없건만, 유제니아는 어디선가 흘러나오는 아랍 음악에 맞춰 목을 들쑥날쑥거리며 춤을 추기 시작했다. 참 깜찍하고 에너지가 넘치는 여자였다. 몸집은 작고 날씬하며 콧날은 오똑하고 눈이 컸다.

이윽고 그녀가 떠날 시간이 되었다. 그녀의 짐이 무겁게 보여 짐을 기차 안까지 들어다주었다. 기차는 곧 떠나려는 듯 덜컹거렸다. 짧은 인연이었지만 그래도 헤어지려니 섭섭했다. 손을 흔든 후 돌아서려는데 갑자기 그녀가 기차에서 뛰어내려 나에게 달려왔다. 그리고 내 입술에 가볍게 키스했다.

"리, 봉 보야쥐, 비 해피.(여행 잘 해요, 행복하세요.)"

그 말을 남긴 그녀는 움직이는 기차에 날렵하게 올라탔고 검은 기차는 이내 플랫폼을 빠져나가버렸다.

나는 넋이 나간 채 기차가 빠져나갈 때까지 우두커니 서 있었다. 아아, 볼이 아니라 입술이라니…… 그녀를 따라갈걸. 그러나 어쩌랴. 이미 기차는 먼 흑해 연안의 어느 도시를 향해 떠나간 후였으니.

약간의 돈을 환전한 후, 역사 밖으로 나오니 이미 어둠은 짙게 깔렸고 함박눈이 펄펄 내리고 있었다. 달콤했던 낭만이 사라지자 차가운 현실이 펼쳐지기 시작했다. 그녀의 차고 달콤했던 입술의 촉감을 느끼며 나는 하룻밤 잘 곳을 찾아야 했다.

그러나 그것은 그리 쉽지 않았다. 건너편 호텔로 가보니, 숙박비가 약 15달러 정도. 미련 없이 돌아섰다. 앞으로 먼길을 가려면 돈을 극도로 아껴야 했기에, 차라리 역에서 잘지언정 그런 데서 잘 수는 없었다.

철 지난 일본어 번역판 가이드북은 전혀 도움이 되질 않았기에 나는 무작정 길을 걸으며 주변을 살폈다. 가로등도 별로 없는 눈 내리는 길을 걷자니 처량했다. 호텔도 눈에 띄질 않았다.

어떻게 해야 하나. 역에서 그냥 하룻밤을 지낼까? 이런 생각을 하는데 누군가가 접근했다.

"룸? 룸?"

돌아보니 스카프를 머리에 쓴 뚱뚱한 중년 여인이 두 손을 모아 잠자는 시늉을 하며 서툰 영어 발음으로 말했다.

"오 달러예요."

잠시 망설여졌다. 옛날 한국의 용산역이나 청량리역 같은데서 보이는 '창녀촌 포주' 같은 생각이 들어서였다.

그녀를 찬찬히 살펴보니 잔뜩 생활고에 지친 우울한 얼굴이었다.

"삼 달러, 어때요?"

"안 돼요."

아줌마는 무뚝뚝하게 거절했다. 그 무뚝뚝함이 오히려 믿음직스러워 나는 그녀를 따라가기로 했다.

그러나 택시를 타야 되는데 요금은 나에게 내라고 했다.

택시? 시간 많고 돈 없던 그 시절에는 돈을 아낀 만큼 더 여행할 수 있었기에 택시를 타본 적이 없었다. 잠시 망설이는 나에게 여인은 말했다.

"걸어갈 수도 있어요. 이 킬로미터 정도 떨어져 있어요."

그러나 무거운 배낭을 메고 눈을 맞으며 걸어갈 길이 아득해 보여 할 수 없이 택시를 타기로 했다. 아줌마와 택시 운전사가 뭐라 얘기하는데 내가 되게 쫀쫀한 녀석이라고 말하는 것 같았다.

여행중 내 눈치는 극도로 발달해서 다 알아차릴 수 있었는데 상관없었다. 빈곤한 나라에서는 돈 많은 녀석이란 소릴 듣는 것보다 차라리 거지같다는 얘길 듣는 것이 편했다. 늘 경험하는 것이었고 그래야만 나에게 별로 기대하지 않기에 더 안전했다.

가로등도 별로 없는 길에는 칠흑 같은 어둠이 펼쳐지고 있었다. 마음이 심란해지기 시작했다. 설마 나를 이상한 곳에 데려가서 쓱싹하는 것은 아니겠지.

택시는 드디어 어느 낡고 우중충한 아파트 앞에 섰다. 요금은 1달러도 채 안 되게 나왔는데, 거스름 돈으로 준 낡은 지폐를 꼼꼼히 들여다보는 나를 두 남녀가 째려보았다.

여인이 2층으로 올라가 초인종을 누르자 굵고 검은 테 안경을 쓴 사내가 문을 열었다. 다행히 인상이 좋은 사내여서 안심이 되었다.

그곳은 이를테면 불법 민박집이었다. 15평 정도 되는 아파트로 방 두 개와 좁은 주방이 하나 있었다. 그 중의 큰방에 배낭을 내려놓고 나니 여인이 저녁을 주었다.

'삐네'라고 부르는 빵, 돼지고기 순대 같은 '크르나츠', 그리고 배추 김치 같은 '바저'라는 것을 내왔다. 꽤 맛이 있었다. 특히 '바저'는 우리 백김치 맛과 비슷했다.

그 집에는 아이가 둘 있었고 안방에는 흑백 TV가 있었는데 한국의 '골드 스타'였다. 화면이 잘 안 나오면 사내는 손으로 쾅 때렸고, 그러면 신기하게도 잘 나왔는데 TV에서 방영하고 있던 영화는 〈로보캅〉

이었다. 모두들 영어를 잘 못했지만 이럭저럭 말은 통했다.

사내의 이름은 페인(Fane)이어서 마치 폐인을 연상시켰는데 실업자였다. 사내는 꽤 친절했지만 아이들이 시끄럽게 떠들면 벌떡 일어나 허리에 맨 혁대를 끌러 사정없이 후려팼다. 아버지도 잘 때렸지만 아이들은 맞아도 별로 기가 죽지 않고 계속 장난을 쳐댔다. 보통 거센 아이들이 아니었다.

소란스럽기도 하고 보기도 민망해 나는 이내 내 방으로 왔다. 방은 혼자 쓰기에도 넓었다. 밤새도록 버스 안에서 시달린 나는 침대에 눕자마자 깊은 잠에 빠졌다.

부쿠레슈티 풍경

부쿠레슈티라는 이름은 이곳에 처음 거주한 양치기 부쿠르의 이름에서 유래되었다고 한다. 원래 공원이나 가로수도 많고 숲에 둘러싸인 도시라지만, 내 눈에 비친 부쿠레슈티는 빈곤했고 불안스런 기운이 감돌았다. 눈 덮인 거리는 질척거렸고 거리의 건물도 사람들의 기운도 어수선해 보였다.

다만 거리의 집 없는 개들만 눈 위에서 걱정 없이 뛰어놀고 있었다. 차우세스크 시절 아파트를 대량으로 짓는 바람에 이주를 해야 했던 사람들이 그만 개를 다 풀어놓고 가는 바람에 집 없는 개들이 많아졌다는데, 사람은 개를 무서워하지 않았고, 개 또한 사람을 무서워하지 않았다.

이 도시에서는 도대체 웃는 사람들을 쉽게 발견할 수 없었다. 얼굴에 모두 수심이 깊게 드리워져 있었고 아침부터 길거리에 서서 싸구려 생맥주를 들이키는 사내들도 많이 보였다. 그러니 구경하는 나도 그만 기분이 푹 가라앉고 말았다.

부쿠레슈티에는 1차 세계대전의 승리를 기념하기 위해 만든 개선문이니, 독재자 차우세스크가 만든 세계에서 두번째로 큰 건물이라는 미완성 의회 건물 등의 볼거리도 있었지만 나는 별로 관심이 없었다. 다만 사람들의 살아가는 모습을 보고 싶었다.

그래서 걸었다. 하루 종일 이곳저곳을 기웃거리며 살아가는 모습을 구경했다. 한번은 뭔지도 모른 채 길게 늘어선 줄에 서본 적이 있었다. 20분 정도 기다린 후 들어가보니 빵가게였다. 팔뚝만한 크기의 큼직한 빵이 9레였다. 그 당시의 환율로 계산해보았을 때 약 22원 정도. 두 끼는 될 정도로 큰 빵이었고 쌌지만 공급이 달리는 것 같았다.

인터콘티넨탈 호텔 건너편의 담벼락에는 민주화를 염원하는 학생들의 낙서가 써 있었다. 바로 2년 전, 수많은 시민들이 모여 자유를 외치며 데모를 했고 시민들이 총탄에 희생된 곳이었다. 근처에는 민주화 시위에서 사망한 사람들을 기리는 촛불들이 있었고 길을 가던 어느 중년 여인은 촛불 앞에 서서 한동안 눈을 감고 기도하고 있었다.

거리는 몹시 추웠다. 그리고 인심도 싸늘했다. 지하도 안의 허름한 카페에서 커피를 주문하려고 했을 때, 종업원들은 나에게 눈길조차 주지 않았다. 자기들끼리는 주문을 받다가도 내가 "익스큐스 미"하며 말을 붙이면 본 체 만 체 쌀쌀맞게 외면했다. 고의임이 틀림없었다.

간신히 구걸하다시피 해서 커피 한잔을 마시며 울화통이 터졌다. 서비스 정신이 없는 공산주의 체제 탓일까, 아니면 동양인을 멸시해서일까, 아니면 내 차림이 너무 초라해서 그런 것일까? 나그네의 설움을 톡톡히 느끼며 다시 길을 걷다가 초라한 동양 여자 셋을 우연히 만났다. 말을 걸어보니 중국인이었다. 서툰 중국어로 몇 마디를 나누어보니 공장에 다닌다고 했다. 그후에도 그런 중국인들을 종종 보았었다. 나는 그제서야 내가 왜 일부 현지인들에게 그런 냉대를 받았는지 조금은 이해가 되었다.

여태껏 루마니아 사람들이 보아온 동양인들은 주로 돈벌러 온 초라한 중국 노동자들이었기에 그들은 나도 중국 노동자쯤으로 여긴 것

민주화 시위 도중 사망한 사람들을 기리고 있다.

같았다. 지금이야 한국 교민들, 여행자들도 많아졌겠지만 1992년도 당시 현지 교민이 50명 정도고 여행자는 거의 없었으니 한국인은 없는 것이나 마찬가지였다. 중국인 취급을 받았다는 것이 불쾌하지는 않다. 다만 노동자의 나라였던 루마니아에서 형제 국가인 중국의 가난한 노동자들을 깔본다는 것이 이상하게 보였을 뿐이다.

신문들과 포르노 잡지를 주욱 늘어놓고 파는 가판대도 있었는데 종이질이 매우 낮았다. 극장에도 들어가보았는데 시설이 형편없는 2류 영화관에서 상영하는 영화는 화면이 얽힌 미국 영화 〈터미네이터〉였다.

그렇게 하루 종일 돌아다니다 저녁을 먹으러 역 근처의 레스토랑에 들어갔는데 그곳에서 나오던 사내가 내 어깨를 밀치며 지나갔다. 너무도 무례하고 고의적인 행동이어서 화가 끓어올랐다.

"야, 임마."

한국말로 소리치자 사내가 뒤돌아서며 노려보았다. 덩치가 큰 사내였다.

그때 지나가던 남자가 나를 말렸고 무례한 사내는 그냥 돌아서서 갔다. 나도 굳이 싸움을 하고 싶지는 않았기에 돌아섰지만 기분이 최악이었다.

그곳은 3류 호텔 레스토랑이었는데 분위기가 음침했다. 주문을 하려 해도 제복을 입은 웨이트리스들은 날 쳐다보지도 않았다.

예전에 공산권을 여행한 사람들이 쓴 글을 보면 웨이트리스들에게 주문하기조차 힘들어서 나중에 '스타킹'을 주었더니 칙사 대접을 받았다는 얘기가 생각났다. 아아, 인민의 나라에서 인민들끼리 왜 이러는가.

나는 한참만에야 간신히, 아주 간신히 음식을 주문했다. 비프스테이크를 시켰는데 맛이 좋지 않았다. 식사를 하는 동안 웬 사내들이 접근해 달러를 바꾸라고 보채서 다 먹지도 않은 채 웨이터에게 계산서를 요구했다. 웨이터는 계산도 안 해보고 5달러를 요구했다. 루마니아 화폐로는 얼마냐고 물으니 엄청 비싸니 달러로 내라 했다.

이건 바가지라는 생각이 들어 정식으로 계산서를 요구했다. 그러자 오히려 자기가 화를 내며 돈 안 받을 테니 그냥 꺼지라는 시늉을 했다.

그럴 수는 없었다. 나는 거지가 아니었으므로 끝까지 돈을 내겠다고 우겼고 웨이터는 졌다는 듯 처음 말한 가격의 3분의 1을 내라고 했다. 만약 그가 나에게 정식으로 계산서를 가져왔으면 10달러라도 냈을 것이다. 나는 아무것도 몰랐고 루마니아의 이런 식당에서 처음으로 먹는 것이었기에.

그런데 이렇게 얼렁뚱땅 넘어가는 시스템은 뭐란 말인가. 사회주의 국가에 와서 신고를 톡톡히 치른다는 생각이 들었다.

가로등이 켜지지 않아 암흑처럼 변한 거리를 혼자 걸었다. 지옥 언저리에 온 것만 같았다. 컴컴한 거리를 걸어가는 낡은 외투를 입은 사내의 뒷모습이 절망처럼 다가왔다.

약 40년간 새로운 이상 사회를 건설해보자고 노력했다는데 이것밖에 안 되나. 거리야 그렇다치고 사람들의 인심은 또 왜 이렇단 말인가.

후일 나는 이런 광경을 베트남의 하노이에서도 보았다. 1993년 3월, 하노이의 밤은 너무도 암담했다. 비 내리는 저녁 하노이 역 앞을 우비를 걸친 경찰이 저승사자처럼 가끔 오가고 있었고 이른 저녁인데도 인적은 끊겨 있었다. 어두운 골목에는 아이를 업은 이들이 호롱불로 가판대를 밝히고 있었다. 자전거를 타고 10분 정도만 나가면 다 허물어져가는 빌딩들 천지였다. 한 나라의 수도가 그렇게 폐허 같았던 것이다. 그게 1990년대 초, 사회주의 국가들의 실상이었다.

부쿠레슈티의 밤거리는 트램만 간간이 오갈 뿐 인적이 끊겨가고 있었다. 그러다 우연히, 불빛이 새어나오는 길가의 허름한 빵집을 발견했다.

식사를 하다 말았기에 배도 고팠고 자꾸 현실에 부딪치고 싶어서 나는 서슴없이 들어갔다. 우리의 라면집 크기의 장소에 젊은 금발의 여인과 아줌마 그리고 소년 하나가 있었다. 그들은 불쑥 들어온 초췌한 동양 남자를 보고 긴장했다. 나무 탁자가 몇 개 놓인 빵과 시럽을 파는 곳이었다.

부쿠레슈티에는 버려진 개들이 많다.

서로 멀뚱멀뚱 쳐다보다 나는 손짓으로 주문을 했다. 그 모습이 우스웠는지 모두 웃기 시작했다. 그렇게 긴장이 풀렸고 나는 빵과 시럽에 탄 음료수를 먹었다. 맛이야 별로였지만 그 훈훈한 분위기 속에서 먹자니 꿀맛이었다.

먹는 동안 수다스런 아줌마는 내가 어디서 왔냐부터 시작해 어느 호텔에서 묵느냐까지 묻다가 마침내 실실 웃으며 금발의 여인 '안젤라'를 데려가 살라는 뜻의 말을 건넸다.

말은 안 통했지만, 나는 눈빛과 제스처로 다 알아차릴 수 있었다. 금발의 여인은 얼굴이 빨개졌고 아이는 박수를 치기 시작했다. 고마웠다. 밖에서 한참 구박받고 왔던 터라 그들의 이런 농담과 웃음과 허물없음이 너무도 고마웠다.

터키 나그네

그날 밤 민박집에는 터키 남자 셋이 와 있었다. 하룻밤에 네 명씩이나 재우니 주인 여자는 조금 흥분된 상태였다. 보통 사람들의 월급이 50달러 정도인데, 한 달에 열 명만 받아도 그만큼은 버니 괜찮은 수입인 것이다.

터키 사람들을 보니 마치 고향 사람을 만난 것처럼 반가웠다. 눈치로 미뤄보니 그들은 독일을 밀입국하기 위해 길을 떠난 사람들이었는데 한국 사람들은 독일 비자가 필요 없다는 말을 듣고는 몹시 부러워했다.

독일에는 터키 출신 막노동자들이 많다. 합법도 있고 불법도 있는데

3D 업종은 터키 사람들이 담당하고 있단다. 독일이 한창 고도 성장할 때는 이들이 필요했지만 이제 독일에서 터키인들은 괄시받는 신세가 되었다. 종종 스킨헤드들의 표적이 되는데도 여전히 이렇게 독일로 향하는 밀입국자들이 있는 것이다.

안방에 모여 서로 국적이 다른 사람들끼리 통성명을 하고 얘기를 나누노라니 무슨 비밀집회라도 갖는 것처럼 묘한 기분이 들었다.

그러다 결혼 사진을 발견했다. 앳된 여인이 웨딩드레스를 입고 있었는데 영 뚱뚱한 아줌마와 연결이 되질 않았다. 눈치를 챘는지 남자 주인이 설명했다.

"육 년 전 사진이에요. 우리가 열여덟 살이었을 때입니다."

"그러면…… 지금 몇 살이에요?"

"스물네 살이요. 우리는 동갑내기예요."

나는 깜짝 놀랄 수밖에 없었다. 나보다 열 살 정도가 더 어렸는데 몇 살 더 먹은 걸로 보았던 것이다. 특히 뚱뚱한 부인은 한 30대 후반 정도 되어 보여 큰누님 정도 생각했었는데…….

그날 밤 새벽에 일어나 화장실 가다 깜짝 놀랐다. 두 평 정도 되는 주방 앞 조그만 공간에서 젊은 부부, 아이 둘, 그리고 낮에는 볼 수 없었던 할머니 이렇게 다섯 명이 웅크린 채 자고 있었다. 터키 손님들에게 안방을 내주었으니 잘 데가 없어 그런 것이었다.

방으로 들어와 누워 있으려니 기분이 착잡했다. 칭얼거리는 아이를 쉿, 쉿, 소리를 내며 윽박지르는 사내의 소리와 노파의 쿨럭거리는 잔기침 소리가 계속 들려오고 있었다.

나도 조그만 방에서 저렇게 네 식구가 웅크리고 보내던 시절이 있었다. 가난한 시절이었다. 어린 나이에도 알 것은 다 알았던 나에게 세상은 밝은 곳이 아니었다. 하물며 부모의 심정은 어땠을까? 저 어린 부부를 보며 많은 생각을 했다. 특히 웨딩 드레스를 입었던 열여덟 살의 여인은 꽃처럼 아름다웠는데, 몇 년 만에 폭삭 늙어버렸으니 얼마나 힘든 삶을 살아왔던 것일까 ?

다음날 아침 길을 떠나는 터키 사람들의 힘겨운 뒷모습을 바라보는 순간, 터키의 어느 시골에서 나에게 환대를 베풀었던 여인과 그녀의 가족들이 생각나 가슴이 시려왔다.

동포

루마니아 중부 카르파티아 산맥 근처의 마을 브라쇼프에 드라큘라 백작의 전설이 깃든 브란 성이 있다.

나는 그곳을 보기 위해 북쪽으로 향했다.

낡은 기차를 타니 어디선가 한국말 소리가 들려오고 있었다. 분명히 한국어였다. 복도에 나가보니 한국 청년 둘이 있었다. 얼마만에 보는 한국 사람인가.

"야, 동유럽에 와서 처음 보는 한국 사람입니다."

그들도 이렇게 반가워했는데 3, 4개월 만에 두번째로 한국인을 보는 나에 비하겠는가.

그들은 학생으로 두 달간 유럽 배낭여행을 하고 있었는데 서유럽을 돌고 그리스, 불가리아를 거쳐 루마니아로 왔다고 했다.

"동유럽에 오니까 정말 배낭여행하는 기분이 들어요. 우선 관광객이 별로 없으니까요. 어휴, 서유럽에는 한국 사람이 너무 많아요. 부쿠레슈티 어땠어요?"

"응, 쓸쓸했어."

"우리는 너무 좋았어요. 부쿠레슈티에서 잘 곳을 못 찾아 그냥 아무 아파트나 찾아갔어요."

"아무 아파트?"

"예, 그냥 아무 아파트나 가서 초인종을 누르니 아이가 나오더라구요. 아이는 다른 집에 놀러간 자기 할머니를 불러오고…… 난리가 났었지요. 결국 일인당 오달러를 주겠다고 우리가 먼저 제안했지요. 그런 일 안 해본 할머니는 입이 딱 벌어졌지요. 그날 우리가 시장에서 닭을 사다가 닭도리탕을 만들어 그집 식구들에게 대접하니까, 우와, 그사람들 감동했습니다. 우리 떠나는데 눈물을 글썽이더라구요."

얘기를 듣노라니 나도 흥분되었다. 홀로 다니는 맛도 좋지만 이렇게 같이 다니며 겪는 재미있는 사건도 신나는 것이다.

"그러구요, 우리 칸에 탄 사내가 자기 딸을 줄 테니 한국으로 데려가 같이 살라고 자꾸 권해서 혼났어요. 아무리 농담이지만 아이가 열세 살이라는데."

"뭐야? 우하하하."

오랜만에 한국말로 떠드니 가슴이 트이는 것만 같았다.

"불가리아는 어땠어?"

"저희들은 좋았어요. 한국 유학생 만나서 도움도 받구요. 동유럽은 물가가 싸서 좋아요."

"그래, 물가가 너무 싸. 그리고 가난하고."

"예, 맞아요. 동유럽 사람들 중에 나이 먹은 사람들은 옛날을 그리워하고 있던데요…… 하지만 어저께 루마니아 대학생과 우연히 만나서 얘기했는데 아침 여덟시부터 저녁 여덟시까지 도서관에서 공부하고 있답니다. 이십년 후에 다시 오면 지금과는 다른 루마니아를 볼 수 있을 거라는데 조금 감격했어요."

그 말을 듣는 순간, 가슴이 뭉클해지고 말았다.

20년 후에 오라…… 20년이면 강산이 두 번 변한다. 20년 전 한국은 어땠는가. 1970년대, 나의 중고등학교 시절은 가난했었다. 그런데 얼마 전 올림픽을 치르고 이렇게 밖에 나와 부자 나라 대접을 받고 있다. 루마니아라고 못할 까닭은 없을 것이다. 이 황량한 폐허에도 새싹들이 솟아나고 있는 것이다.

수다를 떠는 사이 기차는 시나이아란 곳에 도착했고 그들은 그곳에서 내렸다. 불가리아에서 매우 싸게 스키를 즐긴 적이 있었는데 그곳에서도 한번 타고 싶다고 했다.

"여행 잘 하세요."

"그래, 몸조심해."

하얀 눈이 펄펄 내리고 있었다. 거센 눈발을 헤치며 걸어가고 있는 배낭 멘 그들의 뒷모습이 보기 좋았다.

기차는 다시 눈 덮인 카르파티아 산맥을 돌고 돌아 북쪽으로 올라가기 시작했다.

카르파티아 산맥은 술의 신 바쿠스가 살고 있다는 곳으로, 여름에는 그만큼 포도 재배가 흥하고 와인이 유명하다고 한다.

루마니아는 동카르파티아, 남카르파티아, 서카르파티아 등의 산맥으로 분할되어 있는데, 북서부를 트란실베이니아, 북동부를 몰다비아, 남부를 왈라키아라고 부르고 있다. 내가 그때 달리고 있던 지점은 왈라키아 지방에서 트란실베이니아 지방 사이였다. 그 길을 가는 동안

온 세상은 눈으로 덮여가고 있었다. 내가 본 겨울의 루마니아는 설국
(雪國)이었다.

브란 성 근처에서 스키를 타는 아이들.

포근한 브라쇼프

카르파티아 산맥의 품에 안긴 브라쇼프는 포근한 중소도시였다.

숙소를 찾으러 중세풍의 낮은 건물들이 주욱 이어진 구시가지의 보행자거리 Strada Republicii를 걸어가는데 여전히 함박눈이 펄펄 내리고 있었다.

이미 길에는 눈이 많이 쌓여 있었다. 비록 저녁 땅거미는 지고 있었고 낯선 도시에서 숙소를 찾아야 하는 어려움은 있었지만 뽀드득거리는 내 발자국 소리를 들으며 걷노라니 흥겹기만 했다.

브라쇼프는 예쁜 도시였다. 고풍스럽고 예쁜 건물들에는 와인, 빵, 햄버거, 정육점, 식료품 가게들이 들어서 있었고 밝은 불빛이 흘러나오고 있어 음침했던 부쿠레슈티와는 달리 따스하게 느껴졌다.

우여곡절 끝에 숙소를 정했고 짐을 푼 후, 저녁을 그 거리의 어느 뷔페식 카페에서 먹었다. 생선 커틀릿, 햄버거, 샐러드, 쥬스 등을 먹으니 500원 정도로 기가 막히게 쌌다.

그 싼 가격에 감탄하며 구석으로 가 느긋한 마음으로 식사를 즐겼는데 옆자리의 여학생들이 나를 힐끗 쳐다보다 까르르 웃었다. 세상의 걱정거리라고는 전혀 없는 밝은 모습들이었다. 여고생쯤 되어 보이는 그 애들은 흘러나오는 영어 팝송을 따라 흥얼거리고 있었다. 귀에 익은 1970년대 노래였다.

"팝송 좋아해?"

내가 영어로 묻자 "예스"라고 대답한 아이들은 나에게 불어를 할 줄 아냐고 물었다.

국경 넘을 때 같이 앉았던 유제니아에 의하면 라틴 계통인 자기들은

탐파 산에서 바라본 브라쇼프 구시가지.

불어나 이탈리아와 비슷해서 배우기가 쉽고 천천히 얘기하면 대충 감을 잡는다고 했었다. 그러나 나의 불어 실력은 인사말 정도나 알 뿐 형편없었다.

"요즘 루마니아에서 유행하는 노래가 뭐지?"

다시 영어로 물었다. 내 말을 잘 이해하지 못하겠다는 듯 고개를 갸우뚱거리던 아이는 이렇게 말했다.

"운잘레."

"운잘레?"

그러자 아이들이 다시 웃었다.

"몇 살?"

"열세 살이요."

열세 살…… 그런데 나는 열일곱 살 정도 되는 줄 알았었다.

"학생이니?"

"아니오."

그리고 뭔가를 설명하려 했지만 아이들은 말이 짧아서 그만두고 말았다.

식사를 마친 후 호텔로 돌아오다 가게에서 와인 한 병을 샀다. 술의 신 바쿠스가 살고 있다는 카르파티아 산맥에 왔으니 와인을 마셔야만 될 것 같았다. 한 병에 600원 정도였다. 들어오다 호텔 매니저에게 영어로 물었다.

"운잘레란 말이 무슨 뜻입니까?"

"난 몰라요."

"예?"

"난 몰라요란 뜻이라구요."

그렇다면 그 아이들이 말한 게 노래 제목이 아니라 내 말을 모른다는 뜻이었나? 슬며시 웃음이 나왔다.

호텔 밑의 층에서 젊은이들이 부산하게 웬 방으로 들락날락거리고 있었다. 딱히 할 일도 없었던 나는 그냥 따라 들어가보았다. 파티장인지 디스코장인지 알 수 없는 분위기에서 젊은이들이 춤을 추고 있었다. 이왕 들어간 김에 구석의 의자에 앉았는데 힐끗 쳐다보는 사람들도 있었지만 아무도 나가란 소리는 하지 않았다.

신기했다. 공산주의 국가에 와서 처음 보는 환락의 장소였다. 그런데 한참 보니 별것 아니었다. 그냥 우리 젊은이들과 노는 것이 비슷했다. 다만 옆에 앉은 청년이 야한 옷차림의 여인을 뒤에서 끌어안고 목덜미에 키스하며 애무를 하고 있었다. 바로 옆에 있기가 민망해서 슬그머니 나와버렸다.

텅 빈 방으로 들어오니 가슴도 텅 비는 것 같았다. 와인을 홀짝홀짝 마시며 새콤달콤한 맛을 즐겼지만 하나도 즐겁지 않았다.

오늘은 운 좋게 한국 사람을 만나 한국말을 좀 했지만, 평소에는 한국어는 물론 영어도 말할 기회가 없었다. 특히 동유럽에 들어오면서부터 더욱 그랬다.

표 있냐, 방 있냐, 얼마냐, 깎아달라…… 이 정도만 하자니 하루에 열 마디도 할 기회가 없었다. 그러니 가슴속에는 외로움과 우울함이 쌓이고 있었다.

이럴 때는 노래를 부르는 것이 최고였다.

나그네 설움, 비 내리는 고모령부터 시작해, 배호의 돌아가는 삼각지, 안개 낀 장충단 공원 등을 거치다가 설운도의 잃어버린 30년과 조용필의 창밖의 여자를 불렀고 급기야 각설이 타령을 부를 때쯤 내 감정은 고조되어 춤까지 췄다. 포도주 병을 마이크 삼아 한시간 정도 온갖 표정을 잡아가며 리사이틀을 하고 나자 한결 기분이 풀어졌다.

국내에 있을 때 나는 트로트를 별로 부르지 않았는데 외국에 나오면 제일 부르고 싶은 게 트로트였다. 물론, 가사를 잘 암기하지 못했기에 그냥 대충 내 마음대로 가사를 만들어 불렀다.

여행은 꼭 즐거운 것만은 아니었다. 을씨년스런 겨울 여행, 혹은 이렇게 우울한 지역을 홀로 간다는 것은 쓸쓸했고 위험했다.

그 길을 갈 때 나는 도인처럼 참아야 했고, 황야의 검객처럼 내 자신을 방어해야 했으며, 광대처럼 스스로 즐길 줄을 알아야 했다.

드라큘라 성

다음날, 드라큘라 백작이 유폐되었다는 전설이 깃든 브란 성을 찾아 나섰다.

그곳으로 가는 길은 쉽지 않았다. 아침 일찍 역으로 가 2층짜리 통근 기차를 탔다. 눈 덮인 들판을 20분 정도 달린 후 리즈노프(Riznov)에서 내렸다. 근처의 버스 정류장 표시도 없는 곳에서 발을 동동 구르다 몸이 동태가 거의 다 되어갈 무렵 간신히 버스를 탔다.

리즈노프에서 브란 성까지는 20분 정도밖에 걸리지 않았다. 브란 성 앞에 내리니 제일 먼저 눈에 띈 것은 긴 장화를 신고 삼지창을 든 채 눈 덮인 길을 걸어가고 있는 농부 두 사람이었다. 옛날 중세 시절의 삽화처럼 눈에 익은 모습이었다. 주변을 돌아보니 2층 목조 가옥들과 뾰족한 탑, 그리고 멀리 보이는 성이 모두 하얀 눈으로 뒤덮여 있을 뿐, 인적은 뚝 끊겨 있었다.

조금 가니 브란 성 입구에 매표소가 있었다. 여기서 일하는 여인은 표 팔 생각은 안 하고 나에게 달러 좀 바꿔달라고 성화였다. 10달러만, 5달러만, 1달러만…… 그게 안 되면 이 엽서를 사라, 저 엽서를 사라. 거의 강매 수준이었다. 얼마 후 터키를 가게 되어 달러가 필요하다고 말했지만, 루마니아의 경제 사정을 볼 때 하루가 다르게 폭락하는 루마니아 돈 대신, 달러를 하나라도 모으면 돈이 되기에 그랬을 것이다. 하지만 나 역시 한푼이라도 아껴야 하는 처지였기에 거절할 수밖에 없었다.

브란 성은 언덕 위에 있었다. 사방은 눈 덮인 산이었고 인적 없는 산길에는 내 발자국만 남겨졌다. 몇 분 걷자 언덕 위에 브란 성이 보였

다. 동화책에서 종종 보았던 퇴색한 성이 음산한 기운을 내뿜고 있었
다. 드디어 언덕 정상에 오니 길은 다시 밑의 평지로 급격하게 곤두박
질쳤지만, 브란 성은 오른쪽으로 슬쩍 비껴나 절벽 위에 버티고 서 있
었다. 잠시 숨을 가다듬은 후 육중한 나무문을 밀자 스르르 소리 없이
열렸다.

　인기척이 없었다. 안에도 밖에도 아무도 없었다. 언덕 밑에서 몰려
온 찬바람에 숨이 막히며 갑자기 소름이 쪽 끼쳐왔다.

　옆의 통로에 좁은 나무 계단이 나 있었다. 계단을 오르자 쿵쿵 내 발
소리가 귓가에 울리며 심장도 벌떡였다. 2층으로 올라서니 퀴퀴한 냄
새가 풍기며 깊은 적막만 깔려 있었다. 몇 평 안 되는 공간에 검은색
테이블과 의자가 중앙에 있고 가구들이 군데군데 놓여 있었다. 음침하

기 짝이 없었다.

주위를 돌아보니 옆에 사람 하나 간신히 빠져나갈 수 있는 동굴 같은 좁은 통로가 보였다. 머리를 숙인 채 계단을 따라 그 컴컴한 통로를 올라가보았다. 매우 가팔랐다. 손으로 울퉁불퉁한 돌벽을 짚어가며 한 걸음씩 올라가는데 불쑥 드라큘라 백작이 내 목에 이빨을 들이대며 덮칠 것 같은 공포감이 온몸을 훑어왔다.

야릇한 희열을 느끼며 계단을 빠져나오니 나무 바닥으로 된 공간이 나왔다. 그곳에도 가구들이 이리저리 흩어져 있을 뿐 별다른 것은 없었다. 다시 좁은 나무 계단을 따라 4층으로 올랐고 계속 5층으로 오르니 공간이 좁아졌다. 마지막으로 거의 수직인 나무 계단을 따라 올라가니 한두 평 정도의 좁은 공간이 나왔고 가슴 정도 높이의 돌벽이 쌓여져 있었다. 그곳이 바로 성의 탑 부분이었다. 눈 덮인 마을과 산과 구릉 그리고 뱀처럼 구불구불 휘어진 도로가 한 폭의 그림처럼 보이고 있었다.

드라큘라 백작.

그도 그곳에 서서 매일 하염없이 저 풍경을 바라보았을까? 사실은 아니었을 것이다. 블라드 드라큘 테페스는 실존인물이었지만 흡혈귀도 아니었고 이곳에 갇히지도 않았었다.

여러 자료에 의하면 15세기에 왈라키아 공국의 왕자였던 그는 오스만투르크와 용감하게 싸웠으며 포로들의 몸을 날카로운 말뚝으로 뚫어 공중에 매달리게 해놓았다고 한다. 또한 가난한 자와 병자들을 전부 모아놓고 잔치를 벌여준 후 모두 불에 태워 죽이는 인물이었다. 이유는 그렇게 함으로써 그들을 자기 영토에서 사라지게 하고, 또한 그들을 가난과 질병으로부터 영원히 해방시키기 위해서였다니, 무서운

자비였다. 테페스는 말뚝으로 박는 자, 드라큘라는 악마 또는 용을 의미하니, 그의 행위는 과연 그의 이름과 걸맞게 잔인했다.

그러나 그의 이런 행위 때문에 그가 피에 굶주린 흡혈귀 드라큘라 백작이 된 것은 아니었다. 그가 흡혈귀의 이름을 얻게 된 것은 그런 토양이 이미 형성되어 있었기 때문이다.

인간은 동서양을 막론하고 고대부터 핏속에 든 에너지를 신비스럽게 생각해왔었다. 세월이 지나며 인간의 피를 제물로 바치는 의식은 동물의 피로 대체되었는데 우매한 민중들 사이에서는 피의 힘에 대한 신비함이 전설을 통해 이상한 방향으로 발전하게 된다. 죽은 시체가 산 사람의 피를 빨아먹고 다시 살아난다는 식으로.

유럽에서 11세기부터 무덤에서 나온 시체가 피를 빨아먹으며 돌아다닌다는 얘기가 조금씩 나돌기 시작하다 15세기에 잔혹한 블라드 드라큘 테페스의 전설도 가미되고, 17세기초에는 헝가리의 에르체베트 바토리 여백작이 젊어지기 위해 소녀들 수백 명을 납치해 죽인 후, 그 피로 목욕한 사건도 발생한다.

드라큘라 티셔츠.

그런 일련의 사건들을 거치며 17세기 무렵에는 흡혈귀에 관한 믿음이 유럽에 크게 번지게 되는데 페스트가 창궐하면서 두려움에 휩싸인 유럽 사람들은 흡혈귀가 실재하는 것으로 믿게 된다. 그러나 페스트가 진정되고 계몽주의가 나타나면서 18세기말에는 흡혈귀 소동이 차차 가라앉게 되는데, 이런 흡혈귀에게 다시 생명을 불어넣은 것은 19세기의 문학가들이었다.

서서히 인기를 끌던 흡혈귀 소재로 된 문학 작품들 중에서 가장 유명해진 작품은 아일랜드의 소설가 브람 스토커에 의해 1897년 발표된 『드라큘라』였다. 그후 드라큘라는 흡혈귀의 대명사가 되었고 영화화되면서 우리에게 익숙한 존재가 되는 것이다.

이렇듯 드라큘라 백작은 흡혈귀가 아니었다. 다만 그가 저지른 잔혹한 행위로 인해 만들어진 이미지와 전설에 브람 스토커라는 소설가의 상상력이 결합되어 탄생한 인물이었을 뿐이다.

어쨌든 루마니아 정부는 자기들 영토 안에 이런 나쁜 이미지의 흡혈귀 드라큘라 백작이 있었다는 것을 수치스럽게 생각하지 않고 관광지로 만들어 외화를 벌어들이고 있는 것이다.

성에서 나오니 금방이라도 눈이 쏟아져내릴 것 같았다. 그 음산한 하늘 밑을 터벅터벅 걸어 내려오는 동안 아무도 오지 않았다. 드라큘라 백작이 옆에서 나타나도 오히려 반가울 정도로 쓸쓸한 길이었다.

드라큘라 백작의 고향

아침 기차를 타고 카르파티아 산맥을 따라 북상했다.

두세 시간 지난 후, 시기쇼아라에 도착했다. 길을 걷다 O.N.T.(오네테 관광 안내소)에 들러 호텔을 알아보니 가장 싼 곳이 20달러 정도였다. 루마니아의 물가는 쌌지만 전반적으로 호텔비가 너무 비쌌다. 나의 낙담하는 표정을 본 여인이 위로하듯 말했다.

"내가 생각해도 너무 비싸요. 물가가 작년에 비해 두 배가 올랐어요."

나는 결국 배낭을 관광안내소에 맡기고, 잠시 돌아본 후 그곳을 뜨기로 했다.

시기쇼아라는 중세풍의 집들이 많이 남은 고풍스런 도시로 루마니아 최고의 관광지라 했으나 관광객은 한 명도 보이지 않았다. 길을 걷다 오른쪽으로 꺾어지니 돌이 깔려진 고즈넉한 언덕길 끝에 시계탑이 보였다. 14세기에 건축되었으니 약 600년이 넘은 유서 깊은 곳이었다.

마침 하교길의 어린아이들이 그 앞의 조그만 광장에 모여 시계탑을 바라보고 있었다. 이윽고 12시 정각이 되자 인형들이 하나씩 나와서 종을 치기 시작했다. 나도 아이들처럼 우두커니 서서 그 광경을 쳐다보았다. 시계 종소리가 끝나자 갑자기 고요해졌다. 바로 그 앞의 광장은 햇살이 가득 차 있고 구석 응달진 곳에 잔설이 있었다.

어디가 드라큘라 백작의 생가일까? 두리번거리는데 마침, 얼굴이 백설처럼 하얗고 청순한 소녀들이 거리를 지나가고 있었다. 그들에게 드라큘라 백작의 집이 어디냐고 묻자 바로 앞의 건물을 가리키며 수줍게 웃었다.

보니 노란색 건물 벽에 VLAD DRACUL(1431-1435)이라 쓰여져 있었다. 바로 그 집이 드라큘라 백작의 아버지인 블라드 드라큘이 5년간 살았던 곳이며, 드라큘라 백작으로 알려진 블라드 드라큘 테페스가 태어난 곳이었다.

지금 그 집은 레스토랑이었으나 문이 닫혀 있어 들어갈 수는 없었

시기쇼아라 시계탑 위에서.

다. 관광객 없는 겨울이라 영업 시간이 단축된 것 같았다.

마을은 조용했다. 싸늘한 공기와 따스한 햇살만 느껴질 뿐, 그 조그만 마을에 나만 남아 있는 것 같았다. 이곳은 예전에도 그랬을 것 같았다. 공산주의 시절에도 그 이전의 중세 시절에도 세월과 무관하게 이 세상과 동떨어져 있는 곳 같았다.

초등학생 아이들이 가방을 메고 다시 나타났다. 깜찍하고 귀여운 그들을 보며 나는 어린 시절 저 아이들처럼 아장아장 걸으며 거리를 돌아다녔고 부모의 사랑을 받으며 자라났을 어린 백작을 상상해보았다. 그런데 그가 흉악한 드라큘라로 알려진 것이다.

도대체 세상에 떠도는 얘기와 이미지들은 얼만큼이 진실일까? 양파 껍질을 다 까고 나면 아무것도 속에 없듯이 우리가 사는 세상도 그렇게 허구일까? 세상을 살아갈수록 양파 껍질을 벗기는 기분이 들고 있으니……

시계탑 옆에 조그만 입구가 있었다. 들어가보니 박물관이었는데 입구의 작은 공간에만 1989년 12월 22일 이곳에서 일어난 민주화 시위를 기념하는 사진들, 즉 깃발을 들고 행진하는 군중들, 총을 든 군인들, 경찰과 악수하는 시민들, 촛불을 들고 애도하는 시민들, 오열하는 노인, 깃발을 들고 행진하는 청년들의 흑백 사진들이 빽빽이 전시되어 있었다.

그곳에서 젊은 사내가 표를 팔고 있었다. 아마 이 마을의 젊은 지도자 중의 하나였을지도 모르는 그의 얼굴에는 수심이 깊게 드리워져 있었다. 그가 열정을 불살랐을 1989년 12월 22일에서 2년 정도가 지나가고 있던 무렵이었다. 그 2년간 물가는 엄청나게 뛰었고 실업자도 증가했으며 기다리던 자유도 완전히 쟁취하지 못했다. 그 격동의 2년을 겪어오며 그는 무슨 생각을 했을까?

알 수가 없었다. 다만, 내가 구경을 마치고 나갈 때까지 나무 의자에 걸터앉아 밖을 망연히 쳐다보고 있던 그의 허전한 눈초리가 생각날 뿐이다.

엄청나게 싼 식사

기차 출발 시간까지 시간이 남아서 거리의 레스토랑에 들어갔다. 베토벤의 〈운명 교향곡〉이 흘러나오고 깨끗한 테이블에 깔끔한 제복을 입은 웨이트리스들을 보니 고급스럽다는 느낌이 들었다.

주문을 하려고 웨이트리스를 불렀는데 본 체 만 체 걸어갔다. 이

굴라쉬.

미 익숙한 일이었기에 참았다. 다시 옆을 지나가는 호리호리한 웨이트리스를 불렀는데 이 여인은 꽤 친절했다. 루마니아어로 쓴 메뉴판을 내가 읽지 못하자 서툰 영어지만 설명을 해주었다.

나는 루마니아 식비가 싸다는 것을 이미 알았으므로 루마니아에 있을 동안 실컷 영양보충이나 해두자는 심정으로 비프 수프, 비프 스테이크, 빵, 샐러드, 커피, 포도주 등을 시켰다.

잠시 후 비프 수프와 빵 두 조각이 나왔다. 수프 안에 꽤 큰 고기 덩어리가 서너 개 섞인 먹음직한 수프였다. 그리고 잠시 후 진짜 비프스

시기쇼아라의 재미있는 식당.

테이크가 나왔는데 소고기에 감자칩과 밥이 푸짐하게 담겨 있었다. 포도주와 샐러드가 곁들여진 그 식사는 집 떠난 후 가장 잘 먹은 진수성찬이었다.

먹고 나니 조금 겁이 났다. 이거 또 바가지 씌우는 게 아닐까라는 의심도 들었고 너무 비싸게 나오면 어쩌나 하는 생각도 들었다.

그러나 계산서를 보니 이게 웬일인가. 적힌 금액이 215레였다. 얼마 전 부쿠레슈티에서 1달러를 280레에 바꿨으니 215레라면 약 80센트였다. 그 당시 환율로 계산하면 한국 돈으로 640원 정도였으니 믿을 수 없는 가격이었다.

300레를 내니 웨이트리스는 85레의 잔돈이 없어 당황하고 있었다. 그러지 않아도 친절하게 해준 그녀에게 팁을 주고 싶었기에 됐다고 말하니 여인은 수줍은 미소를 지으며 고맙다고 말했다.

집시와 헝가리인

시기쇼아라에서 기차를 놓쳤다.

관광안내소 여직원이 문을 잠가놓고 어디론가 사라진 것이다. 조금 늦게 배낭을 찾은 후 헐레벌떡 기차역으로 뛰었으나 기차는 방금 전에 출발한 후였다. 나도 모르게 주먹으로 매표소 카운터를 치며 부르르 떨다 이러면 안 되지 하는 생각에 고개를 쳐들며 미안하다고 말했다. 그러자 매표소 여직원은 괜찮다면서 까르르 웃어댔다.

웃었다?…… 짧은 금발, 귓가에 솜털이 난 여인이 호기심 어린 눈초리로 마치 개구쟁이 아이를 바라보듯이 미소를 짓고 있었다. 그 미소

앞에 기차를 놓친 분노가 봄눈 녹듯 사라졌다. 하긴 부지런히 갈 이유도 없었다. 헐레벌떡 뛰어왔는데 놓치고 나니 화가 나서 그랬던 것이지.

루마니아 사람들, 뭔가 통하는 게 있는 것 같아 갑자기 기분이 좋아졌다. 난폭한 놈 취급을 받았을지도 모를 그 행동을 웃으며 바라보았던 그 여인이 사랑스러웠다.

다음 기차는 세 시간 반 후에 오며 표는 기차가 떠나기 한 시간 전에 판다고 했다. 할 수 없이 대합실의 나무벤치에 앉아 기다릴 수밖에 없었다.

사람들이 꾸역꾸역 몰려들었고 대합실 안은 매캐한 석유난로 냄새로 가득 차 있었다. 골치가 지끈거려 밖에 나왔으나 눈발이 날리고 바람이 차서 다시 들어왔다.

그곳에 앉아 있는 사람들은 모두 남루한 사람들이었다. 낯선 이방인을 쳐다보는 눈초리에 호기심이 잔뜩 담겨 있었다. 마침내 건너편에 앉아 있던 웬 젊은 사내와 여인이 서툰 영어로 말을 걸어왔다. 한국사람이라 하자 주변에서 모두 쳐다보았다.

이런저런 얘기를 했다. 그는 고향으로 돌아가는 전직 경찰관이며 이제 실업자라고 했다. 돌아가면 할 일이 아무것도 없다고 말하며 웃었다. 애인이라는 그 옆의 여자도 피식 따라서 웃었다. 나도 실업자라고 말하자 또 웃었다. 내가 보기엔 그 역사에 앉아 있던 많은 사람들이 다 실업자처럼 보였다. 직장에서 쫓겨나고 개인사업이나 장사를 하기에는 자본도 없고 경험도 없으니 모두 우왕좌왕 실의에 젖어 있는 것 같았다.

"루마니아가 좋아요?"

사내가 나에게 물었다.

"예, 좋아요. 특히 여기 시기쇼아라 사람들이 좋아요. 남자들도 멋있고 여자들도 미인이고."

진심이었다.

"클클클. 여자는 그렇게 미인이 아니지요."

싱거운 사내였다.

"차우셰스크가 좋아요? 일리에스쿠가 좋아요?"

그는 나의 질문에 곤란한 표정을 짓다 말했다.

"차우셰스크 때는 그의 욕을 하면 잡혀갔어요. 안 좋은 세상이었지요."

그러면서 수갑 차는 시늉을 했다.

"당신, 경찰이었는데 당신이 잡아간 것 아니에요?"

나는 농담으로 말했는데 그는 매우 무안한 표정으로 어색하게 웃고 말았다. 진짜 잡아간 적이 있었나?

"그 시절의 경찰들은 모두 실업자가 되었어요?"

"아니에요, 반 정도는 남았지요…… 루마니아는 앞날이 불투명해요."

나는 용기를 내라고 얘기했고 한국도 어려운 시절을 겪었다고 길게 설명을 했다.

그러는 동안 기차표를 팔 시간이 되었다. 창구에서 기차표를 산 후, "물츠 메스크(감사합니다)"라고 말하자 매표소 여인은 "와" 소리를 지르며 또 까르르 웃었다. 초췌하고 우울한 현실은 아랑곳하지 않는 천진난만한 여인의 기분 좋은 웃음소리였다.

기차가 왔다. 이미 플랫폼에는 짙은 어둠이 깔렸고 눈발이 어지럽게 철로에 흩날리고 있었다. 좌석을 찾아 객실로 들어가니 한 사내가 후 닥닥 일어났다. 콧수염이 짙은 왜소한 사내였다. 기차 안이 매우 어두 워서 내 자리를 찾느라 더듬거리자 사내는 성냥불을 켜서 나를 도와주 었는데, 이상하게도 겁에 잔뜩 질린 모습이었다.

자리에 앉자 잠시 침묵이 흘렀다. 서로 마주 앉았지만 우리 둘은 턱 을 괴고 창 밖만 바라보았다. 뭔가 경계하는 듯한 그를 귀찮게 하고 싶 지 않았기 때문이다.

얼마쯤 갔을까? 루마니아 군인 서너 명이 문을 열고 들어와 우리를 노려보았다. 맞은편 사내는 놀란 듯 다시 벌떡 일어났다. 그들은 우리 의 여권을 검사한 후 묵직한 국방색 외투자락을 휘날리며 다음 칸으로 갔다. 어째 분위기가 살벌했다. 그들이 나간 후 나는 사내에게 물었다.

"클루지나포카에 가세요?"

"예."

그는 생각보다 영어를 잘했다.

"루마니아 사람이에요?"

"예…… 그러나 난 헝가리아 사람입니다."

사내는 그 말을 하며 두렵다는 듯 문을 쳐다보다 얘기를 시작했다.

"트란실베이니아 지방에는 헝가리아 사람들이 이백만 명 이상 살아 요. 절반 정도지요. 일차 세계대전 이전에는 헝가리 땅이었는데 지금 은 루마니아 땅이에요."

"차우세스크 때 많이 탄압당했겠네요?"

"지금도 마찬가지입니다."

사내는 그 말을 하며 두렵다는 듯 다시 문을 바라보았다.

클루지나포카는 트란실베이니아 지방의 중심지인데, 트란실베이니아 지방은 헝가리와 루마니아간에 소유권이 엎치락뒤치락하는 바람에 이런 문제가 있는 것이다.

잠시 후 기차가 서자 한 떼의 사람들이 올라탔는데 뚱뚱한 여자 둘과 사내 둘이었다. 옷을 엄청나게 많이 걸치고 있었는데 콧수염을 기른 남자의 표정이 조금 불량해 보였다.

사내에게 이 사람들 어느 나라 사람이냐고 물으니 말할 수 없다고 대답했다. 뭔가 대답을 꺼리는 눈치였다. 그들 또한 우리를 아는 체하지 않고 자기들끼리 수다를 떨다가 얼마 가지 않아 내렸다.

"아까, 그 사람들 집시였어요. 이 지방에 집시들이 많이 살거든요."

그는 그들이 불쾌해할까봐 말을 아낀 것이었다.

루마니아에는 현재 정부 통계로 집시들이 약 40만 명 살고 있다지만 실제로는 약 200만 명으로 추산된다고 한다. 세계에서 집시들이 가장 많이 살고 있는 나라가 루마니아인데 루마니아는 영토를 확장한 대신, 이런 인종적 문제를 떠안게 된 것이다. 인구 총 2,300만에, 헝가리인이 약 200만 명, 집시가 200만 명 등으로 총 400만 명이 다른 민족이니 같은 비율로 계산하면 남한 인구 4천만 중 약 800만 명 이상이 타민족이라고 상상하면 된다.

"집시들이 문제를 일으키나요?"

"뭐…… 그들은 책임감이 없어요. 정착해 사는 주민들도 있지만 대개 떠돌이지요. 구걸도 하고, 악사나 점쟁이도 있으며 주로 육체 노동을 하는데…… 도둑질도 하구요. 이들은 도둑질에 대해 죄의식이 없습니다. 생존의 수단으로 여기니까요."

집시들은 대체로 인도의 펀잡 지방에서 왔다고 알려져 있는데 내 느낌으로도 인도인을 많이 닮아 있었다. 눈동자나 머리카락이 까맣고 얼굴이 가무잡잡하며 인도에서 눈에 많이 익은 분위기였다.

이들이 유럽 역사에 등장하는 것은 9세기부터인데, 총인구는 약 180만에서 400만 명으로 추산되고 주로 사는 곳은 동유럽지역이지만, 놀랍게도 북아메리카 대륙에도 10만 정도 있다는 것이다.

대부분의 유럽인들은 집시를 싫어했고 집시 또한 어느 한 나라에 동화되지 않으면서 자기들의 정체성을 유지해왔다. 박해받고 경멸받는 집시지만 이들은 당당했다. 그들은 스스로를 집시라 부르지 않고 유럽에서는 롬(ROM), 시리아에서는 돔(DOM), 아르메니아에서는 롬(LOM)이라 부른다는데 그 말들은 모두 '인간'을 뜻한다고 한다.

인간. 그 어떤 수식어도 붙지 않은 인간이란 그 말 속에 엄청난 자부심이 엿보이지만, 겉으로 드러난 그들의 생활은 또한 그렇지 않다. 그들의 유랑은 비하하기에는 너무도 당당한 삶이 되었지만, 또한 미화하기에는 비참한 것도 사실이다.

그들끼리도 갈등이 있다고 한다. 정착하는 집시도 생겨났는데, 그들은 계속 유랑하는 집시를 '야만인'이라 하고, 계속 유랑하는 집시는 정착한 집시를 '전통을 버린 집시'라고 부르며 서로 경멸한다고 한다. 그만큼 집시 생활은 결코 낭만적이지 않고 힘들다는 얘기일 것이다.

이윽고 기차는 클루지나포카에 섰고 헝가리 사내도 같이 내렸다.

"이제 호텔로 갈 겁니까?"

"예, 그래야지요."

"우리 집이 있기는 한데 좁아서…… 미안합니다."

생각지 않았던 말이었다. 그런 그가 고마웠다. 그는 내가 가고자 하는 호텔을 알고 있다며 그곳까지 안내해주겠다고 했다.

마침 버스정류장에 사람들이 많이 서 있었고 그는 다시 한번 확인하려는 듯 어느 여인에게 가서 방향을 물었는데, 털외투를 잘 차려 입은 늘씬한 여인은 왜소한 사내를 경멸하는 눈초리로 바라보며 차갑게 말을 내뱉었다.

그런 그녀의 태도가 너무 무례하게 보여 내가 나서며 루마니아말로 크게 외쳤다.

"물츠 메스크."

여인은 잠시 놀라며 어색한 미소를 흘렸으나 여전히 차가운 눈초리로 헝가리인을 쏘아보았다.

우리는 말없이 돌아서서 같이 걸었다. 한참 동안 아무 말도 안 하던 그는 나를 힘없이 쳐다보다 루마니아라고 말하며 엄지손가락을 거꾸로 세웠고 헝가리하며 엄지손가락을 치켜올렸다. 어금니를 꾹 깨문 그의 표정이 단호해 보였다.

호텔 앞에서 우리는 악수를 했다.

"나의 이름은 야노쉬입니다. 행운을 빌어요."

행운을 빌어준 그는 질척거리는 길을 건너 천천히 사라졌다. 컴컴한 거리에는 찬바람만 불어오고 있었다.

고마운 사람들

다음날 아침 폭설이 내리고 있었다. 눈발이 너무 세서 눈을 뜰 수 없을 정도였다.

클루지나포카는 인구 약 30만 명의 고도로 대학도 있고 왕궁과 교회도 있는 아름다운 도시라고 한다.

그 도시를 구경하려고 눈바람을 맞으며 길을 돌아다녔다. 중세 고딕 양식의 멋진 교회가 눈 속에서 치솟아 있었다. 15세기말에 세워진 세인트 미하이 교회로 클루지나포카의 대표적인 교회였다. 근처에는 장엄한 반피 궁전도 있었는데 근처에서 대학생으로 보이는 듯한 젊은 남녀가 눈싸움을 하고 있었다.

다른 계절에 오면 매우 활기찬 도시일 것 같았으나 눈바람이 너무 살벌했고 신발과 옷이 젖어서 오랫동안 구경을 할 수가 없었다. 결국 잠시 구경하다 나는 그날 오후에 헝가리의 부다페스트로 가기로 했다. 루마니아를 여행하는 동안 눈이 그칠 날이 없었다. 그것도 하루 종일 내리는 폭설이었다.

이곳에서 부다페스트까지 직접 가는 기차표를 구입할 수도 있었지만 끊어 사면 더 싸다는 정보를 보고, 국경 도시인 오라디아(Oradea)까지만 표를 사고 그곳에서 다시 헝가리까지 가는 표를 사기로 했다.

기차역에 짐을 맡기고 남은 돈을 쓰기 시작했다. 조그만 간이카페에서 쥬스 한잔을 마셨다. 진열대에 써붙여진 숫자 6을 60으로 잘못 보고 60레를 주니 소녀는 발그레한 미소를 띠며 50레를 돌려주고 4레 거스름돈을 주었다. 소녀의 눈빛이 참 맑았다. 고마웠다.

쥬스 한잔에 6레(15원)였으니 남은 돈 1,500레(3,750원 정도) 쓰기가 여간 힘든 게 아니었다. 상점에 들러 읽지 못하는 신문도 사고 과일도 샀으며 빵도 샀다. 그래도 돈은 잘 줄어들지 않았다.

기차 대합실에서 한동안 기다렸다. 낡고 투박한 국방색 외투를 걸치고 방한모를 쓴 군인들이 배낭을 메고 어디론가 가고 있었다. 춥고 어둠침침한 대합실 구내에 웅크리고 앉은 수많은 사람들이 마치 피난민 같았다. 근처의 젊은 남자가 빨간색 외투를 입은 여인의 가슴에 얼굴을 파묻고 뭔가 속삭이고 있었다. 여인도 얼굴을 숙인 채 있었는데 그 모습이 달콤해 보이지 않았다. 절망 끝에서 뭔가에 매달린 처절한 모습이었다. 잠시 후 나갈 때 보니 얼굴에 솜털도 가시지 않은 10대 후반의 아이들이었다.

웬 아줌마가 자다가 고개를 떨구는 바람에 안경을 떨어뜨리고 말았다. 근처의 사내 녀석들이 킥킥대고 웃자 아줌마가 천천히 걸어가는데 다리를 절고 있었다. 내 옆의 허름한 옷을 입은 중년 사내는 'ROMANIA LIBERTY'(루마니아의 자유)라는 영자 신문을 읽고 있었다.

1992년 겨울, 그렇게 내가 스쳐지나가며 본 루마니아의 화두는 자유였고 그 옆에 빈곤이 바짝 달라붙어 있었다.

떠날 시간이 거의 다 되어 잠시 화장실을 갔다오니 옆에 앉았던 중년 사내가 나에게 뭔가를 주었다. 내가 떨어뜨린 볼펜이었다. 중년 사내의 얼굴은 그늘져 있었으나 나를 바라보는 시선은 따스했다.

코를 베어먹히다

오후 2시 24분, 부다페스트행 기차는 클루지나포카를 떠났다. 기차는 눈 덮인 벌판을 달렸고 서서히 저녁 어둠이 깔릴 무렵 국경 도시 오라디아역에 섰다.

이민국 관리와 세관원이 열차를 돌아다니며 스탬프를 찍어주었고 짐 검사를 하기 시작했다. 꽤 시간이 많이 걸렸는데 와글거리는 승객들 때문에 마치 피난민 열차 같았다.

복도에 서서 그 광경을 구경하고 있었는데 어디선가 나타난 털보 사내가 표 검사를 시작했다. 제복도 입지 않고 청바지에 티셔츠를 입은 사내는 정체가 불분명해 보였다. 그는 내 표를 보더니 부다페스트까지의 표를 사라고 했다. 헝가리 국경에서 살 거라고 대답했지만 여기서 사야 한다고 크게 소리쳤다. 털보의 거만한 태도에 울컥 화가 치솟았지만 나는 참아야 했다.

참자. 화를 내도 참고, 경멸해도 참고…… 그런 생각을 하며 역의 매표소로 갔다. 매표소에서는 표 값을 달러가 아닌 루마니아 돈으로 내라고 했지만 내 수중에 남아 있는 루마니아 돈으로는 모자랐다. 할 수 없이 달러를 바꾸려고 옆의 은행에 가니 이미 문은 닫혀 있었다.

털보가 그런 나를 매표소까지 따라와 바라보고 있었다.

"살 수가 없어요. 난, 헝가리 가서 삽니다."

그렇게 말하자 털보는 아무 말도 안 하고 음흉스럽게 쳐다보았다.

"당신의 표는 루마니아 국경까지인데 당신이 헝가리 국경에서 새 표를 산다면, 루마니아 국경에서 헝가리 국경까지 가는 표는 없잖아."

"은행이 문을 닫았는데 어쩌란 말이요. 달러 바꿔주시겠소?"

"없어."

"그러면 어떻게 하란 말이요?"

털보는 음흉하게 웃더니 자기에게 사라는 듯, 무슨 표를 손에 쥐고 흔들었다.

"관둬, 난 헝가리에서 사겠어."

여기까지는 영어로 말했고 다음에는 한국말로 말했다.

"에라, 이 XX야. 네 마음대로 해라."

여행을 하다보면 그 나라의 관습과 법을 지켜주는 것은 옳다. 그러나 그 친구는 음흉했고 신뢰성도 없었다. 그리고 그놈이 흔드는 표가 무언지도 알 수가 없었다.(동유럽 국경을 계속 그렇게 넘었지만 국경에서 국경까지의 표를 요구한 사람은 그 털보밖에 없었다.)

털보는 기차로 올라오는 나를 멍청히 바라보기만 했다. 기차에 타니 옆의 사내가 나에게 유창한 영어로 말을 건넸다.

"저 사람 왜 그래요?"

자초지종을 설명하니 이렇게 외쳤다.

"신경쓰지 마요. 헝가리에 가서 사면 됩니다. 저게 바로 루마니아 '공산주의' 관료들입니다. 미친놈들."

그는 나보다 더 흥분하기 시작했다.

출국 심사, 세관 검사가 벌써 두 시간째 지나가고 있었다.

세관원 하나가 왔는데 대충 짐을 훑어보고 그냥 갔다. 잠시 후 온 다른 세관원은 깐깐하게 사람들을 훑어보며 묻고 살피는데 표정이 오만하기 짝이 없었다. 그런데 그는 다른 사람 짐은 다 놓아두고 내 짐만 기차 밖으로 내리라고 했다.

이건 말도 안 된다는 생각이 들었다. 직감적으로 트집을 잡고 돈을 요구할 것만 같은 느낌이 들어서 버텼다.

"여기서 보면 될 것이지 왜 기차 밖으로 내려가야 합니까?"

그렇게 영어로 항의하자 세관원은 '피피피' 하며 입을 삐죽거리다 그냥 지나갔다. 황당했다. 이게 뭐야, 갖고 노는 것도 아니고……

그러니까 이런 분위기에서는 너무 고분고분해도 안 되고, 너무 성을 내어 크게 부딪쳐도 안 되며, 적절한 수위 속에서 자기 방어를 해내야 한다는 생각이 들었다.

루마니아에 온 후 가장 실망스런 시간들이 지나가고 있었다. 못사는 것은 좋다. 그래도 공산주의 사회에는 어떤 건실한 기풍이 있을 줄 알았다. 그런데 이 사회는 공산주의라는 이념을 떠나 관료주의로 팽배해 있었다.

이윽고 세 시간 정도가 지난 7시쯤 기차는 움직이기 시작했다.

내 옆에 있던 루마니아 친구가 말을 건네왔다. 그는 루마니아 학생으로 방학 동안 헝가리로 일하러 간다고 했다.

"당신네 나라 골드 스타 TV가 구만 레(약 24만원 정도)입니다. 내가 작년에 저녁마다 아르바이트를 했는데 한달에 오천 레를 벌었어요. 택시 운전수 월급이 만오천 레에요. 그러니 먹고 살면서 TV 한 대 사려면 도대체 몇 년을 일해야 합니까? 그렇다고 당신을 죽입니까, 내 친구를 죽입니까? 내가 죽어야 합니까?…… 후후, 여기서는 공산당이 아직도 넘버원입니다. 그놈의 공산당 때문에…… 헝가리에서는 한 달에 십이만 레를 벌 수 있어요. 그러니 모두 헝가리로 가고 싶어하는 거지요."

그는 모든 빈곤의 근원을 공산주의로 보고 있었다. 그렇게 얘기하는 사이 기차는 이내 헝가리 국경에 도착했다.

헝가리는 모든 게 매끄러웠다. 입국 수속은 군더더기 없이 기차 안에서 신속하게 진행되어서 마치 서유럽으로 온 기분이 들었다.

입국 수속을 받자마자 부다페스트까지의 기차표를 사러 역내 매표소로 갔다. 그러나 그들은 달러를 받을 수 없다 했고 나는 헝가리 돈이 없었다. 마침 내 앞에서 표를 사던 루마니아 청년이 자기가 돈을 바꿔주겠다고 했다. 1달러에 60포린트로 바꿔주겠다고 했다.(나중에 알고보니 1달러에 75포린트 정도) 우선 급한 대로 10달러를 바꾸기로 했다. 그는 나에게 600포린트를 주어야 했는데 갖고 있는 돈 500포린트를 먼저 주고 기차표 산 후 잔돈이 생기면 100포린트를 주겠다고 했다.

나는 그를 믿었다. 누구라도 믿을 수밖에 없었을 것이다. 바로 앞에 있었으며 같은 기차 안의 승객이었다. 그런데 이 젊은 놈은 잔돈을 받자마자 그대로 내빼는 것이 아닌가.

어어, 야, 야, 임마.

그놈은 내 외침에는 아랑곳하지 않고 궁둥이를 흔들면서 필사적으로 기차를 향해 뛰어가기 시작했다. 그를 쫓아갈 수도 없는 애매한 상황이라 우선 표를 샀다. 444포린트. 어쩐지 숫자도 기분 나빴다.

그런데 표를 사자마자 기차가 슬슬 움직이고 있는 것이 아닌가. 헐떡거리며 달려가 간신히 기차에 탔다. 타자마자 그놈을 잡으려고 했지만 기차는 통로마다 사람들로 꽉 차 있어서 그 안을 왔다갔다할 일이 아득했다. 포기하기로 했다. 100포린트면 한국돈으로 2천 원 정도. 수업료라고 생각했다.

그래도 그렇지, 눈 감으면 코 베먹는다더니 정말 기가 막힌 일이었다.

소매치기 친구들

우리 기차칸에는 못 보던 사람들로 가득 차 있었다. 금발에 얼굴이 푸르스름하고 통통한 여인과 늙수그레한 중년 여인이 앉아 있었고 아까부터 나와 얘기하던 영어를 잘하는 뚱뚱한 친구 로만, 그의 친구인 허레스쿠, 루마니아말만 하는 이름 모르는 친구, 그리고 내가 같은 칸에 앉아 가게 되었다.

잠시 후 헝가리 차장이 들어와 표를 끊어주고 다녔다. 아, 가만히 앉아서 끊어도 될 것을 그 난리를 친 내가 바보였다. 하지만 만약 달러를 안 받는다면 또 애를 먹을지도 모를 일, 어쨌든 표를 샀으니 다행이었다.

만약 처음부터 클루지나포카에서 부다페스트까지의 국제열차표를 샀으면 이런 일은 없었을 것이다. 10달러 아끼려다 그런 대가를 치렀는데 짧은 여행이라면 그까짓 것이지만 장기여행에서는 한푼이라도 아끼지 않으면 돈이 술술 새어나가니 어쩔 수 없는 일이었다. 또한 이런 사정을 미리 알고 있었더라면 대처를 잘할 수 있었을 것이다. 그러나 그 시절은 별로 정보도 없었기에 그냥 무조건 부딪치는 수밖에 없었다.

화장실에 갔다와보니 난장판이었다. 허레스쿠는 통통한 여인의 목덜미에 입을 맞추고 손으로 얼굴과 허리를 더듬는데 여인은 그를 밀치면서도 낄낄거렸다. 모두들 술에 취해 얼굴이 불그레했다.

그러나 허레스쿠의 농이 지나쳤는지 여인 둘이 중간의 어느 역에서 내려버렸다. 그러자 로만과 허레스쿠가 말다툼을 벌이기 시작했다. 로만의 통역에 의하면 그녀들도 부다페스트 가는 중이었는데 허레스쿠가 난리를 피워 여자들이 미리 내려버린 것이라고 했다.

다툼도 잠깐, 식사시간이 되자 음식을 내놓기 시작했다. 빵, 소시지, 고추를 펴놓고 위스키를 돌리는데, 허레스쿠는 매우 정열적인 사내로 마치 이탈리아 사람 같았다. 그는 나에게 연신 위스키 술잔을 건넸는데, 내가 넙죽넙죽 받아 마시자 흥분하기 시작했다. 그리고 내가 고추를 덥석 베어물자 마침내 환호성을 지르며 나를 껴안았다. 도대체 고추를 그냥 베어먹는 화통한 외국인은 처음 보았다는 표정을 지었다.

술이 몇 잔 돌자 흥분한 허레스쿠는 나를 이렇게 불렀다.

"몽 아미.(나의 친구.)"

그런데 어느샌가 나의 점퍼 오른쪽 주머니에서 기차표를 꺼내 들고 있는 게 아닌가. 아찔했다. 내가 얼떨떨한 모습으로 바라보니 허레스쿠는 걱정하지 말라는 듯 내 어깨를 두드렸다. 그리고 계속 "몽 아미"라고 외쳐대며 너에게는 절대로 그런 짓을 안 하겠다는 제스처를 취했다. 순간 술이 확 깨고 말았다.

허레스쿠는 루마니아 지폐 네 장을 세더니 나에게 주고 세어보라고 했다. 세어보니 세 장. 어느샌가 깜쪽같이 한 장을 뺀 것이다. 그들은 학생이 아니었다. 허레스쿠는 이번에는 빈손으로 허공을 획 그었다. 면도칼로 얼굴을 긋는 제스추어였다. 소름이 쪽 끼쳐왔다.

아아, 내가 어쩌다 이들과 함께 있게 되었단 말인가…… 등에서는 식은땀이 배어나오고 있었다.

그러나 그는 안심하라는 듯 내 어깨를 다시 두드렸다. 너는 안 털고 저 옆칸의 배불뚝이 루마니아 여행자들을 부다페스트역에 도착하는 순간 털겠다고 말했다. 불어나 루마니아어를 못 알아들었지만 분명히 나는 그 말을 이해했다. 그리고 그들은 독일로 갈 생각이라 했다.

로만은 그런 허레스쿠를 째려보다 뭐라 말했다. 그는 나에게 학생이고 헝가리로 아르바이트 간다고 얘기했었는데 그것이 다 거짓말이었음이 탄로난 것이다. 결국 로만과 허레스쿠는 말다툼을 벌이기 시작했고 흥분한 허레스쿠는 나가버렸다.

걱정이 되기 시작했다.

잠시 후, 낯선 부다페스트 땅에 내리면 어떻게 해야 하는가. 비록 나를 해치지 않겠다고 했지만 이들은 이미 나에게 거짓말을 했고 자기들끼리도 싸우고 있지 않은가. 아, 모르겠다. 될 대로 되는 거다. 허레스쿠는 나에게 솔직하지 않았는가. 그런 그가 나를 해칠 리는 없겠지.

잠시 후 허레스쿠가 다시 들어왔고 침묵이 흘렀다. 기차는 부다페스트를 향해 속절없이 달리고 있었다. 그때 승무원이 들어왔다. 들어오자마자 로만이 수다를 피웠다.

"아, 안녕하세요. 이 친구는 코리언이고……"

그러자 승무원은 싸늘한 미소를 지었다.

"그래, 그래, 그런데 표는 어디 있어?"

나의 표를 본 승무원은 두말 없이 펀치를 찍어주었지만 로만과 그 일행의 표를 보는 순간, 박박 찢어버리기 시작했다.

"이놈들아. 이게 기차표니? 다 내려."

조그만 승무원은 어디서 그런 힘이 나왔는지 로만의 멱살을 잡고 허레스쿠의 뒷덜미를 잡은 채 질질 끌어내기 시작했다. 마침 기차는 어느 역에 서서히 서고 있었다. 그들은 이제 다 탄로가 났다는 듯, 낭패한 표정을 지었다.

나는 갑자기 일어난 사태에 놀라 그들을 멍청히 바라보았는데 질질 끌려가던 허레스쿠가 몸부림을 치며 나를 향해 힘들게 손을 내밀었다. 그는 내 손을 꼭 쥐며 이렇게 말했다.

"몽 아미, 봉 보야쥐!(내 친구, 여행 잘해!)"

부끄러움이 잔뜩 배어 있었으나, 또한 진심이 가득 찬 눈빛으로 그는 외쳤다. 그리고 개처럼 질질 끌려 내려갔다.

열차는 다시 달렸다. 열려진 창으로 들어온 찬바람에 찢어진 표 조각들이 어지럽게 흩날리고 있었다. 텅 빈 공간에서 그것을 바라보고 있던 내 가슴도 텅 비어오고 있었다.

어느샌가 차창 밖으로는 휘황찬란한 불빛이 번쩍이고 있었다. 부다페스트였다. 철로변으로 선경, 현대라 쓰여진 간판이 보였고 노란 가로등이 밝게 비추고 있었다. 어두컴컴한 루마니아의 부쿠레슈티와는 전혀 다른 세상이었다. 허레스쿠와 로만이 그토록 오고 싶어했던 신천지였다.

헝
가
리

부다페스트에서 앓다

       부다페스트의 동부역에는 그 많다는 민박 호객꾼들
도 없었다. 호객꾼들은 서유럽에서 오는 여행자들이
많은 서부역에 많았던 것이다.

터키에서 만났던 일본 학생으로부터 소개받은 민박집에 전화를 걸
었지만 아무도 받지 않았다. 할 수 없이 부실한 가이드북을 참고 삼아
싼 호텔을 찾아 나서야 했다.

밤은 깊었고 배는 고팠다. 내 사정을 알 리 없는 행인들은 무표정한
얼굴로 옆을 스쳐 지나가고 있었다. 낯선 곳에서 숙소를 잡아야 하는
것은 늘 난감했다.

우선 지하철을 타러 내려갔는데 매표소도 보이질 않고 우리처럼 입
구도 없었으며 그냥 플랫폼이었다.

뭐 이런 지하철이 있는가, 공산주의 체제여서 다 무료인가라는 엉뚱
한 생각이 들었지만 나중에 알고 보니 전혀 그렇지 않았다. 매표소는
우리처럼 플랫폼 근처에 있는 게 아니라 훨씬 전에 있었고 또한 표를
사도 도중에 설치된 검표기에 스스로 표를 넣고 구멍을 뚫어야 했다.
만약 그렇지 않으면 무임승차였고 검표원들의 검문에 걸릴 경우, 40,

50배의 벌금을 내야만 했다. 다만 부다페스트 시민 대부분이 패스를 갖고 다녀 검표기에 찍는 광경을 보지 못했을 뿐이었다. 나중에 보니 체코와 독일도 시스템이 같았다. 그만큼 시민 의식과 양심에 맡기고 그것을 어겼을 때는 상당한 책임을 지도록 하겠다는 정책 같았다. 다행히 첫날밤은 검표원이 없어서 무사히 통과했으나 다음부터 나는 꼬박꼬박 규칙을 지켜야만 했다.

힘들게 찾아간 호텔은 제법 비싼 곳이었고 호텔 매니저는 쌀쌀맞았다. 마치 네가 여기에 묵을 수 있냐는 표정을 지었지만 낯선 곳에서 무작정 헤맬 수는 없었기에 그곳에서 일박을 할 수밖에 없었다.

마음이 허전했다. 기차 안에서 헤어진 소매치기 친구들도 생각났고 비싼 호텔에 묵자니 심란하기만 했다.

다음날 아침 나는 민박집을 찾아갔다. 그리고 들자마자 푹 쓰러져 앓기 시작했다. 그동안 심하게 앓은 적은 없었는데 3, 4개월 정도 누적되었던 피로가 한꺼번에 몰려온 것이다. 그것은 짧고도 강렬한 휴식이었다.

부다페스트의 인상

중부 유럽 최대 도시로 한때 합스부르크 왕가가 오스트리아와 함께 지배했던 헝가리였기에, 그 수도인 부다페스트에는 서유럽의 흔적이 많이 남아 있었다.

부다페스트는 원대 부다와 페스트로 독립된 지역이었다. 푸르고 아름다운 도나우 강(다뉴브 강)에 의해 갈라져 있는데, 먼저 발전한 곳은 적으로부터 방어하기 쉬운 고지대에 있는 부다 지역이었다. 고대 로마에 이미 성채가 만들어졌고, 13세기 중엽에는 왕궁과 마차시 교회가 세워졌는데 고딕 양식의 마차시 교회는 장엄하고 아름다웠으며 근처에 있는 어부의 요새 또한 모습이 특이했다. 19세기에 만들어진 이 요새의 이름은 왕궁을 침략하는 적군을 막기 위해 어부들이 보초를 섰다는 데서 유래된 곳이었다. 이 부다 언덕의 아름다움은 밤이 되어야 드러났다. 강 건너 페스트 지구에서 바라본 휘황찬란한 왕궁은 환상처럼 아름다웠다.

반면 평야 지대였던 페스트는 홍수의 피해가 늘 있어서 늦게 발전되었지만, 현재 국회의사당, 국립박물관, 오페라하우스, 그리고 번화한 쇼핑가 등이 들어선 현대적인 거리였는데, 이 두 도시는 1873년 병합하며 부다페스트란 도시로 재탄생하게 되는 것이다.

나는 이런 부다페스트에서 다른 도시보다 좀 오랜 기간이라 할 수 있는 2주일 정도를 보냈다. 푹 쉬었고 구경도 많이 했으며 음악회도 종종 갔다.

그런데 깊은 체험도 별로 없는 것 같고 글로 남기고 싶은 욕망도 별로 없다. 일기장을 들춰보아도 빠르게 스쳐 지나간 도시보다 남아 있는 기록이 많지 않다.

왜 그럴까? 아무리 생각해도 편해서 그런 것 같았다. 숙소가 가정집처럼 편했고 서유럽을 돌다 부다페스트로 온 한국 학생들을 만나 즐거웠다. 현실이 편하고 즐거우니 기록할 시간도 없었고 기분도 나지 않았던 것이다.

부다페스트에서의 기억들은 부우연 안개 속에서 흐릿한데, 다만 흐릿함 속에서 몇 가지 인상들은 선명하게 남아 있다.

우선, 포르노 필름.

앓으면서 그 집에 있는 TV를 많이 시청했다. 토론 프로그램이 많이 있어서 별로 재미없었다. 그런데 밤 12시가 넘으면 포르노 필름이 방영되었다. 헝가리 것이 아니라 위성방송을 통해 오는 독일 것이었다.

"야, 헝가리에서 이런 것을 보다니."

"에이, 독일애들 포르노는 영 재미가 없어요. 예술 감각이 떨어진단 말이에요."

같이 묵던 한국 학생이 불평했다.

하지만 얼마 전까지 공산주의 국가였던 나라에서 그런 것을 본다는 것은 나에게 충격이었다.

또한 강렬한 애정 표현들도 충격적이었다. 지하철 안에서 낯뜨거운 포옹을 하는 청년들이 종종 보였다. 지금이야 우리 사회에서도 낯선 풍경이 아니겠지만 그때의 나는 보기가 민망스러웠다.

극장에서도 마찬가지였다. 미국 영화를 상영하던 곳인데 팝콘 냄새가 진동하는 매표소 근처에서 수많은 젊은 남녀가 끌어안고 키스하며 야단법석이었다. 좀 심한 사람들도 있었다. 꽉 끼는 청바지에 장발인 청년이 벽에 기대어 있고 살집 좋은 여자가 남자의 목을 잡은 채 다리를 감고 매달려 있었는데, 이건 마치 인도 카주라호의 사원에서 본 벌거벗고 성행위하는 미투나(남녀 교합상) 조각처럼 보였다.

헝가리인들은 마자르족이고 그들은 먼 옛날부터 우랄 산맥 근처에 살던 기마 민족이었다. 차차 서쪽으로 와서 터키계의 여러 민족과 접촉하다 9세기말 현재의 헝가리에 정착을 하게 된다. 그때 7부족이 왔었는데 그들을 기념하는 영웅 광장이 도심지에 있었다. 그곳에 마자르 부족의 연합 수장이었던 아르파드와 나머지 6인의 부족장의 기마상이 있었다.

　자리를 잡고 기독교화된 헝가리 사람들은 한때 평화로웠으나 13세기에는 몽골의 침입도 받고 16세기에는 오스만투르크 제국의 침입도 받는다. 그때부터 17세기말까지 중앙 헝가리는 터키의 지배를 받고, 서부는 합스부르크 왕가의 지배를 받게 된다.

　그후 민족 독립 투쟁이 간헐적으로 지속되었고 19세기 중반 강력한 투쟁을 했으나 실패로 돌아갔지만, 결국 오스트리아와 타협한 가운데 경제적인 번영을 이룩한다. 그러나 1차 세계대전 와중에 엄청난 국토와 인구를 잃었고 2차 세계대전 때는 온 국토가 폐허화되면서 엄청난 손실을 입게 된다.

　전후에는 소련의 지배하에서 1949년 공산주의 정권이 수립되지만, 1956년 엄청난 반공 반소 시위 속에서 소련 군대가 개입하고 수만 명의 사상자와 약 20만 명에 이르는 망명자가 발생한다. 그리고 암울한 공산주의 시절을 겪다가 1989년 10월 23일 드디어 공산주의 정권이 몰락하게 된다.

　대부분 그 몰락을 기뻐했지만 옛날을 그리워하는 사람들도 있었다. 바로 민박집 여주인 같은 사람들이었다. 40대 중반의 헝가리 여인은 늘 안색이 안 좋았다. 3년 전에 이혼한 후, 혼자 살고 있는데 재판에 의해 아이들을 뺏겨서 매일 학교에 가서 아이들을 잠깐 볼 뿐이라고 했다. 이런 개인적인 아픔과 함께 닥친 공산주의 몰락은 그녀에게 큰 충격이었다.

　"옛날이 좋았지요. 난 공산당원이었거든요. 그때는 근무 시간에만 일하면 먹고 살 걱정을 안 했거든요. 그런데 지금은 모든 일을 내가 다 책임져야 해요. 이삼 년 전에는 없던 거지와 창녀가 생겨나고 부익부

영웅광장.

빈익빈 현상은 더 심화되고 있어요. 에이즈 환자도 많이 생겼지요. 예전에 소련에 수출하던 상품을 만들던 공장이 다 망하고 나니까 실업자들이 엄청나요. 물가는 세 배나 뛰었지요. 공산주의 시절에는 그래도 모두 집이 있었고 최소한 먹고 사는 걱정이 없었어요.

그리고 그렇게 심하게 일하지 않아도 살 수가 있었는데 지금은 왜 이렇게 되었는지……"

기득권층이었던 그녀는 이제 자신의 삶을 스스로 책임져야 한다는 현실을 몹시 겁내고 있었다. 그녀는 또한 동양 사람들에 대해서 불평을 하기도 했다.

"숙박비 육 달러가 많은 건가요? 서유럽에서는 유스호스텔이 십오 달러 정도로 알고 있는데. 서양 사람들은 안 깎는데, 아시아 사람들은 꼭 깎더라구요. 특히 한국이나 홍콩 학생들이."

지금이야 여행 문화도 많이 변했겠지만 해외 여행 초창기였던 그때, 학생들에게 여행은 여행 이전에 전투였다. 그래서 많이 깎고 돈 적게 쓰는 것이 여행 잘하는 것의 척도처럼 되던 시절이었기에 대부분 '짠돌이' '짠순이' 처럼 행동하던 것도 사실이었다.

민박집은 15평 정도 되었는데 방 하나는 주인이 잤고 주방과 거실이 있을 뿐이었다. 그 거실에서 다 함께 자다 보니 여행자들은 한 식구처럼 금방 친해졌는데 한국인들도 종종 왔었다. 그 중의 한명이 요리를 잘했다.

"야, 이거 한국 학생들 체면이 말이 아니에요."

주인 아줌마의 푸념을 들은 그 남학생은 한국인이 결코 야박하지 않은 민족이라는 것을 보여주기 위해 요리를 했다. 슈퍼마켓에서 직접 쌀과 닭과 야채 등을 사와 자기가 갖고 다니는 고추장을 풀어 정체불명의 요리를 만들어냈고 나는 '토카이' 와인을 샀다. 그 와인은 독했지만 담백한 맛이 좋았다. 그렇게 주인집 여자를 대접했고 술을 마시며 밤새도록 이런저런 얘기를 했다.

그런 정성에 감동해서였을까? 여인은 다음날 굴라쉬를 해주었다. 쇠고기에 야채를 넣어 만든 요리인데 맛은 다르지만 불고기 찌개 같은 것이었다.

여인이 그런 호의를 베푼 것은 드문 일로 보였다. 그만큼 그녀는 메말라 보였고 늘 기색이 우울했었다.

눈사람을 만들고 있는 아이들.

얻어맞는 사내

어느 날 길을 걷다가 우울한 현장을 보았다.

중년 사내가 경찰관 두 명에게 얻어터지고 있었다. 소매치기였나 보다. 그런데 그의 표정이 묘했다. 흐트러진 와이셔츠 밑으로 얼굴을 떨군 채 싸늘한 웃음을 흘리고 있었던 것이다.

그래, 너희들의 세상…… 어쩌란 말이냐, 죽이든 살리든 마음대로 하거라.

그는 그렇게 말하고 있는 것만 같았다.

그때 내 눈앞에는 학창시절 보았던 이탈리아 영화 〈자전거 도둑〉의 장면들이 스쳐 지나가고 있었다.

전후의 이탈리아. 나라는 가난했고 일자리는 없었다. 그러나 주인공은 가난 속에서도 희망을 갖고 열심히 살아보려고 노력한다. 이것저것 다 팔아 자전거를 사 영화 포스터 붙이는 직업을 얻었으나, 그 자전거를 이내 도둑맞는다. 생계 수단을 잃은 주인공은 어린 아들과 함께 필사적으로 자전거를 찾기 위해 거리를 헤매다 용의자를 찾았으나 증거가 없다.

결국 생존하기 위해 사내는 남의 자전거를 훔치기로 결심한다. 아들을 잠시 심부름 보낸 후 길거리에 세워진 남의 자전거를 타고 도망쳤으나 이내 행인들에게 붙잡히고 만다. 관대한 자전거 주인이 그냥 풀어주지만 그 광경을 어린 아들은 다 보았다. 비참한 표정으로 걸어가는 아버지를 향해 달려온 아들은 울고, 두 부자는 손을 잡고 눈물을 흘리며 걸어간다. 그 뒤로 사람들은 손가락질을 하고…….

지금 이 헝가리의 부다페스트에서, 저 사내가 맞고 있는 광경을 어디선가 그의 아들이 본다면? 나의 아버지가 먹고살려고 발버둥치다 저렇게 거리에서 얻어터지고 있는 것을 내가 본다면? 삶의 끝까지 밀려난 내가 저렇게 수모를 당하고 있는 것을 '미래의 내 아이'가 보았다면?

그 사내는 결코 탐욕스러워 보이지 않았고, 어떻게든 살아보려고 노력하다 좌절한 흔적이 그 싸늘한 웃음 속에 담겨 있었다.

그가 잡혀간 뒤 내가 맞은 것처럼 아팠다. 정처 없이 걷다 보니 도나우 강이 나왔다. 요한스트라우스가 들려주었던 그 아름답고 푸른 도나우 강. 강 건너로 멋진 궁전이 보이고 어디선가 화려한 왈츠가 들려오는 듯했다. 그러나 강변을 거니는 내 뇌리에는 사내의 싸늘한 미소가 떠나질 않았다.

도나우 강.

오
스
트
리
아

고독

부다페스트에서 빈으로 왔다.

원래 계획은 계속 체코슬로바키아를 거쳐 폴란드
까지 올라갔다가 다시 남하해 그리스, 이스라엘, 이
집트를 거쳐 아프리카로 가는 것이었지만, 서유럽의 코앞에 도달하니
마음이 변한 것이다.

기차는 빈의 남부역에 조용히 도착했다. 1월 하순, 빈의 밤은 적막했
다. 우선 공중전화로 유스호스텔에 전화를 거니 여직원이 친절하게 가
는 방법을 가르쳐주었다. 지하의 고속전철 슈넬반을 탔고 중간에 내려
서 트램을 갈아탔다. 트램 티켓 파는 곳이 안 보여서 일단 탄 후 운전
사에게 물어보니 뭔가 설명하려던 운전사는 웃으며 그냥 타라고 했고
몇 정류장 후에 내리라고 안내까지 해주었다.

정류장에서 내려 웬 행인에게 물으니 또 친절하게 건너편의 유스호
스텔을 가르쳐주었다.

운이 좋았던 것일까? 만나는 사람마다 도와주었고 친절했다. 다음
날 갔던 서부역의 인포메이션도 마찬가지로 직원들이 따스해서 빈의
첫인상은 넉넉함과 따스함으로 다가왔다.

그곳에서 한 달짜리 유레일패스를 샀다. 유럽에 온 지 6개월이 안 넘은 것을 여권으로 확인한 후, 그들은 나이 스물여섯을 넘긴 나에게 1등칸 표를 팔았다. 패스를 금방 사용할 계획은 없었다. 일단 체코슬로바키아와 폴란드까지는 유레일패스가 안 통하므로 그냥 여행하고, 독일 이후부터 사용할 생각이었다.

금강산도 식후경이라, 표를 산 후 여행자들로부터 얻어들은 정보로 한국 음식점에 갔다. 대개 한국 학생들이 있었는데 어쩐지 들어가는 순간 분위기가 이상했다. 모두들 나와 시선 마주치기를 피했다. 다른 곳은 꽉꽉 들어찼는데도 내 앞자리에는 앉으려고 하지 않았다. 마침 방금 도착한 듯한 여학생들이 내가 묵고 있는 유스호스텔로 가야 한다기에 알려주고자 했지만 그들 또한 나를 슬슬 피하며 식당 주인에게 물었다.

낯뜨겁고 무안하고 쪽팔렸다. 고개를 숙인 채 밥이나 먹기로 했다. 슬며시 밥 뚜껑에 얼굴을 비쳐보니 아주 험상궂은 놈 하나가 보였다. 몇 달 동안 길은 콧수염에 더벅머리에…… 거기다 오리털 잠바는 꾀죄죄하기 이를 데 없어 불량한 노숙자 같았다. 옷이란 게, 외모란 게 참 묘하다. 본질은 그게 아닌데 언제부턴가 그것들은 인간의 척도가 되어버렸다.

나는 고독을 느끼며 서러움을 반찬 삼아 밥을 꾹꾹 씹었다.

피가로의 결혼

빈은 깔끔하고 낭만적인 도시였다. 한겨울이었지만 그리 춥지 않아

걷기에 좋았고 공기는 상쾌했으며 고풍스런 건물과 현대식 건물이 어우러진 거리는 차분하면서도 경쾌했다.

어떤 도시에든 중심이 있는데 빈의 중심은 구시가지 한가운데 둥글게 원을 그린 도로, 즉 링크 안에 있었다. 링크 안에는 성 슈테판 대성당이 우뚝 솟아 있었고 주변에는 왕궁, 국회의사당과 수많은 박물관, 미술관이 있었다.

또한 거리 곳곳에 모차르트, 베토벤, 요한슈트라우스, 괴테의 동상이 보였으며 조금만 더 나가면 도나우 강이 흘러 낭만적인 분위기였다. 그리고 지하철을 타고 교외로 나가면 합스부르크 왕가의 영광을

빈의 중심 구시가지를 마차로 돌아볼 수 있다.

보여주는 화려한 쇤부른 궁전이 있었다.

한때 합스부르크 왕가가 지배하던 오스트리아는 대제국이었다. 15세기경, 합스부르크 왕가는 신성로마 황제가 된 후 결혼 정책을 통해 영토를 헝가리, 스페인까지 넓혔으나 세월이 가면서 영토를 잃었고, 1차 세계대전으로 제국이 해체되었으며, 2차 세계대전 때 독일에 합병되었다가 전후 영세 중립국이 되었다.

하지만 나는 이런 정치, 역사보다도 역시 18, 19세기 시절 한창 부흥했던 빈의 예술, 특히 음악에 관심 있어서 그런 유적지들을 많이 보고 싶었다.

나는 그 흔적을 처음에 성 슈테판 대성당에서 보았다. 이 성당은 오스트리아의 상징으로 뾰족한 고딕식 첨탑의 높이가 137미터로 세계에서 세번째의 높이라는 가이드북의 설명이 없더라도 장엄한 성당임을 한눈에 알 수 있었다.

안에 들어가니 관광객들이 줄을 서 있었다. 성당의 지하, 카타콤베에 있다는 오스트리아 황제들의 내장을 넣어둔 항아리와 백골들을 보기 위한 행렬이었다. 황제의 썩은 내장을 볼 이유가 없었던 나는 홀로 대성당 가운데 서서 한 인물을 생각했다.

볼프강 아마데우스 모차르트.

그는 빈에서 죽었고 이곳에서 장례식을 치렀다. 영화 아마데우스에서도 나왔지만 그의 시신은 포대자루에 넣어져 공동묘지의 구덩이에 내던져졌고, 후일 인부들이 매장하려 했지만 찾지 못해 현재 모차르트의 묘는 존재하지 않는다.

그는 참을 수 없는 무거운 삶을 깃털처럼 가볍게 살다가 육신을 헌신짝처럼 벗어 던지고 새처럼 훌쩍 날아갔던 것이다. 그의 일생은 채

성 슈테판 대성당과 복잡한 전차선들.

36년도 안 되었다.

처음 클래식 음악을 좋아하던 학창 시절, 나는 우울하고 진지하며 비장미에 넘치는 베토벤, 차이코프스키, 바그너의 음악들을 좋아했었다. 그런데 나이가 들면서 점점 가볍고 경쾌하게 들리는 모차르트의 음악이 좋아졌다.

고통에 찬 세계를 슬그머니 빠져나와 천신난만하고 순수하게 춤추던 그 천상의 음악…… 그의 음악에는 도무지 끙끙거리며 노력을 한 흔적이 보이질 않았다. 내가 그의 음악을 더욱 좋아하게 된 것은, 내 삶이 한없이 길고, 무겁고, 초라하게 느껴졌기 때문일 것이다. 그의 가벼운 삶, 가벼운 음악은 내가 쉽게 갈 수 없는 천상의 세계였기에.

다음에 간 곳은 오페라하우스였는데 나는 운이 좋았다.

내가 빈에 도착한 바로 그 전 달, 즉 전해의 12월 5일이 모차르트 서거 200주년이었고, 그것을 기념하기 위해 세계적인 배우들이 모여 그때까지도 〈피가로의 결혼〉을 오페라하우스에서 공연하고 있었는데 우리 같은 여행자를 위한 입석표를 판다는 것이었다.

공연 시간 두 시간 전부터 기다려서 입석표를 살 수 있었다. 입장료는 20실링(그 당시 환율로 약 1,500원). 비록 서서 보지만 이 돈으로 세계 최고의 오페라 배우들이 펼치는 공연을 볼 수 있다는 것이 믿어지지 않았다.

밑의 층에는 4, 5백 명 정도가 앉을 수 있는 좌석이 있었고 입석은 2층 뒤쪽에 설치되어 있었다. 입석에 서 있던 사람들은 대부분 미국에서 온 젊은이들과 10여 명의 여행중인 한국 학생들이었다.

나로서는 〈피가로의 결혼〉에 나오는 유명한 아리아 두세 곡 정도만 알 뿐이지 자세한 줄거리는 몰랐기에 팜플렛을 사서 미리 읽어보았다.

드디어 1막이 올랐다.

무대 위에서는 백작의 하인 피가로가 자로 방을 재며 기뻐하고 있다. 백작 부인의 하녀 수잔나와 결혼하게 되었기 때문이다. 그러나 수잔나를 은근히 좋아하는 백작은 어떻게 해서든지 그들의 결혼을 방해하려고 한다.

한편 수잔나와 매우 친한 케르비노라는 소년은 정원사의 딸 바르바리나를 좋아해 그녀를 희롱하다가 걸려 백작이 체포령을 내린 상태였다. 그 케르비노가 수잔나의 방에 있는데 갑자기 백작이 나타난다. 당황한 케르비노는 의자 뒤로 숨지만 결국 발견된다.

화가 난 백작은 케르비노에게 세빌리야에 있는 부대로 가라는 명령을 내리고 이때, 경박한 케르비노를 꾸짖으며 피가로가 부르는 노래가 그 유명한 '논 삐 앤드라이, 파팔로네 아모로조'(더이상 날지 못하리)다.

1막이 끝나고 나서 잠시 쉬는 동안 한국 학생들이 수근거리고 있었다.

"아이, 하나도 모르겠네. 스토리가 어떻게 되는 거야."

그 소릴 듣는 순간 잠시 갈등이 일었다. 그나마 팜플렛을 통해 얻은 지식을 그들에게 말해줘야 하나 말아야 하나. 나서서 얘기하는 것도 잘난 체하는 것 같고 나는 고독하기로 마음먹지 않았던가.

그러나 내 가벼운 입이 참지를 못했다. 사실 나는 1막만 보았는데도 너무 재미있어서 그 기쁨을 나누고 싶었다. 다행히도 한국 학생들은 나의 설명에 귀를 기울여주었다.

그후 계속 막이 진행되면서 얘기는 흥미진진하게 진행되었다. 백작의 불성실하고 바람기 있는 행실을 골탕먹이기 위해 피가로와 수잔나 그리고 백작부인이 노력한다. 반전에 반전을 거듭하다가 결국 백작은 망신당하고 피가로는 수잔나와 결혼하는 것으로 오페라는 끝났는데, 공연중에 갑자기 주변에서 작은 웅성거림이 일었다. 돌아보니 웬 한국 여학생을 남학생들이 부축해서 나가고 있었다. 궁금했지만 사람들에게 물어볼 수도 없었다.(나중에 알고 보니 영양실조로 쓰러졌다고 했다.)

이윽고 장장 세 시간 반 동안 펼쳐진 그 오페라가 끝나는 순간 나는 손이 부서져라 박수를 쳤다. 정말 감동적이었다.

오페라의 줄거리도 재미있었고 그 유명한 곡들, 특히 2막에서 케르비노가 애절하게 부르는 사랑의 노래 '그대는 아는가, 사랑의 괴로움을'(voi che sapete)을 들을 때는 눈물이 핑 돌 정도였다.

세상에 오페라가 이렇게 재미있었나? 열정적인 배우들이 부르는 주옥 같은 아리아, 반전에 반전을 거듭하는 스토리…… 아, 역시 모차르트요, 음악의 도시 빈이었다.

베토벤의 유서

하일리겐슈타트에는 베토벤이 유서를 썼던 집도 있고 그 절망을 딛고 일어나 〈전원 교향곡〉을 작곡했던 집도 있다 했으나 지하철 종점에서 나오니 막막했다. 가는 방법을 자세히 알 수가 없어 결국 사람들에게 물어서 찾아갈 수 있었다.

육중한 기운을 내뿜는 오래된 벽돌집들 사이에 깃발이 세워진 집이 바로 베토벤이 유서를 썼던 집이었다.

안에 뜰이 있고 큰 나무가 하늘 높이 뻗어올라 정원을 가리고 있었다. 정면에 계단이 있고 2층 문에 BEETHOVEN WOHNUNG(베토벤의 거처) 간판이 보였고 기와집 지붕 위에는 조그만 창문이 앙증맞게 고개를 쳐들고 있었다.

문을 열고 들어가자 방 두 칸이 나왔다. 앞뒤로 방이 두 개 있는데 고동색 나무 바닥의 방들은 각각 열 평 정도 되어 보였다. 앞방에는 하일리겐슈타트의 풍경을 그린 그림들이 걸려 있었고 뒷방에는 베토벤의 두상과 악보들이 있었다.

그리고 1802년 10월 6일자 편지가 있었다. 유서였다.

서른세 살, 한창 나이에 음악가로서는 치명적인 청각장애를 얻은 베토벤은 저렇게 유서를 썼었다.

사람의 유서를 본다는 것은 가슴 떨리는 일이었다. 유명인이 아니더라도 그럴 것이다. 얼마나 삶이 힘들었으면 스스로 세상을 하직하는 글을 썼겠는가를 생각하면 숙연해진다. 하물며 한때 내가 그토록 존경하고 좋아했던 위대한 음악가 베토벤의 육필이 아닌가.

루트비히 반 베토벤은 모차르트보다 14년 후인, 1770년 12월 16일 독일의 본에서 태어나 약 20년을 보냈지만 나머지 대부분은 빈에서 보냈다.

그의 유년 생활은 불행 그 자체였다. 로맹 롤랑이 쓴 『베토벤의 생애』(이휘영 옮김, 문예출판사)를 참고하면, 모차르트를 부러워한 그의 아버지는 베토벤을 신동으로 만들기 위해 가혹하게 다루었다. 아버지에게 맞아가며 피아노와 바이올린을 배웠던 베토벤에게 오로지 위안은 사랑스런 어머니였으나 그가 18세 되던 해 폐병으로 죽고 만다.

술주정뱅이가 된 아버지를 대신해 열여덟의 나이에 가장이 된 베토벤은 두 어린 동생의 교육까지 떠맡았으며 심한 우울증에 시달렸다고 한다.

베토벤은 생계를 위해 귀족들의 자제들에게 음악을 가르쳤다. 청년이 되어 빈에 온 베토벤은 음악적인 성공을 거두었으나 1796년과 1800년 사이, 즉 스물일곱에서 서른한 살 사이에 귀가 어두워지기 시작했고 좌절한 그는 1802년, 하일리겐슈타트에서 유서를 썼다.

나는 고독하다. 참으로 고독하다…… 마치 세상에서 쫓겨난 사람처럼 살아갈 수밖에 없는 것이다…… 내 옆의 사람들은 멀리서 들려오는 피리 소리를 듣고 있는데 나는 아무것도 들을 수 없다던가, 또 그 사람은 양치는 목자의 노랫소리를 듣고 있는데 내게는 여전히 아무것도 들리지 않을 적에, 그 굴욕감은 어떠하였으랴. 나는 내 스스로 내 목숨을 끊고 싶었다…… 죽음이여 오고 싶은 때에 언제든지 오라. 나는 너를 맞으리라. 그러면 잘들 있거라…….

그는 유서를 쓴 후에도 25년이나 더 살았으며 〈전원교향곡〉, 〈합창교향곡〉 등, 불후의 명곡들을 작곡했다.

방에는 교향곡 2번의 악보도 있었고 1803년에 그린 베토벤의 초상화도 보였다. 큼직한 눈에 머리는 흩날리고, 미간에서부터 치켜 올라간 짙은 눈썹과 꽉 다문 입술에서 불굴의 투지가 엿보였다.

베토벤은 평생 가난했고 여인과의 사랑에서도 실패했으며 조카 때문에 많은 고통을 받았다고 한다. 이런 모든 역경을 딛고 베토벤은 불굴의 의지로 그 유명한 〈합창교향곡〉을 만들었다.

그것은 인간 승리였다.

1824년 5월 7일 빈에서 제9번 교향곡, 즉 〈합창 교향곡〉이 연주되었을 때, 베토벤은 형식적으로 앞에서 지휘를 했을 뿐, 실제적인 지휘는 다른 사람이 했었다.

신에 대한 찬미와 모든 고통과 고뇌를 극복한 환희의 노래로 교향곡이 끝나자 많은 사람들이 열광적으로 갈채를 보냈으나 베토벤은 그 환호성을 들을 수 없었다. 한 여가수가 돌려세우자 그때서야 베토벤은 박수 치는 관중들을 볼 수 있었다. 관중들은 눈물을 흘리며 더욱 열광하기 시작했고 급기야 경찰이 소요를 진압할 정도였다고 한다.

그러나 그의 박물관은 조용하기만 했다. 내 발자국 소리만 터벅터벅 들릴 뿐, 내가 그곳에 머무는 동안 아무도 오지 않았다.

떨어지지 않는 발길을 돌려 근처에 있다는 〈전원교향곡〉을 작곡한 집을 찾아갔다. 분홍색의 초라하고 낡은 2층집에 하얀색, 빨간색이 섞인 깃발이 꽂혀 있는데 문이 닫혀 있었다. 아쉽지만 발길을 돌린 채 그 앞의 골목길을 걸어보았다. 청각을 잃은 베토벤이 산책했던 길이었다.

40대 후반의 베토벤은 귀가 완전히 어두워져서 필담으로밖에 대화를 나눌 수 없었고 거만하던 그로부터 많은 친구들은 떠나갔다. 홀로 남은 그는 '인간보다도 한 그루의 초목을 사랑한다'며 이 근처를 정처없이 고독하게 산책하며 〈전원교향곡〉을 작곡했던 것이다.

그가 걸었을 길을 직접 걸어보다니, 이게 꿈인가 생시인가…… 계속 그 거리를 거닐던 시간이 꿈만 같았다.

베토벤 하우스 가는 길.

음악가들의 안식처

중앙묘지에 갔다.

트램을 타고 종점 바로 전에 내리니 TOR 2라고 쓰여진 곳이 보였고 정문을 통과해 넓은 가로수 길을 100미터 정도 나아가다 보니 왼쪽에 음악가들의 묘지가 있는 32A 블록이 있었다.

한가운데 기념비가 보였다. 여인이 악보를 들고 있는 동상이었는데, 바로 모차르트 기념비였다. 묘가 없기에 이렇게 기념비를 마련한 것이다.

그리고 그 옆에 베토벤의 묘가 있었다. 베토벤의 묘비는 심플한 디자인에 중앙에 금색의 왕관이 새겨져 있었으며 앞에는 꽃다발 몇 개가 놓여져 있었다.

베토벤은 58년간 이 세상에 머물렀다. 그토록 애정을 기울였으나 평생 속을 썩였던 망나니 조카가 권총 자살을 한 후, 1년이 지날 무렵 베토벤은 세상을 떴다. 천둥소리가 요란하게 천지를 울리고 있을 때 그의 눈을 감겨준 것은 아무 인연도 없는 알지 못하는 사람의 손이었다고 한다. 그는 그렇게 쓸쓸하게 세상을 떠났지만 이제는 그토록 좋아했던 숲에 둘러싸여 편안한 안식을 취하고 있었다.

베토벤의 묘 옆에는 슈베르트의 묘가 있고 근처에는 브람스, 즈페의 묘도 눈에 띄었다.

슈베르트. 그 또한 불우한 일생을 살았고, 서른두 살이란 나이에 요절했으나 아름다운 곡들을 남겨놓고 갔다. 그는 소심하고 남 앞에서 말도 못하는 극히 내성적인 사람이었다고 한다. 신처럼 여기던 베토벤에게 병문안을 갔을 때도 아무 말도 못하다가 그만 일어나서 돌아왔던 그는 베토벤이 죽었을 때, 횃불을 들고 장례행렬을 따라갔다고 한다. 그리고 죽을 때 그렇게 존경하던 베토벤 옆에 묻어달라고 유언을 남겼다.

겨울 해는 짧아서 이내 짙은 어둠이 묘지에 깔리고 있었다.

천천히 묘지를 걸어나오며 나는 슈베르트의 연가곡 〈겨울 나그네〉를 떠올렸다. 사랑하는 연인을 잃고 정처 없이 방랑의 길을 떠나는 젊은이. 그는 비록 상처 입었으나 변심한 여인을 원망하지 않고, 문 앞에 인사말만 써붙이고 먼길을 떠난다. 그 아름다운 심정으로 써내려간 연가곡 중에 5곡이 바로 내가 학창시절 배웠던 그 유명한 보리수다. 나는 보리수를 휘파람으로 불었다.

성문 앞 우물 곁에 서 있는 보리수
나는 그 그늘 아래 단꿈을 보았네……
기쁘나 슬플 때나 찾아 온 나무 밑, 찾아온 나무 밑.

트램을 타고 시내로 돌아오니 도시는 네온사인으로 밝혀지고 있었다. 그런데 화려하다면 화려할 그 거리가 왜 그렇게 쓸쓸하게 보이던지…… 불 밝힌 거리도 그 거리를 걷던 나도 쓸쓸했다.

그날 밤, 한국 학생도 떠나 아무도 없는 텅 빈 유스호스텔에 드러누워 있자니 중앙묘지가 머릿속에서 떠나질 않았다.

위대한 영혼들이 잠든 그 숲은 편안한 안식처처럼 느껴지는데 이 푹신하고 쾌적한 침대는 왜 이리도 허전할까? 슈베르트의 〈미완성 교향곡〉을 들으며 가슴 저리던 시절, 베토벤의 〈합창 교향곡〉을 들으며 눈물 흘리던 그 순수했던 시절, 나는 그 시절로 돌아갈 수 없네…… 그리고 내 앞에 남은 길은 멀고도 머니, 나는 또 얼마나 더 가야 저들처럼 안식에 들 수 있을까.

중앙묘지. 베토벤(왼쪽), 모차르트(가운데), 슈베르트(오른쪽).

프라하의 첫인상

 프라하로 가는 동안 가슴이 두근거렸다.

도대체 얼마나 아름다운 도시이기에 수많은 여행자들이 그토록 칭송을 아끼지 않은 것일까?

빈에서 기차를 타고 7시간을 가는 동안 평화로운 전원 풍경이 드넓게 펼쳐졌고 그 끝에 프라하가 있었다.

프라하의 중앙역은 차분했다. 역 구내에는 많은 숙박안내소가 있었고 할머니나 사내들이 호객 행위를 하고 있었다. 처음 서유럽을 돌다 이곳에 온 사람이라면 이런 풍경이 구질맞고 초라해 보일지도 모른다. 그러나 가로등조차 없던 어두운 루마니아의 부쿠레슈티 거리와 깨끗하나 썰렁한 찬바람이 돌던 빈의 남부역을 기억하는 나에게 그런 풍경은 오히려 포근하게 다가왔다.

호객꾼을 따라가 민박을 하면 되었으나 나는 좀더 싼 호스텔을 찾기 위해 역 근처의 CKM(학생여행센터)을 찾아갔다. 이곳에서 호스텔을 예약하고 돈을 낸 후 설명을 듣고 트램을 탔다.

거리의 부스에서 산 트램 티켓은 낡은 종이로 만들어져 있었다. 그 티켓에서 나는 체코의 경제 수준을 잠시 엿볼 수 있었는데, 차창 밖으로 보이는 장중한 건물들을 보는 순간, 어떤 불균형이 느껴졌다.

트램 종점에 도착하니 날은 이미 어두워져 있었다. CKM에서 설명 들은 것을 기억하며 찾아보려 했지만 쉽게 길을 찾을 수 없었다. 여러 사람에게 물었지만 영어가 잘 통하질 않고 사람들은 경직된 표정으로 슬슬 피했다.

그동안 내가 상상했던 아름답고 따스한 프라하의 이미지와는 전혀 다른 분위기였다. 문득 동유럽에 다시 왔다는 것을 실감했다.

간신히 한 방향을 택해 걸었다. 맞겠지 하며 오른쪽으로 접어드니 컴컴한 벌판이 펼쳐지고 있었다. 차도 다니지 않고 사람도 다니지 않 았다. 민가라도 있으면 가다가 묻기라도 할 텐데 막막했다.

저곳으로 계속 가야 하나…… 확신이 들질 않았다. 낯선 곳에서 밤 에 홀로 숙소를 찾아가는 이 막막한 심정은 당해보지 않은 사람은 모 를 것이다. 그 순간은 마치 이승을 떠나 낯선 저승길을 가는 것처럼 불 안하고 막막했다.

가만히 있을 수도 없었기에 무작정 걸었다. 만약 이 길이 아니면? 모 르겠다. 그때 가서 생각해보자.

다행히 10여 분 정도 걷자 멀리 불빛이 보이고 있었다. 다행히 내가 찾던 곳이었다. 어떤 스포츠클럽에서 운영한다는 그 호스텔은 강가 벌 판에 가건물처럼 만들어졌는데 네 명이 같이 묵는 방이 4달러 정도로 쌌다. 그날 따스한 스팀이 들어오는 방에서 혼자 묵게 되었다. 배낭을 풀고 나니 머물 곳을 찾았다는 안도감이 몰려왔다.

저녁을 먹기 위해 다시 트램의 종점으로 나와 허름한 식당으로 들어 갔다. 남루한 차림의 사람들이 웅성거리며 서서 맥주를 마시고 있었 다. 또 파칭코 앞에서 넋을 잃고 있는 사람들도 있었다. 그곳은 식사를 하는 곳이 아니라 간단한 안주와 술을 파는 곳이었다. 나는 노무자들이 먹고 있는 안주를 손가락으로 가리켰고 점원은 종이컵 안에 생선과 야채를 듬뿍 담아줬다. 발효한 생선이었다. 비린내가 났지만 새콤해서 먹을 만했다. 선 채로 생선에 생맥주와 빵으로 저녁을 때우는데 사람들은 오히려 나를 겁내는 듯 눈길도 주지 않았다.

그들은 밝은 미소를 짓지는 않았으나 온순해 보였다. 물가도 쌌다. 생맥주에 그렇게 한 끼를 때우고 나니 1달러 정도가 들었다.

나는 조용히 식사를 마친 후 컴컴한 밤길을 걸어 유스호스텔로 다시 왔다. 낯선 곳에서 돌아갈 거처가 있다는 것은 다행스런 일이었다.

세상에서 가장 사랑스런 도시 프라하

프라하…… 세상에서 가장 사랑스런 도시 프라하.

나는 그곳에서 일주일 정도밖에 머물지 않았지만 그렇게 쉽게 결정을 내렸다.

나는 이 도시를 어떻게 표현해야 할지 모르겠다. 11~13세기의 로마네스크 양식, 13~15세기의 고딕 양식, 16세기의 르네상스 양식, 17~18세기의 바로크 양식의 건축물들이, 1, 2차 세계대전을 겪지 않아 고스란히 보존되어 있어서 '100탑의 도시'라고도 불린다는 프라하.

수많은 고풍스런 건물들과 그 사이를 달리는 트램은 낭만적이었고, 도시 한가운데를 유유히 흐르는 블타바 강과 멋진 다리들은 아름다웠으며, 작아서 도보 여행하기에 좋았던 아기자기한 도시였다고 쉽게 표현될 프라하가, 눈을 감고 내 가슴속에 어리는 풍경들을 잡아내기 시

작하면 다른 글이 나오게 된다.

핑크빛 놀처럼 환상적이며 달콤한 솜사탕처럼 포근한 이 도시는 또한 음험하기 짝이 없고 우울하며 알 수 없는 상징으로 가득 차 있었다. 찌푸린 하늘에 눌린 고색창연한 유태인지구와 강 건너 프라하 성 주변의 좁은 골목길을 걸을 때면 세상은 탈출구 없는 우울한 미로 같아 무거웠으나, 유유히 흐르는 블타바 강을 가로지르는 카를교에서 상쾌한 바람을 맞으며 바라본 세상은 깃털처럼 가벼웠다.

그렇다.

프라하에는 참을 수 없는 존재의 가벼움과 참을 수밖에 없는 존재의 무거움이 엇갈려 만들어낸 경계선들이 있었다. 구시가지, 유태인지구, 카를교, 프라하 성, 황금소로, 바츨라프 광장, 비셰흐라드 묘지를 오가면서, 나의 의식은 늘 그 경계선을 오갔다. 그때 현실 속에서 견고하게 자리잡았던 사물들의 경계선이 스르르 허물어지면서 프라하는 뿌우연 안개 속에 비치는 환상의 도시처럼 다가왔다.

아름답고 모호한 프라하의 정경들은 순간순간이 한 편의 예술이었다. 또한 파리가 아름답되 너무 넓어 품에 안을 수 없다면 프라하는 언제나 내 품안에 꼭 안기는 작고 귀여운 여인 같았다.

나는 프라하의 아름다움을 구체적으로 표현할 수가 없다. 프라하의 사랑스러움은, 그 아름다움은 말을 뛰어넘는 이미지들에서 나타나기에 그렇다. 순간순간 나타나는 그 황홀한 이미지들…… 그것을 내가 어떻게 말로 '설명' 할 수 있단 말인가.

황금소로의 카프카

구시가지에서 바라보면 블타바 강 건너 흐라드차니 언덕에 예쁜 성이 보인다. 프라하 성이다. 내가 프라하에서 제일 먼저 가본 곳이 그곳이었다. 프라하 성 때문이 아니라 근처의 황금소로를 가기 위해서였다. 그곳에 카프카의 작업실이 있었다.

언덕길을 따라 오르던 중, 가끔 무리 지어가는 독일 관광객들이 보였지만 한적한 편이었다. 겨울이라 그랬을 것이다.

돌계단을 올라가니 흐라드차니 광장이 나왔고 그곳에서 블타바 강이 한눈에 보였다. 바로 근처에 프라하 성이 있었다. 정문 위에는 병사가 밑에 깔린 병사를 칼로 찌르는 거대한 동상들이 서 있고 그 밑에서 보초들이 교대를 했다. 14세기 체코의 아버지인 카를 4세가 만들었고 그 일부에 현재 대통령 관저가 있다는 이 아름다운 성으로 관광객들이 들어가고 있었다.

나는 관광객 무리를 빠져나와 주변의 교회들을 슬쩍 보고 황금소로로 향했다. 북쪽의 비탈길로 내려가다 왼쪽의 좁은 골목길로 접어들었다. 조그만 직사각형의 벽돌로 울퉁불퉁하게 포장된 10여 미터의 좁은 길이었다. 16세기 풍경 그대로 보존되었다는 이길 옆으로 게딱지 같은 집들이 다닥다닥 붙어 있었고 그 중의 하나인 주황색 담벼락에 22라고 쓰여진 곳, 그 집이 바로 카프카가 글을 쓰던 곳이었다.

조그만 기와로 덮여진 매우 가파른 지붕 밑에 말라비틀어진 합판처럼 약간 휘어진 담벼락에는 사람 키 하나 허락할 만한 높이의 문이 열려 있었다. 들어가니 좁았다. ㄱ자 형태로 휘어진 공간은 두세 평 정도로 좁아서 간신히 글 쓰고 잠을 잘 만한 곳이었다.

입구에서는 카프카의 얼굴이 그려진 사진 엽서와 그의 책들이 진열되어 있었는데 카프카는 병자처럼 창백한 얼굴에 머리를 올백으로 넘기고 있었다. 좁은 이마와 병약하고 선이 굵지 못한 얼굴 생김새는 그가 매우 고독하고 어두운 삶을 살았음을 단번에 알 수 있게 해준다.

1916년 11월부터 다음해 5월까지 약 반 년 동안 카프카는 이 집에서 매일 늦게까지 글을 쓰고 밤이 되면 구시가지에 있는 자기 하숙집으로 돌아갔다고 한다. 원래 이 집은 카프카를 가장 잘 이해했던 막내 여동생이 자기가 쓰려고 얻었던 집이었으나, 시끄러운 하숙집에서 글을 쓰지 못하는 카프카를 딱하게 여겨 이곳을 쓰게 했다고 한다.

카프카.

고백하건대 나는 그에 대해서 잘 모른다. 지적 호기심이 충만하던 학창 시절 이것저것 닥치는 대로 소설을 읽다가 처음 접한 그의 작품은 『변신』이었다. 단편인데다 소재가 기발해서 재미있게 읽었는데, 후일 나이가 든 후 다시 그 소설을 읽었을 때 나는 전율했다. 무미건조한 일상 속을 살아가던 내 자신이 벌레처럼 느껴지고 있던 시절이었기에 그랬을 것이다.

그러나 그의 가장 유명한 장편 소설 『성(城)』은 달랐다. 간신히 힘들게 읽기는 읽었지만 읽고 나서도 뭐가 뭔지 알 수 없었고 지금은 다만 몽롱한 인상만 남아 있을 뿐이다.

『성』의 줄거리는 이렇다.

측량기사 K는 어떤 성으로 초청받았으나 안으로 들어갈 수가 없다. 초청받았다는 사실도 K만 알 뿐 다른 사람들은 그를 의심한다. 그런 상태에서 그는 성에 들어가려고 무던히도 애쓰지만 들어갈 수 없다. 그렇다고 성으로부터 해고당하지도 않는다. 그렇게 늙어가는 것, 그것이 소설의 내용이다.

이런 알 듯 말 듯한 내용보다도 나는 책 뒤에 있는 해설이나 그의 생애에 더 관심이 많았다. 해설에 의하면 어떤 평론가들은 성의 의미는 '신의 은총'이며, 카프카의 작품은 그곳에 들어가고 싶어도 들어갈 수 없는 현대인의 모습을 보여준다고 한다.

또한 어떤 사람들은 주관과 객관, 자아와 타인과의 합일, 혹은 내면적인 통일을 이룬 세계에 대한 끊임없는 현대인의 동경과 좌절을 보여주는 것이라고도 하며 또 어떤 이들은 그 소설의 내용과 의미를 찾는 것은 허망한 것이며, 다만 밑도 끝도 없이 부조리 속에서 전개되는 세상 속에서 인간 존재의 모습을 보여주는 '형식'으로 접근해야 된다고 말한다.

이런 심오한 소설이라고 했지만 뚜렷한 사건 전개도 없고 자질구레한, 아무 의미 없어 보이는 사건들과 대화들로 가득 찬 이 모호한 소설은 세상에 대한 명료한 의미를 추구하던 그 시절의 나에게 쉽게 다가오지 않았었다.

그런데 그 현장에 와서 황금소로를 거니는 동안, 그의 소설 속으로 들어왔다는 느낌이 들고 말았으니…… 근처의 성벽에는 중세의 감옥이었다는 탑 달리보르카가 있었고, 미로의 끝은 종종 막다른 골목이었다. 골목길을 따라가니 30여 미터도 못 가 막혀 있었고, 반대 방향으로 한참을 가보았으나 다시 막혀 있었다. 여름이면 야외카페였을 좁은 공간에는 먼지에 뒤덮인 초라한 테이블과 접혀진 의자들만 포개어져 있고 어둡고 흐린 하늘 밑에서 지붕 위의 굴뚝들이 무겁게 고개를 숙이고 있었다.

이 막힌 미로 같은 분위기…… 불현듯 나는 '성'이 그리워졌다. 책을 가져와 근처 어느 구석에 앉아 읽는다면 의미가 모호해도, 사건이 없어도, 이런 분위기 속에서는 그의 글들이 가슴에 쏙쏙 들어올 것만 같았다.

어쩌면 생의 의미란 것은 없는지 모른다. 어쩌면 우리 삶에 있어서 사건이란 것도 없는지 모른다. 의미나 사건은 수많은 기억의 구슬들을 꿰어 맞춘 목걸이 같은 것일지도…… 형태를 갖추고 있을 때만 생은 의미를 띠고 우리의 일상도 사건이 된다.

그러나 그것을 꿰고 있는 실이 끊어져 구슬이 흩어져버릴 때, 과연 의미나 사건이 존재할 수 있는 것일까? 사건과 의미는 인간의 통일된 기억이 우리에게 부여하는 축복일까, 환상일까, 왜곡일까? 카프카가 만약, 인간은 결코 신에게 접근할 수 없다는 믿음을 가졌다고 한다면, 그리고 인간의 기억과 말과 이성에 대해 회의했다면, 그는 이 탈출구 없는 세상의 모든 일에서 의미 없음을 보았는지도 모른다. 그 의미 없음을 그는 지루하게 보여준 것은 아닐까?

아, 모르겠다. 예전에 건성으로 읽었던 그의 작품에 대해 내가 무엇을 알랴. 다만 그가 글을 썼던 현장에 오니 많은 생각이 머릿속을 오갈 뿐이었다.

나는 잠시 후 현실로 돌아왔다. 그 현실에는 소설과 달리 길이 있었다. 돌계단을 따라 내려오니 대로가 나왔고 왼쪽으로 꺾어져 비탈길을 내려왔다. 바로 앞의 낡은 성벽 문을 통과하자 시야가 확 트이며 블타바 강과 프라하 시가지가 한눈에 내려다보였다.

돌계단을 따라 강 쪽으로 내려갔다. 카프가 매일 걸었을 길이다. 카프카는 평생 고독했었다. 그의 『변신』에서도 그런 것을 느낄 수 있

예전엔 금 세공을 하는 가게들이 모여 있는 좁은 골목길의 황금소로. 나오는 길이 미로처럼 길을 헤매기 쉽다. 파란색 집이 카프카의 작업실이었다.

지만 가족으로부터도 소외당했고 특히 독재자였던 아버지 때문에 심적 고통을 받았다고 한다. 또한 유태인이면서도 그들의 공동체에 일치감을 느끼지 못했고 독일어를 썼으나 독일인으로 동화되지도 못했다. 그는 프라하에서도, 빈에서도, 베를린에서도 늘 외로웠다. 그리고 결혼 생활도 원만치 못했고 결핵으로 시달렸던 그였기에 어느 곳에도 안착하지 못한 이방인석인 모습이 성의 주인공을 통해 잘 표현되어 있다고 한다.

그는 1924년, 41세에 후두결핵으로 빈의 어느 요양소에서 쓸쓸하게 죽었고 유언으로 자신이 그동안 쓴 원고를 모두 불태워달라는 말을 남겼다고 한다. 그러나 그의 유언과는 달리 죽은 지 1년 후인 1925년『심판』이 출판되고, 1926년『성』이 출판된다. 지금 그는 세계문학사에서 빼트릴 수 없는 소설을 남겼다고 평가받고 있으나 막상 41년간의 그의 삶 동안 제대로 평가받지 못한 채 쓸쓸히 죽어갔다.

왜 그는 죽으며 자신의 작품을 불태우라고 했을까?

미발표한 그의『성』과『심판』을 쓸데없는 작품이라 생각해서였을까, 그에게 무관심한 세상에 대한 분노의 표시였을까, 아니면 그 모든 것이 부질없다는 달관에 도달한 것일까?

얄미운 세상이다. 어디 과거만 그랬겠는가. 지금도 어딘가에서 고독과 슬픔 속에서 외롭게 글을 쓰고, 작곡하고, 그림을 그리며 허망함을 맛보는 예술가들이 얼마나 많겠는가.

그런 상념에 젖은 채 계단을 다 내려왔을 때, 어디선가 음악이 흘러나오고 있었다. 촌스럽게 짧은 양복바지에 소매가 짧은 상의를 걸친 노인이 트럼펫을 불고 있었다. 그러나 그는 연주를 하는 것이 아니라 옆의 스피커에서 흘러나오는 멜로디에 맞춰서 조금씩 반주를 넣을 뿐이었다. 황혼 길에 나팔을 부는 노인의 모습이 흘러간 팝송 가락과 함께 가슴을 촉촉이 적셔오고 있었다.

　카프카는 하루 종일 좁은 작업실에서 일한 후 이 길을 따라 유태인 지구의 자기 집으로 걸어갔을 것이다. 집을 빌려준 그의 누이는 2차 세계대전 때 유태인 지구에 갇혀 있다가 폴란드의 아우슈비츠에서 죽었다고 한다.

트럼펫을 연주하는 노인.

거리를 걸었다. 그가 생각했을 신, 세상, 의미, 운명…… 이런 것들을 생각하며 길을 따라 걷다 보니 카를교가 나왔다.

블타바 강에는 다리가 18개 있는데 가장 아름다운 다리가 바로 이 카를교다. 14세기 중엽에 세워진 이 다리 좌우 양쪽 난간에는 동상이 모두 30개가 있는데 모두 기독교와 관련 있는 조각들이었다.

여름에는 인파로 북적거리고 그림이나 액세사리를 파는 사람들이 많이 있겠지만 겨울이라 텅 비어 있었다. 다만 철 지난 소련군의 모자를 팔고 있는 청년만 있었을 뿐.

나는 다리 한가운데 홀로 서서 우두커니 붉은 놀에 물들어가는 강 건너 프라하 성을 바라보았다. 그 순간 가슴이 저려오고 있었다. 이상한 일이었다. 그 아름다움 속에 진한 슬픔이 배어왔고, 그 슬픔 속에서 세상에 대한 애절한 사랑이 피어오르고 있었으니…… 세상에 의미가 있든 없든, 신이 있든 없든.

혹시…… 카프카는 70, 80년 전, 이곳에서 붉게 물들어가는 저녁놀을 보며 슬픈 아름다움을 본 것은 아닐까? 그리고 모든 것을 포용하는 달관의 경지에서 자신의 작품을 태워버리라는 유언을 남길 수 있었던 것은 아닐까?

아름다운 광장

카를교에서 얼마 안 떨어진 곳에 유태인지구가 있었다. 흔히 게토 (ghetto)라고 불리는 유태인지구.

게토는 자연스럽게 유태인들이 모여 산 곳이 아니었다. 2천 년 전,

유태인들이 조국을 잃고 유랑생활을 할 때, 그들은 서유럽에서 많은 박해를 받았었다. 서유럽의 기독교도들이 볼 때 그들은 하나님에게 선택된 민족이 아니라 예수 그리스도를 죽인 죄 많은 민족이었고, 이재에 밝은 인색한 민족이었다. 흔히 나치 히틀러만 유럽인들을 죽였다고 생각하지만 유태인에 대한 증오심은 전 유럽에 넓게 퍼져 있었다.

유럽에서는 유태인들을 한곳에 모아놓기 위해 1555년 로마에 처음으로 강제적인 게토를 설치했다고 한다. 이것이 게토의 시작이며 그후 각 지역에 생겨났는데 벽으로 둘러싸인 이 폐쇄적인 주거지는 해가 지면 문이 닫혔다고 한다. 따지고 보면 게토는 유태인을 가두는 거대한 감옥이나 마찬가지였다.

그후 18세기말 이후부터 이런 폐쇄적인 게토는 서유럽에서 사라졌으나 러시아와 동유럽에서는 20세기까지 존속했다.

프라하의 게토는 원래 그런 폐쇄적인 곳은 아니었고 지금은 고급 상점들이 들어서 있었지만 겨울이라 그런지 어딘지 분위기가 썰렁하고 적막했다. 육중한 무게로 거리를 내리누르는 낡은 건물 밑으로 유태교도 전통 의상인 검은색 모자와 양복을 걸친 사내가 걸어가고 있었다.

나는 이 게토 근처에 있다는 카프카가 태어난 집을 찾아보았으나 지금은 빌딩의 사무실로 변했다는 그곳을 찾을 수가 없었다. 또한 시나고그(유태 교회)를 찾았으나 힘들었고 다음날 간신히 찾아갔을 때는 문이 닫혀져 있었다. 꼭 그것을 보아야 할 이유는 없었기에 미련은 없었다.

내가 프라하에서 가장 많은 시간을 보낸 곳은 게토에서 얼마 안 떨어진 구시가지였다. 그 중에서도 사람이 가장 많이 모이는 곳은 구시가지 광장이었다. 체코의 신학자 얀 후스의 동상 주변으로 커다란 광장이 있었고 그곳에는 휴식을 취하는 관광객과 현지인들의 발길이 늘 끊이질 않았다.

얀 후스는 체코 사람들에게 소중한 사람이다. 15, 16세기, 타락한 로마 가톨릭과 맞섰던 얀 후스는 보헤미아 지방의 종교 지도자였다.

보헤미아는 지리적으로 프라하와 서부의 5개주를 통합한 분지 지역을 말하는데 사방이 산지로 둘러싸여 있다. 5~7세기 경 슬라브족들이 현재 체코와 슬로바키아 지역에 나타나는데 체크족은 보헤미아 지방에, 슬로바키족은 슬로바키아 지역에 각각 정착했다.

슬라브족은 먼 옛날 인도유럽어족의 한 일파였다. 중앙아시아와 카스피해 연안에 살던 인도유럽어족은 기원전 2천 년경부터 사방으로 퍼지는데 동쪽으로 간 일파는 인도의 아리안족이 되고 서쪽으로 간 일파는 페르시아인, 그리스인, 라틴인, 켈트인, 게르만인, 슬라브인으로 분화하는 것이다.

슬라브족의 고대사에 대해서는 거의 알려진 것이 없으나 여러 분파가 있었다. 슬라브족에는 러시아인, 우크라이나인, 체크인, 슬로바크인, 슬로벤인, 크로아티아인, 폴란드인, 불가리아인, 세르비아인 등이 있는데 체크족과 슬로바크족은 833년 연방국가인 대모라비아 왕국을 세우고 거대한 영토를 유지하나 차차 쇠락하다가 보헤미아 지방을 중심으로 하는 보헤미아 왕국이 탄생한다.

얀 후스는 종교 개혁을 주장했으나 1415년 처형당했고, 그후에 프라하 지방에서 거대한 종교전쟁이 발생한다. 그런 얀 후스를 기념하기 위해 만든 커다란 그의 동상은 광장의 중심이었다.

그러나 광장에서 관광객들에게 가장 인기 있는 것은 구시청사에 있는 천문 시계였다. 이 시계는 1410년 미쿨라스라는 시계공에 의해 처

구시가지.

음 만들어진 후, 1490년 하누스라는 학자에 의해 현재의 모습으로 개량되었는데 매우 정교했다.

시계는 세 부분으로 나뉘어져 있는데 맨 위에는 창문이 있고 매시마다 종이 울리면 예수의 열두 제자 인형이 나타난다.

그 밑의 시계가 가장 현란한데, 여러 개의 원판 중에서 한 가운데 지구가 그려져 있고 프라하를 중심 축으로 3개의 시계 바늘이 있었다. 각각의 바늘 끝에는 태양, 달, 별 모양이 만들어져 있었는데, 각기 그것들의 운행시간을 암시하는 것이다.

시계 옆에 있는 네 개의 조그만 인형들은 15세기 프라하 시민들의 고뇌를 상징한 것으로, 왼쪽에서 파란 옷을 입은 채 거울을 들고 있는 인형은 허영, 자만심을 상징하고 그 옆의 인색해 보이는 인형은 유태인으로 탐욕을 상징하며, 오른쪽의 터번을 쓴 이는 터키인으로 이교도의 공격을 의미하고 그 옆의 해골은 죽음을 상징한다.

죽음이란 무엇인가? 그것은 바로 시간에 의해서 다가오니, 바로 매시 정각이 될 때마다 해골이 움직이면서 종이 울리고 그 위의 창문이 열리며 열두 제자들이 나타나는 것이다. 그리고 닭이 울면서 끝나게 된다.

이런 상징에 가득 찬 시계가 울리고 열두 제자의 인형이 나타날 때마다 프라하 시민들은, 허영과 탐욕과 이교도의 공격과 죽음도 그날이 되면 예수 그리스도 앞에서 다 사라질 것이라는 믿음을 다시 한번 다진 것은 아닐까?

이 시계는 일반 시계가 아니라 천문시계다. 그래서 관광객들이 얼핏 보아서는 알지 못하는데 보는 방법에 따라 천문에 관련된 여러 가지 시간을 알 수 있다고 한다.

관광객들에게 가장 인기 있는 천문시계.

그리고 그 밑에는 금색 바탕의 커다란 시계가 있었는데 중앙에는 프라하 시의 상징적인 표시인 문장이 있었고 주변에는 많은 문양으로 장식되어 있었다. 이것은 각 달의 상징, 전통 등을 의미한다는데 주변에는 역사 연대기 기록자, 천사, 천문학자, 철학자 등 네 개의 인형이 있었다.

이 시계에는 믿거나 말거나식의 슬픈 전설이 있다.

이 시계가 아름답다고 소문이 나자 다른 도시, 나라에서도 똑같은 것을 만들어달라는 주문이 쇄도했다. 그러자 시청에서는 똑같은 것을 못 만들게 학자를 장님으로 만들었다는 것이다. 장님이 된 학자는 복수를 하기 위해 시계 위로 올라가서 시계를 멈추게 했다고 한다.

그러나 그건 전설일 뿐, 사실과 달랐다. 학자는 장님이 된 적도 없다. 다만 1570년에 수리가 되기 전까지 오랫동안 시계가 움직이지 않았다는 것은 사실이었다. 아마도 시계가 움직이지 않으니까 시민들 사이에서 그런 전설이 만들어져 퍼진 것이 아닐까?

나는 프라하에 머무는 동안 매일 구시가지 광장에 갔었다. 로코코 양식이라는 킨스키 궁전과 뾰족하게 솟아오른 고딕 양식의 틴 교회, 그리고 육중한 구시청사에 둘러싸인 광장은 포근했다. 종종 어디선가 웅장한 클래식 음악이 들려왔고 나는 벤치에 앉아 따사로운 햇살에 몸을 맡긴 채 음악을 감상했다.

그곳에 앉아서 시간을 보내는 프라하 시민들은 가난해도 가난해 보이지 않았다. 할머니들은 몰려드는 비둘기떼들에게 먹이를 주었고 청춘 남녀들은 벤치에 앉아 사랑을 속삭였다. 한번은 건너편 벤치에 앉아 있던 청춘남녀가 키스하는 것을 보았는데 여자가 갑자기 남자 무릎 위에 걸터앉더니 머리를 꽉 잡고 열렬하게 키스를 해댔다. 남자가 이제 좀 놓아달라는 듯이 고개를 돌렸지만 여자는 어림없다는 표정으로 계속 강제로 키스를 퍼부었고 결국 남자는 항복한 채 여자에게 입술을 맡겼다.

주변에는 사람들이 많았으나 아무도 그 장면을 눈여겨보지 않았다. 이상한 일이었다. 나 역시 당연하게 받아들이고 있었으니. 그 광장에서는 모든 게 사랑스럽게 보였기 때문일까?

프라하의 봄

바츨라프 광장을 걸었다.

어디선가 비틀즈의 〈렛 잇 비〉가 흘러 나왔고 조금 더 걸어 내려가니 사이먼 앤 가펑클의 〈박서〉가 흘러나왔으며 요가 선전 벽보도 볼 수 있었다. 문득 20, 30년 전으로 돌아온 듯한 느낌이 들고 말았다. 서양에서 60, 70년대에 유행했던 것들이 이제 장막이 무너지자 동유럽으로 몰려들고 있는 것이다.

바츨라프 광장은 광장이라기보다는 매우 넓은 대로였다. 언덕 정상에는 웅장한 국립박물관이 있었고 그 밑에 성 바츨라프 기마상이 우뚝 솟아 있었다. 성 바츨라프는 체코를 구해낸 영웅이라는데 나의 눈길을 끄는 것은 그 밑의 1948~1989란 팻말과 그 주변에 있는 사진들이었다. 바로 소련 치하에서 항거했던 이들에 대한 추모였다. 사진 주변에는 꽃다발들이 놓여 있었고 반소 운동 당시 희생되었던 인물들의 명단과 그 당시 신문기사들이 전시되어 있었다.

프라하의 봄.

1968년 소련에 대항했던 그 거사. 그 현장에 온 것이다.

체코는 결코 소련에 동화될 수 없는 나라였다. 그들의 문화적 자존심은 결코 소련의 군사력 앞에서 굽혀질 수 없었다.

대모라비아 왕국 이후, 9세기말에 생긴 보헤미아 왕국은 한때 크게 번영했고 14세기경에 신성로마황제인 카를 4세 밑에서 크게 발전하게 된다. 프라하가 크게 번성한 것도 이때였다. 그러다 16세기 중엽부터 오스트리아 합스부르크가의 지배를 약 300년간 받다가 1918년 체코슬로바키아 공화국이 탄생한다.

그러나 시련은 그치질 않았다. 폴란드, 헝가리에게도 땅을 뺏겼고 2차 세계대전 때는 나치 독일군의 지배를 받았다. 그리고 독일이 패망한 후, 소련의 지원하에 1948년, 공산주의 정권이 수립된다.

그러나 20년 후인 1968년, 두브체크의 지도하에 '프라하의 봄'이라 불리는 자유화 운동을 시도했고 프라하 대학생 얀 파라츠는 분신자살로 항거했으나 실패한다. 그러나 체코의 항거는 이것으로 끝나지 않고 다시 1977년에 '77헌장'을 발표하며 또 다시 항거했다. 그리고 12년 후인 1989년 소련이 물러가고 공산통치는 종식된다.

얀 파라츠. 꽃다운 나이, 그의 몸에 불이 붙었을 때 그 불타는 몸으로 바라본 이 세상은 어땠을까? 그리고 그것을 바라보는 프라하 시민들의 심정은 어땠을까?

비탈길을 따라 내려오는 길, 수많은 현대식 상점과 은행, 호텔, 음식점, 극장들과 그곳에서 흘러나오는 감미로운 음악과 평화로운 정경을 바라보니 희생된 이들이 몹시 안쓰러웠다. 그들은 그렇게 희생되어 저세상으로 갔건만 살아남은 사람들은 이렇게도 무심하게 세상을 즐기고 있구나. 꽃다발 몇 개 남겨두고……

물론 그들은 역사에 남을 것이고, 후손들은 그들을 칭송하리라. 그러나 너무 젊었다. 꽃도 피워보기 전에 사라진 학생들.

하지만 그들은 빛이었다. 현장에서 피 흘린 증거가 없다면 남아서 구질구질한 삶을 이어가는 사람들은 불의와 강대국에 대항할 힘을 어디서 얻었겠는가.

이곳에서 궁색해 보이나 결코 궁색하지 않은 이들을 나는 또 보았다. 광장 끝에서 남미에서 왔다는 전통음악 공연단이 길거리 공연을 하고 있었다. 그런데 남미에서 왔다는 그들은 이런 영문 팻말을 들고 있었다.

지금으로부터 500년 전 콜롬부스에 의해서 짓밟힌
우리의 자유와 평화를 위해

1492년, 그 옛날에 벌어진 일이지만, 당한 자의 분노는 500년이 지난 1992년에도 이렇게 표출되고 있는 것이다. 프라하 시민들은 같이 어울려 빙글빙글 돌며 춤을 췄고 나도 박수를 쳐주었다.

그러나 바츨라프 광장은 밤이 되니 슬픈 모습도 보여주었다. 밤에 그곳을 걸어 내려오는데 야한 복장의 여인들이 지나가는 사람들에게 노골적으로 달려들었고, 나에게도 뭐라 말했지만 알아들을 수가 없었다. 윙크를 하는 여인도 있었다. 가만히 지켜보니 바로 거리의 여인들이었다.

어느 나라나 있는 일이겠지만 놀라운 것은 그곳이 수많은 시민과 관광객이 오가는 대로였다는 것, 그리고 10여 명이나 되는 여인들이 너무도 노골적으로 영업을 한다는 것이었다. 또한 그들은 깔깔거리며 웃

을 정도로 당당했었다.

그뿐만이 아니라 거리에서 포르노 잡지를 늘어놓고 파는 곳도 있었
다. 이런 사정은 체코뿐만 아니라 그동안 오면서 본 루마니아, 헝가리
도 마찬가지였다. 공산주의 시절에는 없던 일이었을 것이다. 갑자기
무너진 사회와 혼란스런 가치 체계 속에서 가장 확실한 의지처는 돈과
본능이 되어 가는 것처럼 보였다.

어디 이들만의 일이겠는가. 동양이나 서양이나, 자본주의 세계나 무
너진 공산주의 세계에서나, 그런 흐름이 홍수처럼 흐르고 있다.

눈에 보이는 이데올로기의 억압, 독재 권력의 탄압보다, 달콤한 자
유로 위장한 그런 힘이 훨씬 더 무서워 보였다.

예술가들의 묘지

블타바 강의 하류, 강 언덕에는 비셰흐라드 성터가 있고, 그 근처에 체코의 문화예술인들이 묻혀 있는 묘지가 있었다. 웅장한 성터 근처에 교회가 있었고 그 옆의 묘지로 들어가니 바로 입구 부분에 체코의 위대한 시인 얀 네루다와 스메타나의 묘가 보였다.

교향시 〈나의 조국〉으로 유명한 스메타나는 19세기, 오스트리아의 탄압에 대항한 민족주의자로서 체코 음악의 아버지였으나 말년에 귀머거리가 되고 정신착란증에 시달리다 정신병원에서 세상을 떴다고 한다. 이제 그는 땅 밑에서 편안한 휴식을 취하고 있었고 묘비 앞에는 갖다놓은 지 얼마 안 되는 꽃다발이 수북하게 쌓여 있었다.

계단을 내려와 왼쪽으로 조금 더 걸어 들어가니 꽤 큰 드보르작의 묘비가 있었다. 1841~1904란 숫자가 보였고 콧수염 달린 그의 흉상도 있었다. 그의 묘비 앞에 서니 현악 4중주 F장조 작품 96, 〈아메리카〉의 2악장 멜로디가 들리는 듯했다. 물론 그의 유명한 곡에는 신세계 교향곡, 첼로협주곡 등도 있지만 내가 아메리카의 2악장을 기억하는 것은 심야 방송 때문이다.

고3 때, 나는 공부도 별로 안 하면서 불안한 마음에 늦게까지 책상 앞에 앉아 있었는데 아무리 늦어도 새벽 1시쯤이면 잤었다. 그런데 어느 날 새벽 1시에 시작되는 어느 라디오 방송의 클래식 음악 방송을 들은 적이 있었다. 그때의 시그널 뮤직이 바로 드보르작의 현악 4중주 아메리카 2악장이었다.

그때 들려오던 그 구슬프고 차분한 선율…… 막막한 불안함과 답답함 속에서 하루하루 힘든 시간을 보내던 나는 내 가슴을 뒤흔드는 선율 속으로 푹 빠져들었다. 그때부터 새벽 1시는 새로운 세계로 들어가는 시간이었다. 미리 잠을 자두거나 학교에 가서 잠을 자더라도 그 시간만큼은 깨어 있었다.

혼자 우두커니 묘비 앞에 서서 그 선율을 회상하며 다시 감격에 젖었다.

음악의 힘이란 정말 위대하다. 누구나 살다 보면 힘든 고비를 수없이 넘긴다. 나 또한 크고 작은 고비를 넘겼었는데 그때마다 음악은 장르를 불문하고 나에게 큰 힘이 되었다.

세상은 결코 논리적인 곳이 아니었다. 논리로 풀려고 깊이 파고들다 보면 종종 세상은 출구 없는 감옥이었다. 세상이, 인간이, 모든 관계가 …… 그러나 그 막힌 지점에서 음악을 듣는 순간, 마술처럼 세상이 열렸다. 그때 영혼은 다른 차원으로 비상했는데 그 순간 수많은 문제들은 슬며시 사라지곤 했었다. 해답을 찾아서 문제가 풀리는 게 아니라 문제 자체가 사라짐으로써 해답을 얻었었다.

나는 그렇게 음악 속에서도 구원의 가능성을 엿보았다. 어디 음악뿐이랴, 온갖 예술이 그렇지 않은가. 에토스와 파토스가 어우러진 그 세계는 넓고도 다양해서 언제나 나를 권태롭게 하지 않았다.

저쪽에서 한 노인이 아이 손목을 잡고 걸어오고 있었고 또 저만치에서 중년 사내 둘이 묘지 사이를 거닐며 얘기를 나누고 있었다.

아름다운 정경이었다. 묘비들도 아름다웠다. 천편일률적인 형태가 아니라 각양각색의 조각들이 세워져 있어 그것들을 감상하는 재미도 있었다.

근처 벤치에 앉아 블타바 강을 내려다 보았다. 바로 스메타나가 작곡했던 몰다우 강이었다. 블타바 강은 독일어로 몰다우 강이며 이 강

비셰흐라드 성터.

은 북쪽으로 흘러 독일의 엘베 강과 합해지는 것이다.

해는 서쪽으로 가라앉았으며 강을 물들였는데 뿌연 날씨 때문일까, 아니면 탁한 강물 때문일까, 강이 누렇게 보였다. 저녁나절, 그 강을 바라보며 스메타나의 몰다우 강의 선율을 휘파람으로 불던 시간이 지극히 행복했다.

체코의 현실

프라하에서 열차를 타고 남서쪽의 브르노로 향했다. 멘델의 법칙으로 유명한 멘델 수도원을 보기 위해서다. 그곳에는 아직도 완두콩을 재배하고 있다 했다.

빈 객실에 홀로 앉았는데 스팀이 따스해서 잠이 쏟아지기 시작했다. 한숨 자고 일어나 창 밖을 보니 눈 덮인 산길을 달리고 있었다. 그동안 동유럽에 와서 그런 풍경은 처음이었다. 대개 들판을 달렸었는데 이번에는 빽빽한 숲이 펼쳐지고 있었다.

그 풍경을 하염없이 쳐다보고 있는데 누군가 문을 열고 들어왔다. 안경을 쓴 지적인 여인이었는데 여인은 별 거리감을 두지 않고 나와 이런저런 얘기를 나누기 시작했다.

나는 체코에 관해 뭣이든 알고 싶어 이것저것 물어보았다. 그녀는 스물세 살로 생화학을 전공하는데 특히 맥주를 개발하는 분야라며 체코 맥주에 대한 자부심이 대단했다.

나도 체코인들의 맥주에 대한 자부심은 이미 알고 있었다. 가이드북에 보니 어느 나라에서 체코의 맥주 시험소에 맥주 맛 좀 보아달라고 맥주를 보내자 답변이 이랬다고 한다.

'댁의 말은 건강합니다.'

그게 맥주냐? 말 오줌이지 하는 말이다.

그 얘길 해주었더니 여인은 기분이 좋다는 듯 깔깔대고 웃었다.

"체코 맥주 중에서 부드바(budvar) 비어가 가장 좋은데 이건 유럽에 수출해요. 또 감브리누스 비어도 좋구요."

그녀의 말에 의하면 부드바 비어가 바로 버드와이저의 원조라고 했다.

그녀는 결혼한 여자였다. 여자의 경우 빠르면 18, 19세에 결혼하고 보통 20대 중반 전까지는 결혼한다고 했다.

"왜 그렇게 일찍 결혼하지요?"

"여자의 경우는 중학교(한국의 고등학교)를 졸업하고 나면 할 일이 별로 없으니 일찍해요."

"체코에서 젊은 남녀가 거리에서 끌어안고 키스하는 것을 많이 보았는데 공산주의가 몰락하고 난 후에 그런 겁니까?"

"아니요. 공산주의가 망하기 전에도 그랬어요. 그런데 서로 사랑하다 임신하면 무조건 결혼해야 해요. 책임 없이 그러는 건 아니에요."

그녀는 아직 애가 없으며 결혼한 지 1년째라 했다. 남편은 자기보다 한 살 어린 건축학도고 앞으로 아이는 아들 딸 하나씩 낳고 싶다 했다.

그러나 경제 사정이 안 좋아 걱정을 하고 있었다. 대졸 초임의 한달 월급이 대략 50달러 정도. 좀 좋은 직장은 70달러 정도라 했다.물론 이런 월급 갖고 우리와 생활의 질을 단순 비교할 수는 없다. 월급이 적은 만큼 물가가 싸기에 그렇다. 또한 교육비에 들어가는 비용도 한국보다 훨씬 싸다. 그러나 이제 새로운 세상 속에서는 자신의 생활을 스스로 해결해야 하고 점점 소비 욕구는 늘어나고 있다. 물론 경제도 서서히 발전하겠지만 욕구와 능력의 격차는 사람들을 괴롭힐 것이다.

"체코가 정상적으로 발전된 국가가 되려면 한 십 년은 걸릴 거예요."

그 말을 하며 여인은 한숨을 내쉬었다.

"공산주의는 어땠어요?"

"공산주의는 싫어요. 우리가 못살게 된 게 공산주의 때문인데요."

그녀도 역시 동유럽의 많은 젊은이들처럼 공산주의를 증오했고 자본주의가 모든 문제를 해결하는 만병통치약쯤으로 여기고 있었다.

어느덧 기차는 브르노에 도착했다. 브르노에서 어렵게 숙소를 찾은 후, 배낭을 풀자마자 도시의 중심에 있는 자유 광장으로 갔다. 아기자기한 느낌이 드는 광장이었고 사람들의 물결이 넘쳐흘렀다. 육중하고 고풍스런 건물들 밑으로 트램이 활기차게 달렸으며 광장 주변에는 우표, 돈 등 옛날 물건들을 파는 곳이 많아 꽤 낭만적인 분위기였다.

갑자기 휴가를 즐기는 기분이 들면서 흥겨워졌다. 발길 닿는 대로 길을 걷는데 지나가는 행인들이 힐끔힐끔 쳐다보았다. 동양 사람이 신기하게 보였나 보다. 뒷골목을 걷다 빈대떡 비슷한 것을 보았다. 호기심에 안 사먹을 수가 없었다.

노파는 열심히 부치고 있었고 중년 여인과 아이들이 호기심 어린 눈초리로 나를 쳐다보며 밝게 웃었다. 맛을 보니 짭짤한 게 꽤 맛있었다. 내가 엄지손가락을 쳐들며 좋다는 표정을 짓자 모두 와아 소리지르며 웃기 시작했다.

그곳에서 담배도 샀다. 담배를 즐겨 피지는 않지만 심심할 때 가끔 피우기 위해서였다. 뜯어보니 필터가 없었다. 체코 현실의 한 단면을 보는 순간이었다.

세상에서 가장 아름다운 사랑

멘델 수도원을 향해 아침 일찍 숙소를 나왔다.

상쾌한 공기를 마시며 천천히 걸어가는데 저쪽에서 웬 가족이 걸어오고 있었다. 평범한 풍경이었는데 그들이 가까이 온 순간, 나는 흠칫 놀랄 수밖에 없었다.

여인은 아기를 안은 채 옆의 남자와 얘기를 하고 있었는데…… 아, 그 남자의 얼굴은 기괴하기 짝이 없었다. 코가 없었다. 코뼈가 녹은 것처럼 코가 사라지고 콧구멍만 나 있었으며 눈은 처졌으며 입은 뒤틀어졌고 얼굴은 밀랍이 뭉그러진 것처럼 허물어져 있던 것이다.

아마 화상을 입어서 얼굴이 일그러진 것 같았다. 그런데 여인은 사내의 그 험한 얼굴을 한없이 사랑스런 눈으로 바라보면서 밝고 환한 미소를 짓고 있었으니.

나는 충격을 받은 채 거리에 우두커니 서서 그들의 뒷모습을 한동안 쳐다볼 수밖에 없었다.

저 사내를 저렇게 만든 재앙은 무엇일까? 사랑스런 아내와 아이를 두고 저런 모습이 된 사내의 심정은 어땠을까? 그럼에도 불구하고 밝은 미소를 짓는 저 여인, 그리고 그들 사이에 있는 천사 같은 아이, 그리고 함께 가는 발걸음…….

여인의 눈초리는 결코 동정 어린 눈빛이 아니었다. 분명히 희열에 찬 사랑스런 눈빛이었다. 저 여인의 저런 눈빛은 어디서 나오는 것일까? 사랑이었을 것이다.

대개 인간의 사랑이란, 상대방이 갖고 있는 소유에 대한 사랑에서부터 시작되지 않던가. 직업, 재산 등의 속물적인 가치는 물론 조금 순수해 보이지만 엄밀히 따지면 한 인간의 소유물인 육체의 건강, 아름다움, 정신적인 매력 같은 것에 대한 사랑일 것이다. 그래서 불타던 사랑도 상대방의 소유물이 사라지면 서서히 식어간다. 우리 모두 그렇고 그런 사람들이기에 그럭저럭 사랑을 시작하고 그쯤에서 시들어간다.

그리고 마음이 선한 사람들은 정으로 살고 책임감 있는 사람들이라면 의무감으로 열심히 살아갈 것이다. 요즘처럼 혼란스런 세상에 그 정도만 하기도 힘들 것이다.

그런데 그 부부는 나에게 다른 존재로 다가왔다. 소유가 아닌 존재 자체에 대한 사랑. 활짝 핀 꽃이 아니라, 시들고 짓눌린 모습조차도 사랑하는 사랑. 종교도 동정심도 끼어들 여지가 없이 있는 그대로의 모든 것을 포용하며 하나가 되는 희열을 느끼게 하는 그런 사랑…….

나는 그 거리에서 그것을 보았다고 믿고 싶었다.

부러웠다. 비록 세월 속에서 변질된다 하더라도, 저런 사랑을 한순간이나마 맛보고 죽는다면 무슨 여한이 있겠는가.

나는 뭐지?…… 여태까지 짝사랑이 전문이었네. 허무해라.

멘델의 유전법칙

멘델 수도원은 멘들로바 광장 근처에 있었다. mendelianum이란 팻말이 쓰여진 곳으로 들어가니, 넓은 뜰이 있고 멀리 멘델의 동상이 보였다. 왼쪽의 하얀 건물이 멘델에 관한 자료를 모아놓은 곳이고, 그 앞의 조그만 정원에는 완두콩이 보였는데 앞에 p1, f1, f2, f3이라 쓰여진 팻말이 보였다. 그 앞에서 자세히 보니 완두콩이 많이 보이지는 않았다. 다만 현장이기에 보존하는 것 같았다.

멘델의 유전법칙.

중고등학교 시절, 푸른색, 노란색 등등의 완두콩 색깔을 따져가며 배웠던 그 유전법칙이 여기서 발견된 것이다.

멘델은 원래 과학자가 아니었다. 그는 오스트리아의 수도사로 멘델 수도원 한구석에서 완두콩을 심어놓고 홀로 연구를 시작했다고 한다. 처음에는 비전공자의 연구결과에 세상은 주목하지 않았으나 결국 나중에 인정받게 된다.

약 130년 전의 일이었는데 지금은 생명을 복제할 수준이 되었다. 현기증 나는 과학의 발전 속도다.

옆의 전시관으로 들어가니 멘델의 유전법칙을 설명해놓은 글들이 있고, 실험 기구, 의자, 책들이 전시되어 있었다. 그곳을 돌아보고 나오는데 방명록이 있었다. 대개 체코 사람들이고 일본어도 종종 보였는데 한글도 보였다. 헝가리에 왔다가 일부러 이곳에 들렀다는 한국의 어느 교수가 쓴 글도 보였고 체스코 인민의 위대한 공헌 등등의 인사말을 쓴 북한 학자의 글도 보였다. 대개 학자들이 많이 오는 것 같았다. 나도 거기에 짧은 글을 남겼다.

여행자로서 이런 곳들을 돌아보며 느끼는 감회가 있었다. 그것은 바로, 세상의 모든 위대한 인물의 자취, 위대한 사건의 현장도 직접 와보면 평범하다는 것이었다. 그때, 거대한 이미지가 깨지는 실망감도 있지만 또한 모든 위대한 것은 평범함과 사소함 속에서 시작된다는 작은 진리를 깨닫기도 했다.

세상을 돌아볼수록, 나는 내 나라, 내 민족, 내 주변의 평범한 장소와 평범한 사람들에 대한 소중함을 알게 되었다. 물론, 그것은 떠났기에 더욱 절실하게 느꼈을 것이다. 그래서 나는 떠나고 또 떠났다. 먼 세상 어딘가에 파랑새가 기다리고 있다는 생각은 이미 버렸다. 다만 떠나고 돌아오는 과정에서 얻는 내 마음속의 그 무엇이 중요할 뿐이었다.

수도원을 나오기 전 다시 완두콩 앞으로 갔다.

이곳에 앉아 싹을 돋아내는 완두콩을 보며 수도사 멘델이 느꼈을 희열을 생각했다. 누가 알아주든 말든, 홀로 완두콩을 관찰하는 동안 그는 우주의 신비를 보았을 것이다. 그 사소함 속에서 ……

귀여운 완두콩들, 오랫동안 내 가슴속에 남을 완두콩들이여, 안녕.

촉촉한 브라티슬라바

체코의 브르노에서 기차를 타니 2시간 후에 브라티슬라바에 도착했다.

브라티슬라바는 한때 헝가리의 수도였다. 오스만투르크가 헝가리에 침입했을 때, 피난 온 헝가리인들은 1541년에서 1784년까지 이곳을 헝가리의 수도로 삼았다.

그러나 이곳은 원래 슬로바크인의 터전이었다. 슬로바크인은 체코인과 같은 슬라브족이나 계열이 약간 달라 다른 정체성을 갖고 있다. 하지만 1차 세계대전으로 합스부르크 가가 지배하는 오스트리아 – 헝가리 제국이 붕괴된 후, 1918년 독립할 때 체코슬로바키아라는 나라로 등장하게 된다. 그런데 모든 힘의 중심은 체코에 있었기에 늘 불평등한 관계로 갈등을 일으키다가 1969년 1월부터 체코 사회주의 공화국과 슬로바키아 사회주의 공화국으로 구성된 연방정부를 구성하게 된다. 그리고 공산정권이 무너진 후, 1993년 1월 1일부로 완전히 분리하게 되는 것이다.

그러나 내가 처음 이곳을 방문했을 때는 분리되기 전이었다.

브라티슬라바의 첫인상은 우선 나에 대한 현지인들의 호기심이 대단했다는 것이다. 호의적으로 웃는 사람들이 종종 보였고 길을 물어보아도 꽤 친절하게 대답해주었다.

그리고 스키를 들고 다니는 사람들이 많이 보였다. 동유럽 국가에서는 스키가 그리 비싼 스포츠가 아니었다.

브라티슬라바는 체코의 수도 프라하만큼 화려한 곳은 아니었다. 프라하가 따스하고 포근한 분위기라면 겨울 브라티슬라바는 차분하고 촉촉한 분위기였다.

브라티슬라바의 즐거움은 거리 산책이었다. 특히 시 중앙의 구시가지는 매우 고즈넉한 분위기를 간직한 예쁜 곳이었다. 15세기에 세워진 브라티슬라바의 상징인 미하엘 문을 통과하자 돌 깔린 길이 나타나면서 중세 풍경이 나타났다. 구시가지 한복판에는 아담하고 예쁜 디브로바 광장, 프란체스코 교회와 미르바하 궁전이 있었다.

고풍스런 골목길을 따라 걷다 보니 보행자거리가 나왔고 그 거리를 걷다 보니 강이 나왔다. 도나우 강이었다. 이 강을 헝가리의 수도 부다페스트에서도 오스트리아의 빈에서도 보았지만, 브라티슬라바에서 본 도나우 강이 가장 정겹게 다가왔다. 강변에서 사람들이 갈매기 떼에게 먹이를 주고 있었고 아이들은 손바닥을 치며 좋아했다. 평화로운 풍경이었다.

슬로바크인은 어딘지 체코인과 다른 것 같았다. 프라하보다는 서유럽쪽에서 더 안쪽으로 떨어져 있다 보니 사람들이 조금은 촌스럽고 그만큼 더 순박한 것 같았다. 슬로바크인은 체코인이 아닌 것에 대해 자부심을 느낀다고 한다. 유감스럽게도 나는 슬로바키아에 대해서는 별로 아는 것이 없었지만 알면 알수록 정이 들 것 같은 사람들이었다.

우연히 본 영화

거리를 걷다가 우연히 영화를 보았다. 극장 좌석은 약 300석, 화면은 소형이어서 프라하의 극장보다는 조금 떨어지는 시설이었지만 사람들의 열기는 대단했다.

영화를 하기 전 광고가 시작되었다. 여인이 나와서 이야기를 하다가 갑자기 웃옷을 벗었다. 그러자 여인의 가슴이 다 드러났고 뒤이어 팬티까지 다 벗어 던지고 화면 앞에 우뚝 섰다. 그리고 뒤이어 홀딱 벗은 남자가 또 걸어 나왔다. 올 누드였다. 알고 보니 그것은 〈Leo〉라는 섹스 잡지 선전이었다. 요리사는 그것을 보느라 프라이팬에 엉뚱한 것을 집어넣고 할머니도 보느라 여념이 없다. 결국 수십 명의 사람들이 그 잡지책을 들고 달려오자 객석에서는 웃음이 터져나왔다. 세상에, 포르노 잡지를 극장에서 이렇게 즐겁게 광고하다니.

이윽고 영화가 시작되었다. 영어 자막도 없는 영화여서 완전 이해는 불가능했지만 눈치로 대충은 알 수 있었다.

체코 혹은 슬로바키아의 농민들이 이탈리아 관광을 떠난다. 중년 부인 둘은 공산당 지도자급인 것 같고 젊은 여인 둘은 자유를 원하는 튀는 여자들이다.

그리고 뚱뚱한 여자가 있으며 그 외의 남자들이 같이 가는데 버스 안에서부터 사건이 터진다. 버스 안에서 젊은 여인들은 웃옷을 벗고 브래지어 차림이 되자 남자들은 그것을 보느라 정신이 없고 중년 여인들은 야단을 친다. 그러다가 젊은 여인들은 버스를 뒤따라오던 이탈리아 남자들에게 손짓을 하고…… 이렇게 해서 계속 사건이 일어나는데 젊은 여인들은 사사건건 자신들을 방해하는 중년 여인들을 납치해달라고 이탈리아 사내들에게 부탁한다. 사내들은 중년 여인들의 사진을 찍어 마피아에게 납치를 부탁하지만 사진에 찍힌 여자는 공교롭게도 뚱뚱한 여자였다. 마피아들은 그 여인을 납치하려 시도하지만 오히려 힘이 센 그녀에게 어처구니없이 당한다.

이런 소동 끝에 결국 고향으로 돌아왔는데 마을에서는 젊은 남녀들이 밤에 모두 옷을 벗고 계곡에서 목욕을 함께 한다. 이 광경을 몰래 본 할머니는 그만 벌거벗은 남자들을 보고 기절한다. 그러자 남자들이 달려와 할머니를 가운데 두고 깨웠는데 깨어난 할머니는 홀딱 벗은 남자들을 코앞에서 보고 다시 까무라친다. 나중에 그곳에서 도망치는 할머니는 팔뚝을 흔들며 뭐라 외치는데…… 이 대목에서 온 극장이 다 뒤집어졌다.

남녀 모두 완전 누드로 나와 육체미 콘테스트도 하는데 이것을 통제하려는 사람들이 있었으니 바로 공산당원인 중년 여인이었다. 그녀는 사람들에게 마르크스 엥겔스 책을 읽고 반성하라는 듯이 외치자 객석에서는 다같이 "에이" 하는 야유가 터져 나왔다.

그때 한 여인이 벌거벗은 채 외양간에서 마르크스 책을 머리에 이고 예쁘게 걷는 흉내를 내자 다시 관중들의 폭소가 터졌다. 그들은 공산주의를 그렇게 희롱하면서 카타르시스를 느끼는 것 같았다.

나중에 이탈리아로 시집간 두 여인이 잘 차려 입고 나타나 청첩장을 주며 뭐라 오만하게 말하자 일하던 초라한 여인들은 울음을 터뜨린다. 그러자 뚱뚱한 여인이 무언가 열심히 외쳐대며 영화는 끝난다.

공산주의를 비웃고 휴머니즘적인 메시지를 드러내면서도 영화 상영 내내 사람들을 웃기고, 마지막에는 자신들의 처지를 풍자하는 페이소스를 느끼게 해주는 영화였다.

참 신기한 일이다. 말은 하나도 못 알아들으면서도 다 이해했으니.

슬로바키아의 전차와 고가도로.

폴란드

바르샤바를 향해

지금이야 동유럽 국가 대부분이 비자 없이 여행할 수 있지만 그때는 비자를 받아야 했다. 그런데 프라하의 폴란드 대사관 직원은 불친절하고 고압적이었다. 관광 비자 받는 과정도 복잡해서 충동적으로 통과비자를 받고 말았다.

2박 3일. 받고 나니 후회가 되었다. 2박 3일 동안 어떻게 폴란드 여행을 한단 말인가. 그냥 스쳐 지나갈 수 있을 뿐인데 고민이 되었다. 폴란드의 수도는 바르샤바였고 최고의 유적지는 크라코프였는데 두 군데를 다 들러볼 시간이 안 되었다.

유적지냐 수도냐? 잠시 고민을 하다 나는 바르샤바를 선택했다. 어차피 스쳐 지나가는 것, 한 나라의 얼굴인 수도를 보고 싶었기 때문이다.

프라하에서 바르샤바의 밤 기차는 위험하다 해서 쿠셋을 이용했다.

밤 7시 59분에 기차는 프라히를 떠났다.

8시면 8시지, 왜 7시 59분일까? 좀 이상했지만 어쨌든 좋았다. 6인용 쿠셋에는 나밖에 없었고 침대도 편했으며 문도 잠글 수 있었다. 거기다 따스한 모포까지 있었고 여차장이 표를 맡아주어 오랜만에 편하게 잠을 잘 줄 알았다.

그러나 중간에 수속 때문에 잠을 설치고 말았다. 새벽 1시가 되어갈 무렵 체코 국경에 도착했고 제복 차림의 이민국 직원이 출국 수속을 밟았다. 그리고 국경 통과한 후, 폴란드 이민국 직원이 와 입국 수속을 밟았다.

드디어 기차는 폴란드 땅을 달리기 시작했고 차창 밖으로 캄캄한 어둠만 보이고 있었다.

얼마나 잤을까? 여승무원이 문을 두드렸다. 새벽 5시 50분, 드디어 바르샤바에 도착한 것이다.

역사로 나가니 이게 웬일인가.

조용하고 차분하던 프라하 역과 너무도 다른 분위기였다. 빵, 핫도그, 음료수를 파는 조그만 상점들이 이른 아침부터 문을 열었고 피난민처럼 짐을 끌고 부산하게 돌아다니는 사람들도 있었으며 구석에 누워 있는 사람도 있었다. 나중에 알고 보니 구 소련 사람들이 모스크바행 열차를 기다리고 있는 것이라 했다.

역사 안에서 환전을 했고 토스트와 커피로 간단하게 식사를 마쳤다. 체코보다 물가가 약간 비싸다는 느낌이 들었다.

역을 나오니 온 거리가 하얀 눈으로 뒤덮여 있었다. 20센티미터도 넘는 눈 속에 푹푹 빠지며 약 1킬로미터 떨어진 유스호스텔을 찾아갔다. 허름한 건물의 4층에 있던 그 숙소는 콘크리트 바닥에 낡은 매트리스를 깔고 자는 보잘것없는 곳이었으나 4달러 정도로 쌌으니 만족할 만했다.

고난의 역사

어느 나라나 그렇듯이, 폴란드에도 한때 영광의 시절이 있었다. 슬라브족의 한 일파가 중세 시대 초기 이 평원에 이주한 뒤 10세기말부터 약 400년간 폴란드 지방을 다스렸으나 독일에 밀려 현재의 크라코프 지방으로 수도를 옮긴다. 그후 13세기 중반 이들을 침략한 타타르(몽골인)인들에 의해 엄청난 피해를 입게 되나 14세기 중엽부터 재건해서 15세기 리투아니아와 결합하면서 발트해에서 흑해에 이르는 강력한 제국을 형성한다.

그러나 16세기말, 수도를 바르샤바로 옮기면서 쇠락하기 시작했고 급기야 주변 국가인 러시아, 프러시아, 오스트리아에 의해서 국토는 갈기갈기 찢겨진 채 폴란드란 나라는 지도상에서 사라졌다.

그런 고통의 시간을 보낸 후 20세기 초 다시 폴란드는 주권을 찾게 되나 2차 세계대전인 1939년 나치 독일의 침공을 받게 되고 끈질긴 폴란드인들은 지하저항운동을 계속 한다. 그때 입은 피해는 엄청났다. 전체 인구의 20퍼센트에 달하는 약 600만 명의 인구가 목숨을 잃었던 것이다. 폴란드인들은 나치 독일에 의해 비참한 삶을 살게 되었고, 또한 나치 독일은 폴란드 전역에 아우슈비츠 등의 유태인 수용소를 만들고 유태인들에 대한 잔학한 학살을 자행했었다.

그리고 그들이 멸망한 후, 다시 소련의 영향력 밑에서 폴란드인들은 끊임없이 반항했다. 스탈린이 폴란드를 공산화시키는 것은 소에다 안장을 얹는 것이라고 비아냥거렸을 만큼 폴란드인들은 소련의 말을 잘 듣지 않았다. 계속 반공운동이 일어났고 자유노조를 중심으로 끊임없이 반항했다. 그리고 베를린 장벽이 무너지기 이전인 1989년 6월 선거에서 이미 그들은 공산주의를 거부했다. 다른 동유럽과는 달리 그들은 자기들의 힘으로 그들을 거부했던 것이다. 그런 폴란드였고 바르샤바였다.

우리와 비슷한 시기에 수많은 데모대들이 거리를 메웠던 바르샤바 거리로 나서는 나는 조금 흥분했었다. 과연 말로만 듣던 그 바르샤바의 현장은 어떨까?

바르샤바 풍경

겨울 바르샤바는 프라하보다 훨씬 추웠다. 바르샤바는 또한 바쁜 곳이었다. 거리를 걷다 보면 종종 매연 냄새가 코를 찔렀고 차도 대충 신호등을 무시하고 달렸으며 사람들도 바쁘게 걸었다. 길을 물어보면 꽤 친절하게 대답해주는 사람도 있었지만 다짜고짜 와서 돈을 달라던 멀쩡한 청년도 있었다. 체코 사람들과 달리 폴란드 사람들은 격식에 얽매이기보다는 감정적이고 활기찰 것만 같았다.

바르샤바의 구시가지에는 오래된 중세 성곽의 일부인 성벽, 탑, 성당 등이 있었다. 2차 세계대전 당시 크게 파괴된 것을 1971년부터 1984년까지 재건했는데 16, 17세기 무렵의 바로크와 고딕 건물들이 들어서 있어 볼 만했다.

그리고 바르샤바 거리에서 우선 눈에 많이 띈 것은 바와 카페였다. 다른 동구 유럽의 도시에 비해 꽤 많아 보였다. 그 중의 한 곳에 들렀는데 바는 술집이라기보다는 핫도그, 스낵, 빵, 차를 파는 곳이었다. 조명은 어두웠지만 꽤 세련된 분위기의 카페였으니 그만큼 서유럽의 영향을 많이 받은 것 같았다.

거리를 걷다 어느 성당에 들어간 적이 있었다. 텅 빈 성당의 이쪽 구석에서 군인 한 명이, 저쪽 구석에서 어떤 여인이 무릎을 꿇고 기도하고 있었다. 그들의 뒷모습이 매우 경건해 보였다.

폴란드에서는 공산주의 시절 종교가 사라진 것이 아니라 오히려 깊은 믿음으로 사람들의 마음에 뿌리를 내렸다. 국민의 대부분은 가톨릭 교도이고 종교에 대한 박해가 그들의 믿음을 더욱 단단히 한 것이리라. 현재의 교황도 폴란드 사람 아닌가.

그동안 동유럽을 여행하며 힘들어하는 사람들을 보면 나도 우울했었는데, 무릎 꿇고 기도하던 군인과 연약한 여인의 뒷모습은 나에게 잔잔함 감동을 주고 있었다.

어느샌가 거리를 걷다 보니 짧은 겨울해가 서서히 지고 있었는데 지하도 통로에서 신나는 남미 음악이 들려왔다. 사람들 틈을 비집고 들여다보니 아, 프라하에서 본 그 페루 사람들 아니던가. 반가웠다. 그들도 내 여행 코스와 비슷한 것 같았다.(후일 그들을 프랑스 파리의 퐁피두 센터 앞에서도 보았었다.)

저녁에는 닭튀김을 먹었다. 물가가 여전히 싸게 느껴져 마늘 수프와 스파게티까지 곁들였다. 여점원이 매우 상냥하고 친절해서 감격했다. 사람은 원래 외롭고 초췌할수록 사람들의 정과 친절에 감동하게 되나 보다.

그러나 늘 천사만 있는 것은 아니었다. 돌아오다 거리의 상점에서 음료수를 샀는데 여점원이 거스름돈을 조금 떼어먹으려 했다. 그것을 항의하자 여주인이 경멸스런 표정을 지으며 나에게 달려들었다. 결국 내 말이 맞다는 것을 확인한 후 거스름돈을 주었지만 뭔가 처음부터

신사와 노숙자.

나를 쳐다보는 눈빛이 곱지 않았었다.

프라하가 달콤한 케이크 맛이라면, 바르샤바는 매콤한 소스 맛 같다는 느낌이 들었다. 그래서일까? 폴란드는 체코보다 소련에 더 많이 저항했고 더 자본주의화된 곳이었다. 그만큼 기질이 더 직선적이라는 얘기이리라.

그러나 여전히 공산주의 잔재가 남아 있는 곳도 있었다.

다음날 저녁 역 앞의 식당에 일본인 친구와 같이 갔을 때, 그곳은 딱딱함과 찬바람이 감돌고 있었다. 웨이트리스는 불러도 잘 오지 않았고, 메뉴판을 거의 집어 던졌으며 손님을 아래로 깔아보았다. 나야 이런 살벌한 풍경에 이미 익숙해져 있었지만 일본 친구는 놀라고 말했다.

"와, 여기는 아직도 공산주의식이네요."

"그래도 싸잖아. 싼 맛에 먹는 거지."

1992년 초, 내 눈에 잠시 비친 바르샤바의 풍경은 그랬다.

불
가
리
아

불가리아의 첫인상

 한 달간의 서유럽 여행을 마친 후, 나는 다시 부다페스트의 민박집으로 돌아왔다. 그곳에서 한동안 휴식을 취한 후 다시 길을 재촉했다.

다음 행선지는 불가리아였다. 1992년 3월 중순, 부다페스트에서 출발한 기차는 내전으로 어수선한 유고슬라비아를 밤새도록 통과했다.

부다페스트를 떠날 때, 민박집에서 만난 여행자들은 내전중인 유고슬라비아를 통과하지 말라고 말렸으나 다행히 기차는 아무 일 없이 유고슬라비아 영토를 빠져나왔다.

두 달 전에 통과했던 불가리아 국경에 도착하니 가슴이 두근거려왔다. 국경은 언제나 낯설었다. 새벽 공기를 뚫고 나타난 이민국 직원은 내 여권을 보고 트집을 잡았다. 여권의 사진 붙은 자리가 조금 틀어졌기 때문이다. 다행히 한참 동안 이리저리 보다가 스탬프를 찍어주었다.

잠시 후 온 세관원은 내 배낭을 볼 생각은 하지 않고 이렇게 물었다.

"가라데 할 줄 알아요?"

"가라데가 아니라 태권도 조금……."

관리는 경탄의 눈초리로 나를 바라보았고 내리면서도 옆사람에게 태권도 뭐라며 속삭였다. 그러자 옆사람도 경외스런 표정으로 나를 바라보았다.

그럴 때마다 겸손해야 하는데 공연히 어깨에 힘이 들어갔다. 가끔 그런 내가 걱정스러울 때도 있었지만 어쨌든 기분은 나쁘지 않았다.

불가리아로 들어서자 차창 밖으로 산들이 물결치고 있었다.

기차는 텅 비어 있었는데 옆 객실에 30대 초반의 호주 출신 남녀가 있어서 자연스럽게 얘기를 나누게 되었다. 그들은 '이혼 여행'을 하는 중이라 했다. 웃으며 말했기에 농담이라고 생각했지만 그럴지도 모른다는 생각도 들었다. 현재 여행 3개월째, 앞으로 9개월을 더할 예정인데 그 안에 이혼할 것인가 말 것인가를 결정할 것이라고 말했다.

그들과 얘기를 마치고 내 객실에 홀로 앉아 있는데 갑자기 드르륵 문이 열리며 차장이 나타났다. 나는 그에게 차표를 사야만 했다. 나의 기차표는 불가리아 국경까지만 유효했기에 그렇다.

그런데 문제가 생겼다. 달러는 받을 수 없다는 것이다. 불가리아 돈이 없던 내가 난처한 표정을 짓자 차장은 어디론가 사라져버렸고 소피아 역에 도착할 때까지 나타나질 않았으니 이상한 일이었다. 나야 돈을 내지 않아서 좋았고 그의 월급도 변함은 없을 테니 그 역시 나쁠 일은 없었다. 결국 손해는 국가에서 보는 것이다. 문득 체제의 허술한 구멍이 보이는 것 같았다.

소피아 역은 허름하고 썰렁했다. 그러나 기차에서 내린 우리를 열렬히 그리고 끈질기게 환영한 이가 있었다. 바로 역사의 청소부였다.

"원 달러! 원 달러!"

환전을 하라고 달려드는 그를 간신히 피했는데 사정은 뻔했다. 하루가 다르게 달러 환율이 올라가고 있으니 달러를 모아두면 큰돈이 되기 때문이다. 역의 환전소에서 5달러를 바꾸면서 너무 많이 바꾼 것은 아닐까라는 우려가 들었다.

인도 여행을 마치고 돌아오다 1991년도 봄쯤 방콕에서 방금 동유럽 여행을 마쳤던 한국 학생을 만난 적이 있었다. 그가 말하기를 불가리아에서 암달러 상에게 1달러를 바꿨는데 그 돈으로 호텔비 내고, 세 끼 사먹고, 택시 대절하고, 박물관 구경 다하고, 택시 운전수에게 팁 주고 난 후에도 돈이 남아 고민했다는 소릴 들었기 때문이다. 그러니 그로부터 1년 후에 불가리아에 온 나로서는 5달러가 너무 큰돈이 아닐까라는 걱정이 든 것이다.

그러나 그것은 기우였다. 발칸 투어리스트 사무소로 가서 소개받은 민박비가 예상했던 것보다 비쌌다. 세 사람이 묵을 수 있는 곳을 혼자 쓰면 약 8달러 정도, 셋이 나눠 쓰면 1인당 3.8달러라고 했다.

'이혼 여행' 중인 부부는 같이 자자고 권했다. 그냥 하는 말이 아니라 자기들도 서로 나누면 이익이 된다며 적극적으로 권했다. 같이 자면 오히려 내가 불편할 것 같았지만 그들의 표정이 하도 간절하여 그렇게 해주기로 했다.

전차를 타고 찾아간 민박집은 허름한 아파트였다. 뚱뚱한 중년 여인과 마른 노파가 조심스럽게 우리를 맞아주었는데 방안에 침대 두 개, 거실에 한 개가 있어서 매우 다행이었다. 그들 부부와 같이 잠자리를 하면 어쩌나 내심 큰 걱정이었는데.

배낭을 풀고 가벼운 마음으로 거리에 나와 내가 제일 처음 한 일은 물가 파악이었다. 한 나라의 경제 사정과 삶의 질은 대개 물가와 비례하는 경우가 많았기 때문에 그것을 통해 현재 불가리아 경제 상태를 추측해보고 싶어서였다.

열심히 묻고 사며 계산기를 두드렸다. 길거리 허름한 카페에서 커피를 한잔 마시니 40원. 점심으로 햄버거 하나와 조그만 케이크 둘에 펩시콜라 한잔을 마시니 370원, 괜찮은 극장 입장료는 130원, 점심으로 대중 뷔페음식점에서 생선 튀김, 감자, 야채 조림과 소고기, 빵 2개를 먹으니 910원…… 매우 쌌다. 그러나 예상보다 비쌌으니 1년 사이에 물가가 많이 오른 것이다.

그것만 변한 것이 아니었다. 생각했던 것보다 암달러상도 별로 보이지 않았고 환전도 길거리의 사설 환전소에서 얼마든지 자유롭게 할 수 있었다. 그만큼 정상 궤도에 들어서고 있다는 증거였을 것이다.

그러나 불가리아 사람들은 불만이 대단했다.

그날 저녁 민박집에 오니 뚱뚱한 부인과 그 어머니인 노파가 언성을 높이며 말싸움을 하고 있었다. 그들은 서툰 영어로 우리에게 서로 하소연을 했다.

먼저 노파가 말했다.

"매일같이 침대 시트를 빨아야 하는데 이제 나이가 먹어 팔다리가 쑤셔요. 그래서 세탁기 좀 사자고 그랬더니 화를 내요."

그러자 중년 부인은 언성을 높이며 말했다.

"힘든 건 나도 마찬가지예요. 세탁기 한 대가 얼만데 그걸 사냥 말이에요. 남편은 실업자구, 아이는 둘이나 되구, 물가는 작년에 비해 두 배가 넘게 뛰었는데 그리고 지금도 계속 뛰고 있는데, 어쩌란 말입니까?…… 전번에 이라크, 쿠웨이트 사람들이 이 주일을 묵고 가는 바람에 큰 도움이 되었지만 이젠 사람들도 별로 안 와요."

그들의 싸움은 방안에 들어가서도 끊기질 않았다. 어머니라고 하는데 친어머니인지 시어머니인지는 알 수가 없었다. 거실의 침대에서 자던 나에게 그들의 말다툼 소리는 계속 들려오고 있었다.

소피아 풍경

소피아는 빈곤했지만 푸근해 보였다.

낮은 건물들, 거미줄처럼 얽힌 전선 밑에서 달리던 트램들, 그리고 낡은 옷들을 입고 천천히 거리를 걷는 사람들의 풍경이 전혀 낯설지 않았다. 1960년대 내 어린 시절 전차가 달리던 서울 거리 혹은 흑백영화에서 나오던 일제시대 종로 화신앞 거리처럼 다가왔던 것이다.

그 거리를 걷자니 먼 옛날로 돌아온 것도 같았고 내가 예전의 공산주의 국가에 잠입한 스파이처럼 느껴지기도 했다. 나는 스파이가 된 기분으로 구석구석을 기웃거리다 트램을 타보았다. 천천히 달리는 트램을 타고 밖을 구경하는 것은 재미있었다. 허름한 의자에 앉아 창 밖을 구경하다 보면 가이드북에도 잘 나와 있지 않은 도시 구석 어딘가에서 나는 내렸고 인적 없는 거리를 휘 돌아보다 다시 트램을 타고 중심지로 나오곤 했다.

그 트램에는 늘 암행어사 같은 이가 숨어 있었다. 이곳도 다른 동유럽 국가처럼 가판대에서 산 표를 스스로 차안의 검표기에 넣어 구멍을 뚫어야 하는데 그렇게 하지 않다 검표원에게 발견되면 무임승차로 간주되어 엄청난 벌금을 물게 된다.

그런데 검표원은 항상 숨어 있다 갑자기 출두했다. 허름한 가정주부 같은 중년 여인이 자리에서 불쑥 일어나 표를 검사한다거나, 어딘가

볼일을 보러 가는 것 같은 배 나온 중년 사내가 갑자기 차안을 휘젓고 다니며 검사를 했다. 시민들은 대개 규칙을 지켰지만 가끔 술 취한 중년 사내들은 대들기도 했다. 예전에 서슬이 퍼렇던 공산주의 시절에는 감히 상상도 못할 풍경이었을 것이다. 사회가 무너지니 '개기는' 사람들도 생긴 것이다. 1주일간 이곳에 머무는 동안 친해진 아줌마 검표원도 있을 정도로 소피아는 그렇게 검표가 심했었다.

그럼에도 불구하고 소피아는 빽빽한 분위기가 아니었다. 비록 낙후된 모습이었지만 어딘지 사람들은 온순했고 기운이 차분해 보였다. 거기다 불가리아 여인들은 예뻤다. 남자들이나 아줌마들의 옷차림은 남루했으나 젊은 여인들의 옷차림은 꽤 맵시 있어 보였다.

소피아는 높은 곳에 있어서 3월 중순인데도 겨울처럼 쌀쌀맞았다. 그 추운 날에도 사람들은 아침부터 길거리 음식점에 서서 맥주를 들이키고 있었고 표정들은 밝지 않았다.

거리의 간판들은 모두 러시아의 키릴 문자여서 마치 러시아에 온 것 같기도 했다. 하지만 중심지 레닌 광장의 레닌 동상은 철거되었고 대신 거리를 달리는 노란 트램에는 말보로와 펩시의 광고가 붙어 있었으며 극장에 걸린 간판은 대개 할리우드 영화들이었다. 또한 가게에서 흘러나오는 노래들은 미국 팝송이었다.

그리고 소피아의 중심지에는 늘 사람들이 붐볐다. 거리든, 시장이든, 극장이든. 그냥 하릴없이 우왕좌왕 다니며 구경하는 사람들이었다. 대개 실업자들로 보였는데 토요일 오후는 차도까지 사람들이 나와서 걸어다닐 정도였다. 국영 백화점인 춤 백화점 안에는 물건들도 시원치 않았고 다만 장미 향수 파는 곳에만 사람들이 몰려 있었다.

레닌 광장에는 1576년 터키인에 의해 건축된 이슬람 사원인 바냐 바시 모스크의 흔적이 남아 있었다. 모스크 근처에 설치된 수도꼭지에서는 허연 김을 내며 온천수가 콸콸 쏟아졌고 사람들은 주전자로 물을 받아가고 있었다.

소피아 사람들은 동양인인 내가 낯설게 보였나 보다. 행인들이 나를 종종 쳐다보았는데 적대감이 아니라 호의 어린 눈길을 던졌다.

소피아 중심거리.

유학생

　유학생을 만났다.

신세를 지고 싶어서가 아니라 그를 통해 불가리아의 현실에 대한 얘기를 듣고 싶어서였다. 루마니아 기차 안에서 만난 한국 여행자들로부터 얻은 전화번호를 돌렸다.

　전화를 받은 한국 유학생은 깜짝 놀랐다. 소피아에 꼭 숨은 자기를 어떻게 알았냐는 것이다. 자초지종을 설명한 후 만나기로 했다.

　"소피아 대학 정문 옆에 개구멍이 있어요. 그 옆 벤치에서 만나요."

　개구멍? 나는 그의 말을 그대로 믿고 정문으로 들어가 우선 개구멍을 열심히 찾았다. 그런 나를 벤치에 앉은 동양인 하나가 씩 웃으며 바라보고 있었다. 그는 알고 보니 내 고등학교 동창생의 후배이기도 했다. 세상이 참 좁았다. 그는 독일에서 3년 정도 공부하다 작년에 불가리아로 왔는데 그때는 정말 힘들었다고 했다.

　"전기가 끊겨 촛불을 켜놓고 　생활했었지요. 돈 있으면 뭐합니까? 물건이 없는데…… 식료품도 모자라서 정말 전시 같았어요. 그래도 일 년 사이에 많이 나아진 겁니다."

　우리가 얘기를 하는 사이 불가리아 남학생이 다가와 담뱃불 좀 빌리자고 하자 그는 쌀쌀맞은 표정으로 주었다.

　"나는 불가리아 사람들이 싫어요."

　"왜요? 난 좋아지는데……."

　"뭐, 잠깐 스쳐 지나가는 여행자들이야 그럴 수도 있겠지요. 나도 처음에 왔을 때는 그랬으니까…… 하지만 한참 있어보니 그게 아니에요. 그래도 자기들이 유럽인이라고 동양 사람들을 깔보는 겁니다. 돈

많은 일본애들한테는 굽실거리고."

그는 냉소적으로 말했다.

이렇듯 한곳에 오래 있으면 여행자가 느끼지 못하는 것을 많이 알게
되는 것이다. 여행자였던 나는 긍정도 부정도 하지 않은 채 그의 말을
경청하기로 했다.

"다 무너졌어요. 이데올로기 무너졌지요, 경제 무너졌지요. 그런 혼
란 속에서 엉거주춤한 상태로 있는 겁니다. 거기다 성적으로도 많이
문란해지고."

그와 헤어진 후 길을 걸으며 그건 그들만의 문제가 아니라 비슷한
시대를 살아가는 우리의 문제라는 생각이 들었다.

소피아의 통일교도

소피아 거리에는 불가리아 건국의 아버지 게오르기 디미트로프의
묘가 있다. 그는 2차 세계대전 중 조국 전선을 조직해 전투에 참가했
으며 1946년 9월 15일 불가리아 인민공화국의 초대 대통령이 되었다.
그 안에는 시신이 안치되어 있고 사람들이 참배했었다는데 공산주의
가 몰락한 후 그의 시신은 어디론가 옮겨졌으며 폐허처럼 되어 있었
다. 그런데 그 현장에서 얼마 안 떨어진 곳에 이런 비석이 있었다.

모든 세대는 고귀하고 자유로운 생활을 쟁취하기 위해
끝없이 노력해야 한다.
로널드 레이건

놀라웠다. 호전적인 미국 대통령 레이건의 말이 소피아의 비석에 새겨져 있다니. 그것을 한동안 들여다보고 있는데 뒤에서 한국말이 들려왔다.

"안녕하세요?"

뒤돌아보니 두 여인이 나를 쳐다보고 있었다.

"어떻게 한국말을?"

그러나 그녀들이 할 줄 아는 말은 '안녕하세요' 뿐이었다. 한 여인은 영국 여인이었고 또 한 여인은 불가리아 여대생이었는데 이들은 통일교도였다. 이들은 내가 들고 있던 가이드북의 한글을 보고 내가 한국 사람인 줄 알았던 것이다.

한동안 얘기를 나누었는데 그들은 헤어지면서 그날 저녁에 소피아 대학에서 통일교에서 주최하는 강연회가 있으니 꼭 보러오라고 권유했다. 통일교에 대한 관심보다 불가리아인들의 종교에 대해 알고 싶어서 가보기로 했다.

그날 저녁, 소피아 대학으로 가니 교실에서 어떤 교수가 강의를 하고 있었다. 강의의 제목은 '과학과 종교'. 요점은 인간은 진화된 것이 아니라 창조되었다는 것이었다.

강의가 끝난 후 질문들이 터져나오기 시작했다.

신은 무엇이냐부터, 우리는 어디서 왔느냐, 혹시 외계에서 온 것은 아닐까라는 질문까지.

통일교도와의 인연은 그것으로 끝나지 않았다. 불가리아 여대생은 통일교 사무실로 같이 가자고 권했다. 시간 많던 나는 물론 따라갔다.

그곳에서 나는 한 편의 비디오를 보았다. 문선명 총재가, 망하기 전의 소련 대통령인 고르바초프를 만나는 비디오였다.

제목은 '누가 새 시대를 여는가.'

대단한 제목답게 한국인 아나운서의 음성도 들떠 있었다.

워싱턴에 모인 인파, 소련 모스크바에서의 연설, 그리고 1990년 4월 15일 오후 5시에 고르바초프와 만나는 장면…… 그리고 단독회담, 레닌의 동상을 철거해라, 공산주의를 버리고 하나님의 품으로 돌아오라고 말한 문선명, 이것을 보도한 KBS 9시 뉴스, 북방선교, 북방외교 앞서다, 리틀엔절스 공연, 귀국해서 서울에서 집회, Hand in Hand 노래, 한국은 세계 참부모의 나라…… 등등 끝없이 이어지고 있었다.

이런 일들이 있었나? 그때 나는 인도를 장기 여행하고 있었을 때였다.

불가리아 통일교도들은 예전에도 보았으련만 그 화면을 여전히 감탄 어린 눈으로 바라보고 있었다.

"우리 총재가 김일성과 만나는 비디오도 있는데 누가 빌려갔어요. 내일 오면 그것도 보여줄게요."

누군가 흥분한 상태에서 나에게 권했지만 나는 적당히 거절했다. 나는 별로 관심이 없었다.

후일 들리는 얘기로는 무너진 공산주의 사회에 수많은 종교가 들어오고 있다 했다. 그럴 수밖에 없는 것이 무주공산의 땅이니 말이다. 모두들 그들을 '구원' 하겠다는 명분을 내세우고 있었다. 그리고 정신적인 공허함 속에서 헤매는 사람들 또한 그것을 목말라하고 있었다.

이제 그들은 빈속에 무엇을 채워넣을 것인가?

거꾸로 된 예스와 노

이곳 사람들은 예스와 노의 표현이 우리와 정반대였다. 예스는 고개를 가로로 젓고, 노는 고개를 위아래로 끄덕였다. 가이드북의 설명을 보고는 정말 그럴까라는 의심이 들었는데 정말 그랬다.

어느 날 시내의 대중 뷔페음식점에 갔을 때였다. 이것저것을 고르는데 음식을 집어주던 여인이 감자를 원하냐고 물었다. 먹고 싶었다. 그래서 고개를 끄덕였다. 그러자 그녀는 주지를 않았다. 그들은 나의 끄덕거림을 '노' 라고 받아들였던 것이다.

다른 동유럽 어느 국가나 터키도 그렇지 않았다. 인도도 예스를 고개를 좌우로 살랑거려 헷갈리지만 노는 정식으로 도리질을 하니 우리와 전혀 반대라고 할 수는 없었다. 그런데 왜 불가리아만 그럴까?

후일 들은 이야기로는 오스만투르크 사람들에게 지배당할 때 그들에게 혼란을 주기 위해 일부러 그랬다는데 확실치는 않다. 또한 서구화되면서 점점 우리처럼 변하고 있다는 얘기도 들었다.

어쨌든 그후 나는 늘 예스와 노 표시를 하는데 조심해야만 했다.

비참한 현실

민박집에서 이틀 정도 묵는 동안 이혼 여행중이라는 커플은 종종 싸웠다.

이런 식이다. 거실의 소파에 앉아서 얘기하는데 슬그머니 여자가 남자 무릎을 베고 누웠다. 그러자 남자가 쌀쌀맞게 무릎을 치우며 거절했다. 머쓱해진 여자는 이내 발끈했고 자기들 방으로 들어가며 언성을 높이기 시작했다.

"당신, 리 앞에서 그럴 수 있어 ? 아까 스키장 갔을 때 그 일 때문에 그러는 거야?"

들어보니 스키장에 가서 무슨 일이 있었는데 남자가 그것을 가슴에 묻어두었던 것 같다.

이상한 부부였다. 하긴 그날 스키장 갈 때도 나와 같이 가자고 청했었다. 스키를 못 타는 나는 물론 갈 생각이 전혀 없었는데 간절하게 애원을 해 거절하느라 힘들었다. 자기들끼리 가서 놀 일이지 왜 자꾸 나를 데리고 가려 하나.

다음날, 그들은 그리스의 데살로니키로 떠난다고 했다. 떠나는 날 아침, 그들은 또 서로 투덜거렸다.

"내 짐이 너무 무거운데."

남자가 그렇게 말하자 이내 여자의 반격이 이어졌다.

"내 배낭이 더 무거워. 이것 봐, 휴우."

그 광경을 보고 있자니 자꾸 웃음이 나왔다. 그들은 그렇게 무거운 배낭을 멘 채 투덜거리며 소피아를 떠나갔다. 그래도 같이 있어서 밤마다 얘기를 나누며 좋았는데 헤어지고 나니 허전했다.

그들이 떠난 후, 나는 5달러짜리 호텔로 옮겼다. 공동 화장실 변기에 물도 잘 안 내려가고 지린내가 진동을 할 정도로 시설은 형편없었으나 중심지에 있어서 편했다.

겉으로 슬쩍 지나치며 본 불가리아는 빈곤했으나 비참한 곳은 아니었는데, 어느 날 비참한 현실을 보고 말았다.

늘 드나들던 대중 뷔페음식점에서 나는 천 원 가량의 돈으로 늘 푸짐하게 먹었다. 그동안 서유럽을 여행하며 부족했던 영양을 물가 싼 소피아에서 보충하기 위해서였다. 그런 나를 계산대의 여인은 늘 이상하게 바라보았다. 거지 같은 동양인 녀석이 무슨 돈이 있어 이렇게 맨날 배터지게 먹지라는 눈초리였다.

어느 날 저녁이었다. 너무 많아서 약간 남기고 나오는데 식당 구석에 서 있던 중년 사내가 잽싸게 와서 내가 남긴 음식을 허겁지겁 먹기 시작했다.

그는 거지가 아니라 평범한 사람이었다. 그후 살펴보니 내가 음식 먹고 나오기를 기다리고 있던 사람들이 늘 있었다.

소피아 시장.

그후 나는 종종 그곳에 들릴 때마다 내 양보다 많은 음식을 집어왔고 깨끗이 먹은 후, 반 정도는 남기고 나왔다. 그 음식을 어떨 때는 사내가, 어떨 때는 아이들이 먹었다. 만약 그들이 나에게 구걸을 했으면 돈이라도 좀 주었으련만, 그들은 결코 손을 내밀지 않았다. 공산주의 사회에는 거지란 없었다고 한다. 이제 그 사회가 몰락하자 이런 거지 아닌 거지가 생겨난 것이다.

그러나 소피아에 가난한 사람들만 있는 것은 아니었다. 팝송을 크게 틀어놓고 달리는 검정색 벤츠 승용차도 보았었다. 빈부격차가 벌어지며 생겨난 신흥 부자였을 것이다.

장가가야지

불가리아의 3월은 추웠고 산악 지방에는 눈도 많이 쌓였을 것이기에 나는 불가리아의 시골에는 가지 않았다. 다만 소피아에서 일주일 정도 머물며 시간을 보냈다.

그러다 근교를 가보기로 했다. 처음에는 릴라 사원을 가려 했지만 차 시간을 놓치는 바람에 할 수 없이 소피아의 북한산 같은 비토샤 산을 다녀왔다. 버스터미널에서 우연히 만난 한국 사람과 동행하게 되었다.

눈이 질척하게 녹아가는 비토샤 산은 어수선했다. 다만 산기슭 레스토랑에서 기타를 치며 불가리아 민요를 구성지게 부르던 사내와 스키를 메고 단체로 스키 타러 가는 어린 학생들이 인상적이었다.

그들의 동양인에 대한 호의는 대단했다. 모두 우리를 둘러싸고 말을 나누고 싶어했는데, 그 학생을 인솔하는 여선생이 매우 적극적이었다. 그녀는 한국 화장품에 관심이 많았다. 그러나 나나 공무원이라는 50대 초반의 한국 사내나 화장품에 대해서 아는 것이 없어서 해줄 말이 별로 없었다.

먼 동방의 나라 한국이 이곳에 알려진 계기는 아마 올림픽 때문이 아니었을까? 그 화려한 이미지가 이들의 머릿속에 박혀 있는 것 아닐까?

근처 카페에서 커피를 마셨다. 중년 사내는 공무원으로 유럽의 어느 나라에서 연수를 받은 후, 한국으로 귀국하다가 동유럽을 여행하는 중이라 했다. 이런저런 얘기를 하다 나이 얘기가 나왔다. 내 나이가 서른 다섯이라는 얘기를 듣더니 대뜸 이렇게 말했다.

"어이구, 불효하는구먼, 장가를 가야지."

우리 삼촌처럼 꾸짖는 표정 앞에서 나 역시 큰 잘못한 것처럼 고개를 수그렸는데 가만히 생각하니 은근히 부아가 치밀었다.

나 장가 안 간 것하고 아저씨하고 무슨 상관 있나요? 우리 아버지도 야단 안 치는데. 그렇게 장가가는 게 좋으면 아저씨나 또 가십시오.

이렇게 얘기하고 싶었지만 먼 타국 땅에서 장가를 가니 안 가니 하는 문제 갖고 말다툼을 벌인다는 것이 우습게 생각되었고, 또 나이든 양반 앞에서 되바라지게 행동하는 것도 좋지 않은 것 같아서 참기로 했다.

그러나 나는 이 다음에 나이 먹어도 그러지 말아야지. 한국 사람들은 정이 많다. 그러나 그만큼 남의 일에 간섭을 많이 한다. 나는 그게 부담스러웠다.

그리스를 향하여

소피아에 온 지 일주일이 되어가던 무렵 나는 떠나기로 했다.

마지막날, 일기를 쓰다 보니 어느샌가 새벽 한시 반이었다. 밖에는 보슬비가 내리는데 어디선가 구슬픈 아코디언 소리가 들려왔다.

내려가 보니 호텔 로비에서 웬 맹인이 아코디언을 켜고 있었고 사내와 소년이 흥겨운 춤을 추고 있었다. 집시들이었다. 밤에 다니면서 음악을 연주해주고 돈을 버는 것 같았다. 로비에 모여 앉은 호텔 종업원들이 박수를 쳤고 청바지를 입은 금발의 여인은 카운터에 걸터앉아 발을 흔들며 노래를 따라 부르고 있었다.

구슬픈 음악을 듣고 있으려니 마음이 몹시 심란해졌다. 조용히 내 방으로 올라와 창문을 여니 거리의 황금색 가로등 불빛이 빗물에 적셔지고 있었다. 일주일 동안 정들었던 곳인데 이제 다시 낯선 땅을 향해 가야 하는구나. 추적추적 내리는 빗소리 사이로 들려오는 애절한 아코디언 소리에 잠이 잘 오지 않았다. 인적 끊긴 길에서 가끔 자동차 바퀴소리가 들려왔다.

문득 떠나온 집 생각이 났다. 다들 안녕하신지.

허름한 방에서 동유럽에서의 마지막 밤을 그렇게 스산하게 보냈다.

드디어 그리스로 떠나는 날, 나는 남은 돈을 쓰기 위해 아침부터 안간힘을 썼다. 배가 터지도록 먹었으며 맥주도 마셨다. 노트와 볼펜도 샀으며 커피도 마셨다. 그런데도 약 3달러 정도에 해당하는 남은 돈은 전혀 줄어들 기미가 보이질 않아 결국 그냥 기념으로 갖고 가기로 했다.

버스는 오후 두시에 소피아를 떠났다. 버스가 산길을 돌고 돌아 두 시간쯤 달리자 국경에 도착했고 출입국 수속은 간단히 끝났다.

국경을 넘자 풍경이 달라졌다. 여인의 가슴처럼 부드럽게 솟아오른 산봉우리 사이로 시퍼런 강이 유유히 흘렀고 평원이 펼쳐지고 있었다. 마치 풍요로운 여신의 품속에 안기는 기분이 들었다. 추수를 끝낸 황토빛 벌판을 물들이며 해가 지고 있었고 서산 너머의 황금빛 저녁놀은 황홀했다.

아, 이제 그리스로 왔구나. 우울했던 동유럽과는 달리 신화와 종교가 넘쳐나는 다른 세상에 온 것이다. 그리고 지중해를 가로지르면 이스라엘이 나오고 더 가면 이집트가 나오며 아프리카 대륙이 펼쳐진다.

껍질을 벗듯 그동안 우울했던 기억들을 훌훌 털며 새로운 세상을 향해가던 순간, 가슴이 벅차오고 있었다.

빵과 자유

먼 옛날 이야기를 이제 끝내야 한다.

그후 나의 여행은 그리스를 거쳐 이스라엘, 이집트까지 갔다가 사정이 생겨 한국으로 돌아올 수밖에 없었다.

그후 많은 일들이 있었고 많은 여행을 했지만 동유럽에 다시 가지 못하다, 2002년 가을에 와서야 다시 꿈을 이루었다.

요즘에 가끔 TV 광고에서 프라하의 카를교만 보아도 나는 신음 소리를 낸다.

아, 프라하야…….

어디 프라하뿐인가. 보헤미아 평원, 체스케 부데요비체의 맥주, 체스키 크루믈로프의 아름다운 풍경, 크라코프의 따스한 인심, 브라쇼프와 시기쇼아라의 소박한 사람들, 불가리아의 아름다운 산악지대……아, 지금 내 머릿속에서는 온갖 기억들이 빠르게 행진하고 내 가슴은 두근거리고 있다.

언젠가 다시 가겠지.

살아 있는 동안 아름다운 추억을 많이 만들고 싶다. 인생에서 '아름다운' 추억거리가 없다면 얼마나 허망할까? 아무리 많은 것을 이루고,

많은 돈을 벌고, 많은 명성을 얻었다 한들, 그 인생이 팍팍한 전투였다면 눈감을 때 무슨 생각이 들까?

여행도 마찬가지였다. 아무리 많이 다니고 오래 머물며 많은 경험을 얻어도 자연과 사람의 '아름다움'을 발견하지 못하면, 그 짜릿한 여행조차 세월 속에서 지루하고 허무한 일상이 된다는 것을, 나는 되풀이되는 여행 속에서 수없이 깨달았다. 결국 떠나는 게 중요한 게 아니었다. 이곳이나 저곳이나 현실은 종종 지겹고 힘들고 슬프고 추악했다.

나만의 현실을 만드는 것, 그것이 나에게는 중요했다.

일상의 땀과 꿈과 아름다움이라는 효소가 적당히 섞이고 발효되어 알맞게 부푼 현실, 그것이야말로 내가 만드는 '빵'이었다.

자신의 빵을 만드는 자유.

그것은 구걸하는 것도, 쟁취하는 것도, 탄압받는 것도 아니었다. 다만 소박한 마음속에서 조금씩 피어나는 것이었다. 세상이 어찌 되든 이 자유만 갖고 있다면 즐겁지 않을 까닭이 없었다.

그런데 내가 만든 빵이 맛있을까? 많은 분들과 내 빵을 나누어 먹었으면 좋겠는데…… 나 또한 다른 사람들의 빵을 맛보기 위해 다시 길을 떠나야 한다.

여행정보

여행기에서 전달하지 못한 현실과 가이드북이 지적하지 못한 세세한 부분을 알리고 싶어서 정보를 간추렸다. 그러나 가이드북을 쓰기 위한 여행도 아니었고 개인적인 경험을 간추린 정보이기에 이것만 가지고 여행할 수는 없다. 그러므로 꼭 가이드북을 이용하고 이 정보는 보조 자료로 활용하기 바란다.

모든 가격은 2002년 9월 기준인데 가격은 통일시키기 위해 미화 달러를 기준으로 했다.(유로달러는 따로 명시했다.) 계속 환율과 물가가 변하니 절대적인 것은 아니지만, 대략 물가 파악을 하는 데 도움이 될 것 같아 소개했다.

교통 시간 편은 대략 스케줄 짤 때 참고 바라며 정확한 시간은 다시 현지에서 확인해보기 바란다.

일반 정보

1. 어떤 가이드북이 좋을까?

아쉽게도 동유럽의 정보는 부족한 편이고 대개 서유럽 가이드북에 헝가리의 부다페스트나 체코의 프라하 정도만 소개되고 있는 실정이다.

동유럽 전체를 여행하고 싶다면 론리 플래닛을 추천할 수밖에 없는데 이것도 여러 종류가 있다. 나라별로 나온 것도 있고, 매우 두꺼운 유럽 가이드북에 동유럽의 여러 나라들이 간략하게 실린 것도 있다. 시중 서점이나 론리 플래닛 총판인 신발끈 여행사에서 영문판을 팔고 있는데 직접 가서 사면 조금 더 싸다. 그리고 번역판은 안그라픽스에서 내고 있다.

2. 비자는?

현재 불가리아, 루마니아, 헝가리, 체코, 슬로바키아, 폴란드 등 대부분의 동유럽 국가들은 90일 동안의 관광인 경우 비자가 필요 없다.

3. 동유럽 여행 루트

동유럽은 헝가리를 제외하고는 유레일 패스가 안 된다. (단, 2004년 5월 1일부터 체코, 슬로바키아, 폴란드가 EU에 가입하게 되어 이론적으로는 유레일 패스를 사용할 수 있게 된다. 여행 떠나기 전에 확인할 필요가 있다.) 그러므로 한두 달 서유럽을 여행하는 기간 중 잠시 동유럽을 구경하고 싶은 사람은, 유레일 패스 기간이 다 끝난 후 동유럽을 여행하고, 한국으로 오는 비행기는 동유럽 근처의 서유럽에서 타는 것이 효율적이다.(예를 들면, 런던이나 파리로 들어가 여행을 시작하고 나오는 곳은 동유럽의 도시보다 독일이나 오스트리아의 어느 도시가 되도록 왕복 비행기 표를 끊는 것이 싸다.) 동유럽만 목적이라면 독일의 프랑크푸르트 등 서유럽의 도시를 거쳐 들어가는 비행기를 타면 되는데 조금 비싼 편이다.

결국, 자신의 목적과 형편에 따라 많은 여정이 생겨난다. 이스탄불로 들어가서 체코의 프라하에서 나오는 경우도 있고, 반대일 수도 있다. 또한, 오스트리아나 독일로 들어가 동유럽을 구경한 후 이스탄불에서 나올 수도 있다.

4. 시내교통

동유럽의 경우 대부분이 버스든 지하철이든 표를 일단 사서 탄 다음, 안에 있는 기계를 이용해 스스로 펑크를 내야 한다. 그렇지 않으면 아무리 표가 있어도 무임승차로 취급해 수십 배의 벌금을 물린다. 갑자기 검문하는 경우가 많다.

거의 예외가 없으며 외국인이라고 봐주는 경우가 없으니 꼭 규정을 지켜야 한다. 특히 부다페스트의 경우는 외국인 특히 동양인이 타겟이 되는 경우가 많다.(서유럽을 여행하다 들른 동양 배낭여행자들이 규칙을 몰라서 혹은 알고도 무임승차하는 경우가 많이 생겨서 그렇다.)

5. 돈

동유럽의 나라마다 미국달러가 강세인 경우도 있었고 유로달러가 강세인 경우도 있어서 어떤 화폐를 준비해가라고 말하기가 힘들다. 내 경우는 유로달러 반 정도, 미국달러 반 정도로 준비했었다. 그리고 여행자 수표도 쓸 수 있지만 서유럽과는 달리 현금을 더 선호하는 것 같아서 아예 갖고 가질 않았다.

6. 팁

공산주의 시절에는 팁의 개념조차 없었는데 이제 관광지 혹은 웬만한 중급 식당에서도 팁을 받는 분위기다. 특히 외국인에게는. 어떤 곳은 주는 대로 받았고 어떤 곳에서는 아예 종업원이 팁을 자기가 써갖고 오는 경우도 있었다. 이것을 바가지라고 생각하고 항의해야 하는지, 이미 형성된 하나의 문화로 받아들일지는 개인의 판단이겠지만 그런 것이 싫다면 이런 음식점에 가지 말고 거리의 패스트푸드 점에서 값싸게 해결하는 것이 좋다. 아니면 아주 좋은 곳에 가서 좋은 서비스를 받고 팁을 기분 좋게 주든지. 팁을 주는 경우 대개 요금의 10~15퍼센트.

지역정보

불가리아 BULGARIA

환전 1달러에 1.88레바(Leva).
역이나 은행에서 할 수 있는데 모두 환율이 다르니 잘 비교해야 한다.

소피아

교통 이스탄불 → 소피아: 침대차가 약 26달러. 23:00에 출발해서 오후 12:00에 도착했다.

소피아 → 루마니아의 부쿠레슈티는 08:38분에 출발하는 기차가 부쿠레슈티에 정상적이면 18:00에 도착해야 하나 본문에서 묘사한 대로 밤 11시쯤에 도착했다. 그러므로 물과 음식을 단단히 준비해갖고 가는 것이 필요하다. 요금은 21.5달러 정도이고 소피아 역 구내에 있는 릴라 여행사에서 살 수 있다.

소피아 역에서 시내 들어오는 트램은 역 맞은편에서 1번이나 7번 트램을 타면 되는데, 매표소에서 빌렛을 산 후 트램에 올라타 기계에 넣고 펑크를 내야 한다. 빌렛 값은 약 0.2달러.

음식 괜찮은 식당에서 스파게티에 생맥주, 샐러드 정도 먹으니 3.7달러 정도 나왔고 거리의 패스트푸드점에서 음료수와 빵을 먹으면 1달러 정도 나왔다.

숙소 숙소는 시내에 있는 호텔 마야란 곳에서 묵었는데 괜찮은 편이었으나 썩 기분 좋은 곳은 아니었다. 더블 1박에 30유로달러를 받았다. 여기보다는 기차역에 있는 여행사에서 숙소 알선을 받는 것이 가격면에서도 낫고 찾아가기도 더 좋다. 보통 1인당 10달러, 더블에 20달러 정도라고 한다. 소피아의 경우 이런 식의 숙소 시스템이 발달한 것으로 보였다.

루마니아 ROMANIA

환전 1달러에 33,000레(Lei) 정도.
환전소는 거리에 있는데 밤 늦게 도착한 경우 역 바로 맞은편의 환전소를 이용하면
된다.

부쿠레슈티

교통 부쿠레슈티에서 브라쇼프까지 급행열차가 2등칸이 4.5달러. 오전 7:42분에
출발하는 기차를 타니 11:18분에 도착했다. 그 외에도 기차가 많다.
당일표는 기차역에서 팔지만 예매표는 시내의 CFR 매표소에서 사야 한다. 지하철
(메트로) Universitatii 역에서 내려 서쪽으로 약 500미터 정도 걸어가야 하는데,
가이드북의 지도를 참고해야 한다.

숙소 역 앞의 부체지 호텔은 더블이 22달러 정도, 그 옆의 세냐 호텔은 15달러 정
도인데 부체지 호텔은 화장실과 욕실이 딸려 있지만 그것 때문에 오히려 습기가 차
서 카페트에서 냄새가 난다. 차라리 공동욕실을 쓰고 있는 세냐 호텔이 더 낫다. 두
개 모두 역을 등지고 바라보았을 때 약간 오른쪽의 백여 미터 전방에 있다.

음식 길거리 카페에서 햄버거와 음료수 하나 먹으면 1달러 정도 나오고 맥도날드
에서 빅맥 세트(루마니아에서는 빅맥 메뉴라 한다) 먹으면 2달러 정도 나온다.

기타 역에 들어갈 때는 경비가 약간의 돈을 받는데 정상적인 경우는 돈을 받고 영
수증을 주나 안 그런 경우도 있다. 영수증을 받아야 한다. 역 안의 맥도날드 햄버거
집에 들어가려면 입장료를 내야 한다.

브라쇼프

교통 시기쇼아라까지는 2등칸이 4.8달러 정도.

08:55분, 09:58분, 18:25분에 브라쇼프에서 출발하는 기차가 시기쇼아라를 거쳐 부다페스트까지 간다. 시기쇼아라까지는 약 1시간 45분 정도 걸리고 부다페스트까지는 10시간 내지 14시간 걸린다. 시기쇼아라에서 출발하는 기차표도 브라쇼프에서 한꺼번에 살 수도 있다. 기차 예매표는 구시가지의 보행자거리 Strada Republicii의 Agentie De Voiaj(Turizm) 사무소에서 기차표를 예매할 수 있다. 들어가면 안내소가 있으니 그곳에서 기차 스케줄과 매표소 창구를 물어보면 된다. 맥도날드 바로 옆에 있다.

브라쇼프 역에서 구시가지 들어오는 방법 역 바로 앞의 버스정류장에서 4번 버스를 타고 구시가지 Parcul Central, 즉 중앙공원에서 내리면 된다.(왼편으로 파란 잔디밭의 공원이 보인다) 여기서 내려 길을 건너 안으로 들어가면 구시가지의 중심지가 나온다. 매표소에서 빌렛을 사서 버스 안에서 구멍을 뚫어야 하는데 한장에 약 0.2달러 정도. 나중을 생각해서 미리 여러 장 사두면 좋다.

구시가지에서 브라쇼프 역 가는 방법 길이 일방통행이어서 시내로 들어올 때 내렸던 곳의 건너편에서 탄다고 생각하면 안 된다. 혹시 여유 부리다 기차 시간을 놓칠 수도 있으니 여유 있게 가는 것이 좋다. 역으로 가는 4번 버스는 Bulevardul 15 Noiembrie 거리에서 하나 더 오른쪽(동쪽)으로 간 거리의 정류장에 선다.

브라쇼프 시내에서 브란 성 가는 방법 브란 성 가는 대형 버스는 Bartolomeu 역 바로 앞의 버스정류장에 매 40분마다 온다. 버스에 타면서 운전수에게 직접 표를 사야 한다. 브라쇼프 시내에서 브란 성까지는 약 0.55달러고 약 40분 정도 걸린다. Bartolomeu 역까지 가는 버스는 5번 버스로 구시가지 Parcul Central에서 길을 건너서 타야 하는데 10분도 안 되어서 역앞에 도착한다. 주변을 잘 보아야 한다. 만약 지나치는 경우 종점에서 내려 약 10분 정도 거슬러 오면 되니까 크게 걱정할 필요는 없다.
브란 성에서 돌아올 때 리즈노프를 들를 수 있는데 리즈노프까지는 0.3달러, 리즈노프에서 브라쇼프 시내까지는 0.3달러이다.

숙소 내가 묵은 곳은 Hotel Aro Sport란 곳인데 쾌적하지는 않으나 싱글은 9.3달

러, 트윈은 11.6달러로 싼 편이고 구
시가지 중심에 있어 편리했다. 공동
욕실, 공동 화장실이 있다.

역에서 호객 행위를 하는 사람들이나
길거리에서 만난 할머니들에 의하면
민박은 1인당 10달러 정도였다. 성수
기 때 관광객으로 만원이 되는 브라
쇼프에서는 민박도 권할 만하다.

리즈노프 가는길에 캠핑장이 있다.

음식 보행자 거리에 있는 Sirena Gustari에서 옥수수 죽인 마마리가(mamaliga)
와 포도잎으로 싼 요리 사르말레(sarmale) 나오는 루마니아 정식에다 옥수수 수프
하나, 오렌지 쥬스, 샐러드 하나 먹으면 약 4달러 정도 나오는데 이런 곳에서는 10
퍼센트의 팁을 주는 분위기다. 그 외에 브란 성, 혹은 리즈노프 성 주변의 조그만
카페에서 빵 두개에 포도 쥬스 하나, 혹은 샌드위치에 카푸치노 한잔 마시면 각각 1
달러 정도 나온다.

입장료 브란 성 입장료는 1.9달러 정도. 리즈노프 입장료는 1.1달러 정도.

시기쇼아라

교통 시기쇼아라에서 10:35분에 출발해서
18:07분에 부다페스트에 도착하는 기차를 탔
는데 1등칸이 45달러였다. 10여 년 전의 힘
들던 루마니아, 헝가리 간의 열차를 생각하고
일부러 1등칸을 끊었었는데 전혀 그럴 필요
가 없다. 2등칸이 훨씬 싸고 권할 만하다.

숙소 역에서 나오자마자 보이는 식당 겸 숙
소인 Hotel Chick은 트윈이 약 14달러로 편
리하고 쾌적했다. 공동욕실, 공동 화장실이

시기쇼아라에서 묵었던 숙소.

다. 그 외에 좀 인심 좋은 가정집에서 즐거운 경험을 하고 싶으면 민박을 이용하는 것도 좋을 것이다.

음식 시내의 중급 음식점에서 헝가리식 불고기 요리인 굴라쉬에 생맥주 한잔 정도 마시면 약 3달러 정도 나온다. 이곳도 약간의 팁은 주는 분위기였다.

입장료 시계탑 박물관 0.6달러 정도.

헝가리 HUNGARY

환전 1달러에 236포린트(Ft).
거리의 환전소나 은행에서 할 수 있는데, 장소에 따라 차이가 심하다.
같은 역에 있는 환전소조차도 차이가 심하므로 몇 군데를 살펴본 후 바꿔야 한다. 그때 환전소 앞에 세워놓은 환율표를 잘 구분해야 한다. 헝가리에 도착하자마자 달러로 헝가리 돈을 바꾸려면 buying rate를 보아야 하는데, 자칫 selling rate를 보고 착각할 수도 있다.

시차 헝가리는 루마니아보다 한시간 늦으므로 도착하자마자 시계바늘을 조정해야 한다. 예를 들어, 루마니아에서 17:00면, 헝가리는 16:00다.

부다페스트

교통 부다페스트에는 역이 세 개 있다. 남부역은 델리 역(Deli pu), 서부역은 뉴가티 역(Ny pu), 동부역은 켈레티 역(Keleti pu)인데, 서유럽에서 오는 열차들은 대개 서부역으로 들어오고, 루마니아에서 오는 기차는 대개 동부역으로 들어온다.
슬로바키아 브라티슬라바까지 가는 기차는 서부역에서 8:05분에 출발해서 10:42분에 도착한다. 표는 기차역에서 직접 살 수 있는데, 이상한 것은 편도가 37달러 정도고 왕복이 36.5달러 정도로 오히려 왕복표가 싸니 그것을 사는 게 좋다. 그만큼 여행자들에게 자기네 나라에 더 체류하도록 하는 전략 같다.

^{숙소} 내가 묵었던 카테리나 호스텔의 경우 도미토리는 1인당 10달러 정도라는데 자리가 늘 부족한 상태고, 내가 묵었던 아파트는 1인당 17달러 정도, 즉 둘이 쓰는 방이었으므로 34달러를 받았다.

헝가리는 동유럽의 수준에서 볼 때는 매우 비싼 곳이었다. 저렴하게 묵으려면 역에서 민박 호객꾼과 얘기하는 것이 더 좋을 것 같은데, 서부역에 많은 호객꾼이 있지만 동부역에는 호객꾼이 거의 없다. 그러므로 민박꾼을 만나려면 서부역으로 가야 한다.

^{음식} 음식값이 싸다는 느낌은 들지 않았다. 관광지에서 토스트 한 조각에 쥬스 한 잔 마시면 3, 4달러 정도 나왔다.

^{기타} 부다페스트는 어느 역이나 인포메이션 센터가 있으므로 이용하면 편리하다. 여기서 지도도 사고 숙소로 가는 방법에 대해서도 물어볼 수 있다.

슬로바키아 SLOVAKIA

^{환전} 1유로달러에 43SK(슬로바키아 코룬).

브라티슬라바

^{교통} 브라티슬라바에서 07:55분 출발하는 기차를 탔고 국경 Marcheg에서 내려 갈아탄 후, 빈인 남부역에 08:35분에 도착했다. 요금은 약 9달러. 기차마다 요금이 약간씩 다른데 이것은 역안의 인포메이션 데스크에서 물어보면 된다. 일단, 그곳에서 스케줄을 확실히 알아본 후 종이에 출발시간을 적어 매표소에 보여주면 쉽게 살 수 있다. 영어가 잘 안 통한다.

시내 전차 티켓은 시간에 따라 다른데, 사람만 타는 경우 30분 동안 쓸 수 있는 티

켓은 0.2달러 정도고 짐을 갖고 타는 경우 0.5달러였다. 짐이 많으면 짐값을 이렇게 따로 받았는데 나는 무거운 배낭을 메고 탔을 경우 이 표를 이용했었다. 수시로 검표원이 검문하니 전차에 타면 꼭 표에 구멍을 뚫어야 한다.

숙소 강가의 깔끔한 펜션, Penzion Rybarsky Cech에 묵었었는데 트윈에 35달러 정도 나왔다. 현지인들이 많이 오는 곳 같았고 예약을 하지 않고 가면 조금 난감한 표정을 짓는다. 좋기는 했는데 시내로 들어가고 나가려면 조금 불편했다. 그만한 돈이면 가이드북을 보고 시내 중심지에서 찾는 것이 더 좋을 듯. 캠핑이나 호스텔은 1인당 10달러 미만 정도로 싼데 대개 변두리에 있고 성수기에는 자리가 없는 편이라고 한다. 많은 여행자들이 역에서 코인로커를 이용해 배낭을 놓아둔 채 한나절을 돌아본 후 다른 곳으로 떠나는 경우가 많다.

음식 구시가지의 대중 뷔페식 식당에서 스파게티에 샐러드 정도 먹으면 1.5달러 정도 나오고, 소고기 찌개 굴라쉬에 빵, 맥주 한 병 정도 마시니 1.7달러 정도 나왔다.

오스트리아 AUSTRIA

이곳은 많은 유럽 가이드북에서 자세하게 다루기 때문에 동유럽으로 넘어가는 과정만 상세하게 다루겠다.

빈

교통 빈 프란츠 조셉 역에서 9:05분 기차를 타고 역에서 내려 국경 도시인 그뮌트 뇌에 11:20분 도착, 11시 31분에 다시 기차를 갈아타면 체코의 체스케 벨리니체 (Ceske Velenice)에 11시 35분에 도착하고 옆선로의 기차를 갈아타면 11시 46분에 출발해서 체스케 부데요비체(Ceske Vudejovice)에 12시 51분에 도착한다. 갈아타는 과정에서 역무원이나 이민국 직원에게 어느 기차인지 꼭 물어보고 확인할 것. 기차 요금은 25.5유로달러다.

기차표는 서부역에서 사는 것이 더 편리하다. 26살 이하인 경우 할인이 되는데 이 경우 여권을 꼭 소지해야 한다. 여권을 유스호스텔 같은데 맡겨놓으면 난감할 수 있으니 준비할 것. 시내교통은 하루 종일 이용할 수 있는 'one day pass'를 이용하는 것이 효율적이다.

체코 CZECH

^{환전} 1유로달러는 29체코 코룬(KC).

환전소 은행에서 살 수 있는데 프라하의 경우, 특히 바츨라프 광장의 수많은 환전소를 이용할 때는 조심해야 한다. 달러로 체코 코룬을 바꿀 때는 buying rate를 적용하는데, 환율이 높은 반대의 selling rate를 크게 써놓아 착각을 일으킨 관광객들의 혼란을 유발한다. 높은 환율에 속지 말고, 그것이 buying rate인지 잘 보아야 하고, 또 커미션이 얼마인지를 잘 보아야 한다. 아무리 환율이 좋아도 4퍼센트 정도의 커미션을 떼고 나면 타격이 크다. 그러므로 열심히 계산기를 두드려보아야 한다.

체스케 부데요비체

^{교통} 체스케 부데요비체에서 프라하까지 가는 기차는 07:28분, 10:36분, 13:14분, 14:22분, 16:19분, 18:19분, 19:23분, 21:28분 등이 있는데 약 2시간 30분 정도 걸리고 2등칸 요금이 약 7달러 정도다. 매표소에서 직접 사면 된다.

체스케 부데요비체에서 체스키 크루믈로프 가는 기차는 05:15분, 07:38분, 10:33분, 12:20분, 15:08분, 16:43분, 19:09분, 22:42분 등이 있고 약 1시간 걸리며 요금은 1.6달러 정도다.

체스케 부데요비체 가는 버스도 있고 더 편리한데 자세한 것은 역 안의 인포메이션 데스크나 역 근처에 있는 버스터미널의 인포메이션 데스크에 가면 자세히 안내해준다.

^{숙소} 블타바강 옆의 penzion centrum에 묵었었는데 트윈 1박에 약 33유로달러 였다(아침 포함). 깔끔하고 괜찮은 곳이었다. 역 안의 인포메이션 데스크에서 정보를 얻을 수 있고 미리 가기 전에 전화 예약을 하고 가면 된다. 역에서 걸어서 10분이면 도착한다.

^{음식} 구시가지 호프집에서 소고기 요리에 500밀리리터 맥주 두 잔 정도를 마시면 약 4달러 정도 나왔다.

체스키 크루믈로프

^{교통} 체스키 크루믈로프에서 체스케 부데요비체까지 가는 기차는 4:16분, 5:22분, 6:18분, 8:15분, 12:30분, 15:18분, 17:46분, 20:17분에 있다. 체스키 크루믈로프에서 프라하까지 직접 가는 것은 없고 일단 체스케 부데요비체까지 가야 한다.

^{숙소} 나는 체스케 부데요비체에 머물며 이곳을 방문했지만 체스키 크루믈로프에 배낭여행자를 위한 싼 숙소가 많아서 대개 이곳에서 묵는 여행자들이 많다.

^{음식} 조그만 식당에서 야채 수프, 버섯과 감자가 섞인 요리, 맥주 한잔 정도 먹으니 약 3유로달러 정도가 나왔다.

프라하

^{교통} 카를로비베리 가는 버스는 2시간 정도 걸리고 요금은 약 8.3달러 정도. 나는 홍수 피해로 변경이 되어 복잡하게 갔지만, 원래는 florence 버스터미널에서 떠난다.

프라하에서 폴란드의 크라코프 가는 버스는 편도가 25달러 정도. 이것도 원래 florence 버스터미널에 있는 turva travel agency에서 표를 사면 되는데 나는 홍수 때문에 옮긴 사무실을 힘들게 찾아갔었다.

매일 있는 것은 아니니 확인을 하고 크라코프에서 돌아오는 버스의 요일도 미리 확인해서 스케줄을 짜는 것이 좋다.

새벽 6시에 떠나서 오전 11시쯤 브로슬라브(Wroclaw)에 내리면 잠시 후 오는 크라코프행 버스로 갈아타면 3시 30분쯤 크라코프에 도착한다.

음식 먹을 시간을 주지 않으니 미리 충분히 식료품을 사가는 것이 중요하다.

왕복표를 사는 것보다 편도표를 사는 것이 더 좋을 것 같다. 버스가 온 유럽을 돌다 오는 것이기에, 아무리 표를 샀어도 여행사에서 미리 연락을 하지 않으면 운전수는 자신이 갖고 있는 명단과 차이가 나서 혼란스러워한다. 나는 왕복표를 샀었는데 갈 때는 표를 판 여행사에서 연락을 제대로 했는데, 크라코프에서 올 때는 프라하의 여행사에서 연락을 하지 않아, 운전수가 명단에 없다고 해 한동안 당황했었다. 비수기였으니까 문제없었지 성수기였다면 자리가 모자라 타지 못할 수도 있었을 것이다. 왕복표를 샀다면 크라코프의 Rynek Glowny 광장에 있는 Orbis 사무실에 가서 자리 확인을 하는 것이 좋을 듯하다.

프라하에서 크라코프 가는 기차는 야간에 있는데, 이 구간에 도둑, 강도 소문이 자자하다. 그러므로 돈이 더 들더라도 문을 잠그고 침대에서 잘 수 있는 쿠셋을 이용하는 것이 좋다. 물론 프라하에서 바르샤바 가는 버스와 기차도 있다.

숙소 프라하에서 내가 묵었던 곳은 권하고 싶지 않다. 호스텔이었는데 침대가 배겨서 혼났었다.

프라하의 숙소 중에는 한국인이 하는 곳도 있고, 인터넷 등에 많은 숙소가 소개되어 있으니 그것을 참고하는 것이 나을 것 같다. 관광지답게 호텔은 비싸고 민박을 하는 것이 저렴하다. 내가 묵었던 호스텔은 화장실, 욕실 공용인 트윈 방이 1박에 약 30.3유로달러였다.

음식 관광지가 아닌, 거리의 카페에서 클럽 샌드위치에 카푸치노 한잔 마시면 약 3유로달러, 카페에서 스파게티가 약 1.7달러, 핫윙 10개가 약 2달러, 바츨라프 광장의 오픈카페에서 피자 한판이 약 3.8유로달러, 맥주 500밀리리터 한잔이 1.2유로달러 정도다.

카를로비 베리의 명물 웨하스.

폴란드 POLAND

환전 1유로달러는 4즐로트(ZL).

크라코프

^{교통} 프라하로 오기 위해서는 기차를 타도 되고 버스를 타도 되는데, 버스표는 Rynek Glowny 광장에 있는 Orbis 사무실에서 판다.

^{숙소} 호스텔은 싸지만 외곽에 떨어져 조금 불편하고, 시내의 호텔은 40, 50달러 수준이다.
나의 경우는 역 안에 있는 사설 인포메이션 센터에서 소개를 받아 구시가지 중심에 있는 아파트에 묵었는데 좋았다. 트윈 1박에 30유로달러였는데 소개료를 1박에 5유로달러씩 받았다. 돈에 여유가 조금 있고 숙소 찾는 데 들이는 시간과 체력을 아끼는 값으로 지불할 의향이 있으면 이용할 만하고, 돈을 아끼고 싶다면 호스텔 등을 권하고 싶다.

^{음식} 거리의 조그만 카페에서 피시 앤 칩스(Fish & Chips)가 3.75유로달러 정도. 패스트푸드점에서 카푸치노와 핫도그를 먹으면 1.3유로달러 정도. 관광객을 상대하는 광장의 식당에서 샐러드가 딸려나온, 둘이 먹어도 충분한 돈가스와 맥주 두 잔, 2명의 식비가 17.5유로달러 정도. 이런 곳에서는 약간의 팁을 주는 분위기. 이런 곳에서 먹을 때면 거리의 악사들이 종종 오니 약간의 잔돈을 준비하는 것이 좋다.

황금소로에서 길을 잃다
ⓒ 이지상 2004

초판인쇄 | 2004년 5월 10일
초판발행 | 2004년 5월 20일

글·사진 | 이지상
펴 낸 이 | 김정순
책임편집 | 이승희
펴 낸 곳 | (주) 북하우스
출판등록 | 1997년 9월 23일 제406-2003-055

주   소 | 413-756 경기도 파주시 교하읍 문발리 파주출판도시 513-8
전자메일 | editor@bookhouse.co.kr
홈페이지 | www.bookhouse.co.kr
전화번호 | 031-955-2555
팩   스 | 031-955-3555

ISBN   89-5605-094-5 03810